Née à Cannes en 1956, Brigitte Aubert n'est pas une novice dans l'art subtil de faire peur. Auteur de nombreux scénarios, elle est aussi productrice de courts métrages, dont l'adaptation de *Nuits Noires*, nouvelle primée au concours « Série noire TF1/ Gallimard » de 1984. Elle a publié de nombreux romans dont *La Mort des bois* pour lequel elle obtient le Grand prix de Littérature Policière en 1997. Ses livres sont traduits dans plus de dix-sept pays.

# La Mort des bois

Brigitte Aubert

# La Mort des bois

Éditions de Noyelles,
avec l'autorisation des Éditions du Seuil

31, rue du Val de Marne, Paris

TEXTE INTÉGRAL

© Éditions du Seuil, février 1996

ISBN : 978-2-298-16596-8

*Tout homme qui marche agonise.*
*La mort suit l'homme comme sa silhouette.*

Proverbe baoulé

# 1

Il pleut. Une grosse pluie épaisse, qui martèle les vitres. J'entends les rafales de vent secouer les portes et les fenêtres. Yvette s'affaire, elle ferme les volets, met les verrous. Dans un moment, elle va m'apporter le dîner. Je n'y toucherai pas, je n'ai pas faim. Elle insistera. Elle se mettra en colère. Elle me dira : « Allons, Elise, ne soyez pas stupide, il faut manger pour reprendre des forces. » Conneries. Les seules forces dont je dispose sont celles qui maintiennent en état ma tuyauterie interne. Pour le reste, je ne peux même pas actionner mon fauteuil toute seule. Je suis ce qu'on appelle une tétraplégique. Et, non contente d'avoir perdu l'usage de mes membres, j'ai réussi le grand chelem : interruption de l'image et du son, toutes nos émissions sont suspendues pour le moment. Je suis muette, aveugle, immobile. En clair : un légume vivant. Yvette arrive, j'entends ses pas rapides.

– C'est l'heure du dîner !

Le dîner consiste généralement en une bouillie de légumes et de protéines qu'on me fourre dans la bouche avec une petite cuillère. C'est trop chaud, j'essaye de me dérober. J'imagine qu'Yvette prend l'air exaspéré. Je me souviens bien de son visage rond au teint crémeux, entouré d'une couronne de cheveux blonds. Veuve d'un cheminot, la soixantaine bien en jambes, avec une forte charpente. Yvette travaille pour ma famille depuis bientôt trente ans. Elle se rappelle mieux ma mère que moi. Il est vrai que je n'avais que cinq ans quand Maman est « montée au ciel ». Quand mon père est mort à son tour, il y a sept

9

ans, je suis venue vivre ici et Yvette a continué à s'occuper de la maison pour moi. Maintenant c'est ma nurse. L'infirmière lui a appris à me donner les soins nécessaires. Pauvre Yvette, obligée de me laver, de me nourrir, de me nettoyer, combien de fois a-t-elle dû souhaiter ma mort. Et moi-même, combien de fois l'ai-je souhaitée ?

Je me demande s'il fait nuit. Nous sommes fin mai. Je ne me souviens pas si la nuit tombe vers sept heures ou huit heures en cette saison. Et je ne peux pas demander à Yvette. Je ne peux rien demander à personne. Mon unité centrale est hors d'usage.

J'étais en vacances en Irlande l'automne dernier, quand c'est arrivé. Avec Benoît. 13 octobre 1994. Je me souviens de ce qu'il portait ce jour-là : un pantalon bleu marine, un pull assorti et des tennis bleues. Et moi, j'étais en jeans, avec un col roulé blanc. Et des baskets blanches toutes propres. Maintenant j'ai des pantoufles aux pieds et je suis presque toujours en chemise de nuit. Quant à vous dire de quelle couleur est ma chemise de nuit...

Avec Benoît, nous avions profité de notre voyage pour pousser une pointe jusqu'en Irlande du Nord. La Chaussée des Géants. Belfast. Ce matin-là, à Belfast, nous avions décidé d'aller à la banque pour changer des traveller's cheques. Je n'arrive pas à me souvenir du sac que je portais ce jour-là. Etait-ce le bleu en cuir ou le sac à dos bariolé ? C'est le genre de détails qui me rend folle. Tout ce que j'ai vu et n'ai pas retenu ! Et maintenant j'ai tellement besoin d'images.

Bref, nous sommes arrivés devant la banque et j'ai poussé la porte vitrée. Et puis ça s'est produit. L'explosion. Une voiture piégée à dix mètres de nous. Le conducteur est mort, bien sûr, ainsi que quatre passants. Et Benoît. Il y a d'abord eu le bruit, la déflagration, énorme, et en même temps l'impression d'être jetée dans une fournaise. Benoît m'a agrippé le bras, m'a jetée à terre. Nous étions pris dans un tourbillon de métal et de verre. Je voyais la voiture en train d'exploser, j'entendais les cris, mais je ne comprenais pas, non, je ne comprenais pas que ça se passait vraiment, que ça m'arrivait vraiment à moi, Elise Andrioli. Les gens hurlaient. J'ai vu un éclat de verre s'enfoncer dans la gorge de Benoît, et du sang – ai-je compris que c'était du sang ? – qui jaillissait. J'ai hurlé moi aussi. Quelque chose m'a frappée à la tête. J'ai fermé les yeux. Je ne les ai jamais plus rouverts.

Je suis restée près de deux mois dans le coma. Quand je suis revenue à moi, j'étais en France, à Paris. J'ai mis un moment à comprendre que ma situation n'était pas provisoire. Que je n'allais pas rouvrir les yeux et me lever. Que je ne pouvais pas parler aux infirmières ou aux médecins. C'est en les entendant discuter entre eux que j'ai compris la gravité de mon cas. Je ne voulais pas le croire. Et pourtant...

Ils m'ont fait passer des tas d'examens avant de décider que, bien que ma moelle épinière ne paraisse pas irrémédiablement lésée, mes centres moteurs étaient sérieusement endommagés. « Cortex moteur... centre de régulation du cervelet... peut-être un état catatonique... » Bref, la panne. En ce qui concerne mes yeux, même topo : le nerf optique est intact, mais il doit y avoir quelque chose de touché dans le cerveau et ils ne savent pas si je pourrai jamais recouvrer la vue. Les médecins ne sont pas sûrs que j'entende ou que je comprenne ce qu'on me dit, alors ils me parlent comme si j'étais gâteuse. Et tout le monde fait comme eux, sauf Yvette qui s'obstine – à juste titre – à croire que je suis parfaitement consciente et que je vais jaillir un jour de mon fauteuil tel Lazare ressuscité...

Et voilà. J'ai trente-six ans. Je faisais du ski, du tennis, de la marche, de la natation, j'aimais le soleil, les balades, les voyages, les romans d'amour. L'amour... Et maintenant je suis enterrée en moi-même et je prie tous les jours pour mourir complètement.

Quand j'entends Yvette s'affairer autour de moi, je pense souvent à un film que j'avais vu à la télé un soir. L'histoire d'un pauvre type comme moi, mais amputé de surcroît de ses bras et de ses jambes, l'histoire d'un tronc humain, aveugle et muet, qui essayait de communiquer avec son infirmière pour la convaincre de le tuer. Benoît et moi avions failli pleurer. Heureux et bien portants, confortablement installés dans notre canapé, un verre à portée de la main. Prêts à verser des larmes sur les malheurs des autres.

Yvette me gronde. J'essaye d'avaler. C'est difficile. Tous les jours, je me demande pourquoi certains de mes muscles fonctionnent et pas les autres. Pourquoi mon cœur continue-t-il à pomper du sang et mes neurones à raisonner logiquement ? Pourquoi est-ce que ma peau est restée sensible au toucher et capable de frissonner ? Tous les jours depuis que j'ai repris conscience, je canalise toute ma volonté vers un seul but : bouger. Bouger, bouger, bouger. Il y a deux mois j'ai réussi à cligner des yeux et le mois dernier à lever l'index de la main gauche. Je peux également mouvoir ma tête, mais ce sont des mouvements désordonnés que je ne contrôle pas. Raybaud, mon toubib, dit que c'est un immense progrès. Et il va faire de la planche à voile. Raybaud n'est pas ce qu'on appelle un grand sentimental. Il pense que ma place serait dans un institut spécialisé. Un mouroir aseptisé, un potager électronique pour légumes humains.

Le dîner est fini. Yvette débarrasse. Elle allume la télé et fait la vaisselle. Les infos. « *Une grue s'est effondrée sur un immeuble à Bourg-en-Bresse.* » Sirènes, cris, commentaires. Voix surexcitée du présentateur. Encore mieux : une bavure policière à Lille. « *Un jeune Beur abattu par erreur, à cause d'un vol de voiture... Le ministre de l'Intérieur...* » Pourquoi est-ce que nous nous sommes trouvés devant cette foutue banque ? Est-ce que le destin existe ? « *Dans les Yvelines, la police recherche toujours le petit Michaël Massenet...* » Et si tel est mon destin, comment l'assumer ? A quoi sert-il de me plaindre ? « *L'anticyclone des Açores...* » Publicité tonitruante. J'écoute des voix enthousiastes vanter les mérites des couches, des matelas, des lessives, des voitures, du papier-toilette, des piles électriques, du parfum, du fromage et des surgelés. Ça me semble très très loin. Début du programme choisi par

Yvette : un débat sur la drogue et la délinquance à l'école. J'écoute pieusement.

Fin du débat. Personne n'est d'accord, mais tout le monde se congratule. Yvette soupire, me roule jusqu'à ma chambre. Elle me fait basculer sur le lit. Demain, la masseuse doit venir. Elle va tirer sur mes membres morts, les oindre d'huile, les pétrir interminablement en se demandant si je sens quelque chose. Et je ne pourrai pas lui répondre.

– Bonne nuit, me dit Yvette.

Bonne ou mauvaise, c'est toujours la nuit.

Ce matin, Yvette m'a emmenée avec elle au supermarché, comme tous les samedis depuis que le temps s'est radouci. Ce n'est pas loin, elle y va à pied en poussant mon fauteuil. Merveilleuse Yvette qui persiste à me traiter comme un être pensant. Encore une chance que je puisse me tenir assise. J'ai au moins le plaisir de sentir le soleil sur mon visage, d'entendre les oiseaux, les klaxons, les cris des enfants, de respirer les gaz d'échappement et l'odeur du gazon fraîchement coupé, de deviner tout un monde agité et coloré autour de moi. Yvette m'a mis des lunettes noires. Elle prétend que le soleil pourrait me blesser les yeux. Moi, je crois que c'est pour ne pas effrayer les enfants avec mon regard fixe. Me blesser les yeux... Pour ce qu'ils servent ! Quelquefois, en plaisantant, je me dis que ce qui me manque le plus, c'est de ne pas pouvoir me regarder dans un miroir. Futile, c'est sûr, mais est-ce que je suis toujours jolie ? Est-ce que je suis bien coiffée ? J'ai modérément confiance dans les talents d'Yvette.

Yvette m'a installée près d'un arbre, c'est elle qui me l'a dit. Bien au calme, pas loin du gardien au cas où des petits loubards auraient l'idée de m'enlever. « Une ravissante tétraplégique violée par une bande de jeunes asociaux », j'imagine les titres. Yvette est entrée faire ses emplettes. J'attends. Les gens échangent des commentaires sur le temps, les élections, le chômage, etc. Avant d'être un légume, je dirigeais un petit cinéma, le Trianon,

13

à l'entrée de la ville, pardon, de la Nouvelle Zone Urbaine. Trois salles refaites à neuf. L'héritage paternel. J'avais développé un secteur art et essai qui me permettait d'être invitée dans pas mal de festivals et d'aller souvent à Paris. Cinéma, théâtre, terminé. Non, je ne dois pas recommencer à m'apitoyer sur moi-même.

Quelque chose vient de me tomber sur la main. C'est humide. J'entends roucouler au-dessus de ma tête. Con de pigeon. La pensée de ce guano sur ma main me dégoûte. Je ne supporte plus de ne plus pouvoir disposer de mon corps, je ne supporte plus cette impuissance…

— Pourquoi tu t'essuies pas ?

Quelqu'un m'a parlé. Un enfant. Une petite voix timide. Je ne dis rien, évidemment.

— Madame ! Y a un pigeon qui t'a fait caca dessus.

Le gosse doit se demander pourquoi je ne dis rien. Il se rapproche, j'entends son souffle plus près.

— Tu es malade ?

Perspicace, le môme ! Je rassemble toute ma volonté et je lève l'index.

— Tu ne peux pas parler ?

Non, je ne peux pas. Je lève encore l'index. Je ne sais même pas si le môme s'en rend compte.

— Je m'appelle Virginie.

Une petite fille ! Décidément, je n'ai pas encore acquis l'ouïe surdéveloppée des aveugles. Elle pose sa main sur la mienne, je la sens, une petite main fraîche. Qu'est-ce qu'elle fait ? Ah, elle m'essuie la main, je sens le contact d'un tissu ou d'un kleenex.

— Je t'essuie la main, madame. Tu habites par ici ?

Je lève l'index.

— Quand tu lèves l'index, ça veut dire oui ?

Je lève l'index.

— Moi aussi, j'habite par ici. Je suis venue faire des courses avec mon papa. Il ne veut pas que je parle avec des étrangers, mais toi, c'est pas pareil vu que tu es paralysée. Tu as eu un accident ?

Je lève l'index. C'est ma première conversation depuis des mois. Je me demande quel âge elle a.

– Moi, mon père il travaille dans une banque. Ma maman elle est bibliothécaire. Moi, je vais à l'école, aux Charmilles. J'ai sept ans. Tu veux que je te raconte une histoire ?

Je lève l'index, pensive. Sept ans. Tout son avenir devant elle. Dire que j'ai eu sept ans et que je m'étais juré de faire de grandes choses…

– Il était une fois un petit garçon qui s'appelait Victor, c'était le fils du bureau de tabac. Il était très méchant, alors, un jour, il a été mort dans les bois où on lui avait pourtant défendu d'aller se promener.

Mais qu'est-ce qu'elle raconte ?

– La police est venue, mais elle n'a rien trouvé. Après Victor, la Mort des Bois a pris Charles-Eric, le fils de la dame de la Poste. On l'a retrouvé le long du train dans les buissons, tout plein de sang lui aussi. La police est venue, mais elle n'a rien trouvé. Et puis il y a eu Renaud. Et, depuis hier, la Mort a pris Michaël, au bord de la rivière.

Cette gamine est folle. Quelle idée d'inventer une histoire pareille ! Elle s'appuie sur mon avant-bras et me chuchote :

– Mais moi je sais qui c'est qui les a tués.

Quoi ? Et d'abord, d'où est-ce qu'elle sort ? Où est son père ?

– Parce que moi je l'ai vu, l'assassin. Tu m'écoutes ?

Je lève l'index. Et si c'était vrai ? Non, c'est ridicule. Ce doit être une de ces gamines qui regardent trop la télé.

– Et, depuis, j'ai tout le temps peur. Alors je travaille mal à l'école et eux, ils croient que c'est parce que Renaud est mort. Renaud c'était mon grand frère, tu comprends ?

Je lève l'index. Cette gamine a une imagination complètement morbide.

– Je l'ai vu quand ça lui est arrivé à Renaud. Dans la petite cabane au fond du jardin. Tu sais, les cabanes pour enfants en tissu avec des fenêtres peintes dessus, et Renaud il était dedans et…

– Virginie ! (Une voix masculine, chaude et profonde.) Ça fait un quart d'heure que je te cherche. Je t'avais dit de rester près du kiosque. Elle ne vous ennuie pas au moins, mademoiselle ? Oh, excusez-moi…

Les gens s'excusent toujours quand ils se rendent compte de mon état.

– Dis au revoir à la dame, Virginie.

– Au revoir, madame. Nous, on vient tous les samedis faire les courses.

– Virginie ! Ça suffit ! Excusez-nous…

Il a une voix jeune. Bien timbrée. J'imagine un grand type avec des cheveux courts, en jeans et polo Lacoste.

– Il y a un problème ?

Ça, c'est Yvette.

– Non, non, c'est juste Virginie qui était venue bavarder avec madame et j'espère qu'elle ne l'a pas dérangée.

Dans tout ce qui me dérange, c'est vraiment le moindre mal. Chuchotements d'Yvette. J'imagine ce qu'elle peut lui raconter. « Un terrible accident, patati, infirme, perdu la vue et privée de l'usage de la parole, affreux, patata, si jeune, son fiancé mort, la pauvre, pas d'espoir, les médecins sont pessimistes, vie tellement injuste… »

Virginie qui me souffle à l'oreille :

– Si tu viens samedi, je te raconterai la suite.

– Allez, on y va ! Dis au revoir.

J'imagine son père la tirer par la main, pressé de se défiler.

Yvette me pose des sachets plastiques remplis de choses pointues sur les genoux, en accroche aux poignées du fauteuil, et en route. Tout en marchant, elle me parle comme elle fait toujours quand elle me promène. Elle a pris l'habitude de ces monologues. Elle a dit à Raybaud qu'à son avis je la comprenais. Et c'est vrai. Raybaud lui a rétorqué de ne pas trop s'illusionner. Et hop, planche à voile ! Mon cas ne l'intéresse pas vraiment. Trop déprimant. Le seul qui ait manifesté un réel intérêt, c'est le neuropsychiatre de l'hôpital, le professeur Combré. C'est un spécialiste de la chirurgie du cerveau. Il doit me revoir dans trois mois. Je me prends parfois à rêver qu'il décide de tenter une opération de la dernière chance. Mais comment le convaincre ? Yvette parle sans s'arrêter.

– Quand je pense qu'ils ont encore augmenté le prix de la sole. Si on veut continuer à manger du poisson frais, va falloir être milliardaire. Je sais bien que vous vous en fichez, mais tout de même.

Je ne sais pas pourquoi, Yvette s'est toujours obstinée à me vouvoyer. Elle s'adressait à mes parents à la troisième personne et moi j'étais Mlle Elise. Ça a un petit côté rétro. Elle est en train de parler de Virginie :

– Une bien jolie petite fille, oui. Son père aussi, un garçon sympathique. Des gens bien, ça se voit. La petite était bien tenue, propre, polie. Lui, très élégant, polo vert pâle, jeans propres, mais moderne quand même, vous voyez ? Quel dommage que vous n'ayez pas plus de visites. Je sais bien que vous n'y trouvez certainement aucun plaisir, mais quand même. Se retrouver toute seule comme ça… ah, on peut dire que vos amis vous ont bien laissée tomber. Mais ça, je vous l'avais dit, les gens, de nos jours, ils ne vous aiment que si vous leur êtes utile.

Mes amis… Je n'ai jamais eu beaucoup d'amis, je pouvais les compter sur les doigts d'une main. Et, comme par un fait exprès, ils ne sont pas sur place : Frank et Julia vivent à Paris, Cyrille vient d'être mutée près de Grenoble, Isabelle et Luc habitent Nice, près de chez mon oncle. Depuis que j'avais rencontré Benoît, je ne voyais presque plus personne et, la plupart du temps, les rares connaissances avec qui nous sortions résidaient à Paris. Au début, ils ont téléphoné, les amis. Sous le choc. Benoît mort, moi infirme… Et puis les coups de fil se sont espacés. Je les comprends, ça doit être gênant, ils ont préféré m'oublier.

– Est-ce que j'ai pensé à l'Ajax Vitres ? se demande soudain Yvette.

Elle récapitule longuement ses courses. Je n'écoute plus. Je songe à ce que m'a raconté la petite Virginie.

Maintenant que j'y réfléchis, je me souviens très bien de ce petit Victor, le fils de la buraliste. Tout le monde en avait parlé. Etranglé près du canal. C'était il y a au moins cinq ans... Et l'autre, celui avec un nom à rallonge, oui, je m'en souviens, nous en avions discuté avec Benoît. Etranglé lui aussi, je crois. Les gendarmes avaient soupçonné un oncle, sans résultats. Mais ce genre de choses se produit si souvent... on en parle et puis le temps passe et on oublie. Et ce petit Michaël ? Ce serait donc tout récent ? Est-ce que je n'ai pas entendu ce nom hier soir aux infos ? Il faut que j'écoute le journal télévisé ce soir. A condition qu'Yvette me laisse dans le salon. Parfois, elle me roule jusque dans ma chambre et me laisse là comme un paquet de linge sale jusqu'à l'heure du dîner. Je suis censée me reposer. De quoi, je me le demande. Elle me met la radio, ou de la musique. Elle pioche au hasard dans mes CD, élimine ce qui lui semble discordant et me gave de musique classique ou de valses musettes. J'ai bien dû écouter deux cents fois *Riquita, jolie fleur de Java* et souvent je rêve d'étrangler Riquita, de la réduire en bouillie.

Yvette a rangé ses courses. Elle m'a laissée dans le salon au soleil. Il commence à faire chaud, Yvette a ouvert les fenêtres en grand, je sens le vent sur mon front et l'odeur des fleurs dehors. Je suis incapable de différencier leurs parfums, mais je sens, je respire l'odeur du printemps en fleurs, je m'imprègne de soleil, avidement.

On sonne. C'est la masseuse. Séance de torture en vue.

La chance me sourit. Tout en s'activant sur mes membres distendus, Catherine, c'est la kiné, crie soudain à Yvette qui est occupée dans la cuisine :

– Vous avez entendu ? Ils ont retrouvé le gamin, étranglé.

– Quoi ? répond Yvette en fermant le robinet.

– Le petit Michaël Massenet, de La Verrière. Sa mère vient chez moi à cause de ses cervicales. Elle a eu le coup du lapin l'année dernière. Ils viennent de le retrouver dans les bois. Etranglé.

18

La voix d'Yvette, plus proche. Je l'imagine en train de s'essuyer les mains dans son tablier en coton imprimé : fleurs de printemps pastelisées. Elle est indignée :

– Quelle époque ! Il avait quel âge ?

– Huit ans. Un joli petit môme blond, tout bouclé. Je viens de l'entendre aux infos de 3 heures. Le corps a été découvert près de la rivière par un pêcheur qui revenait à sa voiture, sur le coup de midi. La mort remonterait à vingt-quatre heures au moins. Vous imaginez le choc qu'il a dû avoir, le type ? Moi, si j'avais des gosses, je ne les laisserais pas dehors en ce moment. Vous vous rendez compte que c'est le quatrième en cinq ans ?

– Le quatrième ?

– Mais oui ! Au début, ils n'avaient pas fait le rapprochement, mais maintenant…

– Ils ont une piste ? Des indices ? l'interrompt Yvette, qui est férue de littérature policière.

Au son de sa voix, la Grande Catherine doit faire la moue :

– Vous pensez ! Ils pédalent dans la semoule. Comme elle, tiens, ajoute-t-elle en me pinçant le mollet.

Yvette a dû prendre un air réprobateur car la Grande Catherine précise aussitôt :

– En tout cas, elle fait des progrès, c'est formidable !

Yvette ne se laisse pas distraire :

– Mais, dites-moi, Michaël Massenet, ce n'était pas ce joli petit garçon qui jouait du piano au centre culturel ?

– Oui, c'est ça. Très poli, très précoce pour son âge…

Elles continuent un moment sur ce thème et je n'en perds pas une miette. Michaël Massenet, huit ans, élève de CE2 aux Charmilles, la nouvelle école de la Nouvelle Zone Urbaine. Père moniteur d'auto-école, mère secrétaire. Bon élève, famille unie. Certainement un crime de sadique, conclut Yvette.

Maintenant, je suis allongée sur mon lit. Yvette a éteint la télévision. Il doit être 11 heures. Elle fait une ronde vers les 3 heures du matin pour voir si tout va bien pour moi : soif, pipi, chaleur…

Sainte Yvette. J'espère au moins que mon tuteur lui verse un salaire généreux. C'est mon oncle qui a été nommé tuteur. Mon oncle Fernand, le frère de mon défunt père. Il dirige une entreprise de maçonnerie près de Nice et c'est ce qu'on appelle un honnête homme.

Mais ce n'est pas le sujet du jour. Le sujet du jour, c'est cette affaire de meurtre. Nous avons écouté les informations de 20 heures. Par chance, quand un sujet la passionne, Yvette me laisse auprès d'elle afin de pouvoir le commenter à quelqu'un. Ils ont bien sûr parlé du petit Massenet. Étranglé. Ils ont relié le crime à d'autres, plus anciens, perpétrés dans un rayon de cinquante kilomètres alentour : Victor Legendre, étranglé à Valençay en 1991 ; Charles-Eric Galliano, étranglé près de Noisy en 1992 ; Renaud Fansten, étranglé dans le jardin de ses parents à Saint-Quentin en 1993. Aucun de ces meurtres n'a jamais été élucidé. De plus, comme l'a souligné le speaker, ce sont des équipes différentes qui ont travaillé sur chacune de ces affaires : les gendarmes dans les deux premiers cas, la Brigade criminelle dans le troisième. Bref, l'assassinat de Michaël Massenet relance les recherches. Yvette n'a pas cessé de pousser des exclamations et d'invectiver les flics et les obsédés sexuels, qu'on devrait lobotomiser.

Une chouette ulule au loin. Je voudrais me retourner, j'en ai marre d'être sur le dos. Un soir sur le dos, un soir sur le côté. Chaque fois, Yvette me cale avec des oreillers, me place des coussins entre les genoux et les chevilles, comme l'a recommandé Raybaud, afin d'éviter les points de compression générateurs d'escarres. Ce que ça doit être chiant de m'installer comme ça, tous les soirs. Stop, pas envie de commencer à me plaindre. Ainsi la gamine a-t-elle dit la vérité. Plusieurs enfants ont été assassinés, dont, soi-disant, son propre frère. C'est terrible. Je comprends qu'elle éprouve le besoin d'en parler. Mais je trouve le ton détaché avec lequel elle a évoqué ces meurtres assez inquiétant. Elle doit être très perturbée... J'aimerais bien la revoir... enfin, je veux dire... la ré-entendre. Les Charmilles ? Est-ce que ce n'est pas le nom de l'école où elle m'a dit aller ? Ce grand truc en verre avec des arbres qui doivent pousser un jour ?

Je m'étais assoupie, mais je viens de me réveiller en sursaut. Comment savait-elle pour Michaël Massenet ? La petite Virginie. Elle a dit très distinctement : « Et depuis hier c'est Michaël, il est près de la rivière. » Or la Grande Catherine a bien précisé que le corps n'a été découvert que vers midi aujourd'hui. Comment la gamine pouvait-elle le savoir ce matin à 10 heures ?

*Parce qu'elle l'a vu. Elle a vu le corps.*

*Ou le meurtre.*

C'est pour ça qu'elle était au courant. Elle se promenait peut-être par là et elle a tout vu ! Elle ne mentait pas quand elle disait qu'elle connaissait l'assassin ! Et dire que je ne sais même pas qui elle est. Virginie. Je fouille dans ma mémoire. J'en ai vu défiler des gosses, au ciné, mais il y a beaucoup de nouveaux lotissements, des gens viennent s'installer tous les jours. La seule Virginie dont je me souvienne était une petite grosse d'environ dix ans qui se goinfrait de bonbons. Celle-ci m'a dit avoir sept ans, donc ça ne colle pas. Et puis l'autre avait une voix criarde, tandis que celle-ci a une voix douce, calme. Froide.

Si cette gamine a vu l'assassin, il faut faire quelque chose. Mais quoi ? Je suis bien incapable de prévenir les flics. Et même si par miracle j'y arrivais, je leur dirais quoi ? De chercher une môme de sept ans appelée Virginie et dont j'ignore même si elle habite ici ou dans un des « ensembles résidentiels » qui ceinturent les bois ?

Je n'ai qu'une hâte : être à samedi.

# 2

C'est le grand jour. Je me suis réveillée très tôt. Je le sais parce que j'ai attendu longtemps qu'Yvette arrive, me lève, me lave, me passe le bassin, m'habille. Je suis très heureuse de pouvoir plus ou moins contrôler ma miction. Ça me rassure. Ça me laisse l'espoir de récupérer un jour un peu de mon autonomie. Je me contenterais de pouvoir bouger les bras, hocher la tête, sourire. Tant pis pour le sexe. Tant pis pour la parole. Mais voir. Voir de nouveau. Communiquer avec les autres. Pourquoi est-ce que personne ne m'offre un ordinateur vocal ? Parce que je ne suis ni riche ni célèbre ni géniale, il faut bien se rendre à l'évidence.

Le lit est équipé d'un dispositif spécial qui permet à Yvette de me faire glisser dans le fauteuil. Me voilà installée. Quand on sort, elle m'habille, opération laborieuse. Un tee-shirt qui me tire-bouchonne toujours dans le dos. Une jupe recouverte d'un plaid. Elle me met les sempiternelles lunettes, noue une écharpe autour de mon cou en m'assurant que le fond de l'air est frais. Je crève de chaud. Nous partons. Heureusement que la maison donne de plain-pied sur un petit jardin. C'est le genre de détail qui m'a évité d'être placée dans un établissement spécialisé. Ça et l'argent que mon oncle a retiré de la vente du cinéma et qu'il gère à ma place. Je me souviens de sa visite, fin janvier. Il m'a posé une main sur l'épaule et il a pris sa voix des heures graves : « Ecoute, petite, j'ai bien réfléchi. Tu as besoin d'argent, tu as besoin qu'on s'occupe bien de toi. J'ai décidé de vendre le cinéma. Je suis sûr que

Louis aurait été d'accord. (Louis, c'est mon défunt père, le fondateur de l'entreprise.) Je sais que tu y tenais beaucoup. Mais un cinéma ça peut se racheter. Tes jambes, non. Il faut consacrer toutes tes forces à guérir. Et ça, ça va coûter cher. Je veux que tu aies les meilleurs traitements. Tout ce qui se fait de mieux. Le meilleur fauteuil roulant, tout ça. Tu comprends ? Alors, voilà, j'ai vendu. A Jean Bosquet. » J'avais été furieuse. Bosquet ! Ce gros salaud qui roule en Jaguar et qui a fait fortune dans le porno en 70. Il a les salles les plus moches et les plus vieilles du coin. Qu'est-ce qu'il va faire de mon Trianon ?

Le fauteuil cahote sur le trottoir et m'arrache à ces souvenirs. Yvette parle sans arrêt, commentant tout ce qu'elle voit : le nouvel imper de Mme Berger, l'institutrice, qui ferait mieux de renoncer à porter du long, on dirait un vrai tonneau. La coiffure assurément malheureuse de cette pauvre petite Sonia qui croit que son CAP de manucure lui confère le statut de starlette, etc., etc.

Quelques mots attirent mon attention.

– Oh ! C'est cette pauvre Mme Massenet, la maman de ce pauvre petit Michaël, vous vous souvenez certainement du petit Michaël, celui-qu'on-a-retrouvé-dans-les-bois-samedi-dernier, un petit blond bouclé, toujours poli… Comme elle a l'air triste ! Et les yeux cernés. Bien courageuse de venir faire ses courses. Moi, j'aurais changé de supermarché. Bon, voilà, je vous laisse. Le garde n'est pas loin, je vais lui demander de jeter un coup d'œil. A tout de suite.

Je l'entends qui s'éloigne en marmonnant, à la recherche de sa monnaie pour le Caddie.

Je suis aux aguets. A chaque pas qui s'approche de moi, je sens les muscles de mon cou tressaillir. Est-ce qu'elle viendra ?

Et, soudain, elle est là.

– Bonjour, madame. Tu vas bien ?

Index.

– Tu veux que je te raconte la suite de mon histoire ?

Double index.

– La police, elle a retrouvé Michaël. Dans les bois. Il était très mort. Je savais qu'ils le cherchaient, mais je ne pouvais pas leur dire où il était sinon ils m'auraient demandé comment je le savais, tu comprends ?

Et comment que je comprends !

– Moi, je le savais parce que j'étais partie jouer avec lui à la pêche. On pêche pas pour de vrai, on attache du fil à un bâton et on fait semblant. Sa maman, elle veut pas qu'il aille jouer à la rivière, mais on lui ment, on dit qu'on va faire du vélo. Et puis, moi, j'en ai eu marre de la pêche parce qu'il disait qu'il attrapait tous les poissons et moi rien du tout et je lui ai dit que je rentrais chez moi. Je suis partie, mais j'ai trouvé un beau champignon et quand j'ai relevé la tête j'ai vu qu'il l'avait rencontré.

J'ai envie de la secouer à bout de bras. Rencontré qui, bordel ?

– Et alors j'ai su qu'il allait être mort, comme les autres, parce que c'est toujours pareil. Je voulais m'en aller mais je suis restée, cachée derrière l'arbre. Je voulais voir.

Sa petite voix flûtée. Dévidant froidement sa litanie d'horreurs.

– Michaël, il lui a dit bonjour et puis j'ai vu son visage changer, il a fait un pas en arrière, et un autre, et puis il est tombé. Il était foutu, tu vois, il a bien essayé de se relever mais c'était trop tard. Les mains lui serraient le cou, elles le secouaient, il était tout rouge, et puis tout violet, et puis sa langue est sortie de sa bouche et il est retombé par terre, les yeux grands ouverts. Moi, je n'ai pas bougé, j'avais chaud, tu vois, je transpirais mais je savais qu'il ne fallait pas que je bouge et alors les mains l'ont lâché et…

– Tu es encore là, petite bavarde ? Tu ne peux pas laisser la dame tranquille ?

Son père doit être tout près de moi. Odeur d'eau de toilette. Fraîche et poivrée. Je ne sens plus le soleil, il doit être debout devant moi, sa voix paraît plus proche, très douce soudain :

– Ecoutez, ce n'est pas que je ne veuille pas qu'elle

parle avec vous, mais je ne sais pas si ça vous dérange… Oh, bonjour, madame… Virginie m'a filé entre les doigts pour venir ici…

– Ce n'est pas grave. Mlle Elise a toujours bien aimé les enfants. Je ne pense pas que ça ait changé. Elle était toujours contente quand ils venaient voir les dessins animés. Vous savez, le cinéma Le Trianon…

– Oui, je connais. Avant nous habitions Saint-Quentin, mais nous venons d'emménager à Boissy, aux Merisiers.

Saint-Quentin ! Le petit Renaud dont ils ont parlé aux infos avait été tué à Saint-Quentin !

– Mais c'est juste à côté de chez nous ! Nous sommes voisins ! Quelle coïncidence ! Eh bien, Mlle Elise était la propriétaire du Trianon.

Qu'est-ce qu'elle a besoin de raconter ma vie comme ça ? Maintenant, il va me prendre pour une vieille fille coincée qui gavait les gamins d'Esquimaux glacés en leur tapotant la tête.

Des sacs sur mes genoux. Le fauteuil s'ébranle. La conversation entre Yvette et le père de Virginie se poursuit. Génial !

– Comme elle est mignonne, votre petite fille !

– On dirait un ange, mais c'est un vrai démon, hein, Virginie ?

– Vous avez d'autres enfants ?

– Je… Eh bien je… j'avais un fils, mais, oh, voilà ma voiture. Je vais vous laisser. Ecoutez, je suis désolé mais je ne vous propose pas de vous déposer, à cause du fauteuil…

– C'est très gentil quand même. De toute façon, ça fait du bien de marcher un peu, lui rétorque Yvette sans insister, pleine de tact.

– Au revoir, Elise, à samedi ! lance la petite voix fraîche de Virginie. Au revoir, madame.

– Au revoir, Virginie. Je crois qu'Elise sera très contente que tu viennes lui dire bonjour… si ça ne vous dérange pas, bien sûr, monsieur…

– Mais non, pas du tout ! Allez, dépêche-toi, Virginie. Maman va nous attendre. Au revoir.

Portières qui claquent.

Yvette nous remet en route.

– Je ne sais pas ce qu'il a voulu dire avec son fils, c'était bizarre, on aurait dit qu'il ne voulait pas en parler, sûrement qu'il y a eu un malheur dans cette famille. En tout cas, la petite vous aime bien. Ça fait plaisir de voir des enfants qui ont du cœur. Je me souviens par exemple...

Yvette se lance dans une longue digression sur les enfants sournois et mauvais qu'elle a connus dans sa vie. Je n'écoute plus. Je réfléchis. Virginie avait prétendu que son propre frère était mort. L'attitude de son père laisse à penser que c'est vrai. C'est déjà un point en faveur de l'enfant. Reste à savoir si son frère s'appelait Renaud. Mais dans ce cas, si Virginie a réellement assisté au meurtre du petit Michaël, *elle est en danger*. L'assassin va certainement décider de l'éliminer. A moins qu'il ne l'ait pas vue. Comment savoir ? Je ne supporte pas cette impuissance. J'étouffe, j'étouffe, j'ai l'impression d'être enfermée dans une camisole de force et de supplier un docteur fou de bien vouloir me délivrer. Mais personne ne me délivrera jamais. Je voudrais hurler. Lever les bras. Simplement lever ces putains de bras.

– Oh là là ! Ce que vous transpirez ! Attendez, je vais vous enlever l'écharpe.

C'est ça, enlève-la, fais-y un nœud coulant et suspends-moi à une branche, que je meure au moins debout, j'en ai marre ! Ne pas se laisser aller à des pensées de ce genre. Se raccrocher au réel. Virginie est réelle. Et elle a des problèmes. De gros problèmes. Il faut que je sache qui est son père, le nom de cet homme. Il faut que j'intervienne. Il faut que je me bouge !

La Grande Catherine vient tous les jours me prodiguer ses soins énergiques. C'est une grande blonde... Mince, sportive, aérobic, queue de cheval et caleçons synthétiques. Avant l'accident, je la voyais parfois au ciné avec

26

son petit ami du moment. Elle ne sort qu'avec de grands costauds à cheveux ras et qui ont peine à marcher sans que leurs cuisses frottent l'une contre l'autre. Je la connaissais seulement de vue, n'ayant jamais eu besoin de ses services, et je ne la trouvais pas tellement sympathique. J'ai du mal à admettre que je lui suis livrée pieds et poings liés et que ma rééducation dépend de cette grande nunuche aux opinions plus arrêtées qu'un feu rouge et qui semble en permanence réciter le dernier journal télévisé.

Mais, en l'occurrence, elle est utile. Très utile. Incapable de se taire plus de cinq minutes d'affilée. Je suis environnée de grandes bavardes. D'accros à la conversation. Quel bienfait ! C'est dans mon genre de situation qu'on bénit Dieu d'avoir inventé les pipelettes. Car, contrairement à ce qu'on pourrait croire, je n'ai aucune envie de me retirer dans un noble silence pour méditer sur l'existence relative du cosmos. J'ai envie de vivre, moi. Je suis vivante !

Et donc, la Grande Catherine est une source inépuisable d'informations. Elle et Yvette, c'est « Envoyé spécial banlieues ». Par elles, je saurai qui est Virginie.

– Vous avez vu les infos ? lance la Grande Catherine en me tirant sur l'avant-bras.

– Non, pourquoi ? On a déjeuné dans le jardin, il faisait tellement beau.

– Ça ne doit pas être facile de la faire manger, murmure Catherine, pensive, en me triturant le triceps.

Eh oui, ma fille, on la nourrit quand même, la débile. Désolée que ça heurte ta profonde sensibilité.

Elle reprend :

– Ils ont reparlé du petit Michaël. Avec le même reportage que la semaine dernière, le bois, le pêcheur qui a trouvé le corps, etc., parce que maintenant ils sont sûrs que c'est un maniaque. Il en aurait tué quatre ! Quatre enfants, d'une huitaine d'années, assassinés ! Tous dans un rayon de cinquante kilomètres. Quand je pense qu'il se promène en liberté !

– Et ils n'ont rien relevé ? Empreintes de pas, traces de pneus, brins de tissu ? s'enquiert Yvette, déjà prête à mener l'enquête.

– Rien ! Pas ça ! Tous les pauvres petits ont été étranglés.

– Et, hum, violentés ?

– Non, même pas. Juste étranglés.

– Curieux, marmonne Yvette en s'affairant dans la pièce. (Elle doit « faire » la poussière.) En général, les meurtres de jeunes enfants ont un mobile sexuel.

– Ah ouais ? Ben, en tout cas, i'z'en ont pas parlé. Le pire, c'est que j'en connais au moins trois, des mères. Une, c'est la postière du bureau de La Verrière. La seconde, c'est la buraliste du Leclerc. Et la troisième, c'est Mme Massenet, qui était patiente chez moi, comme je vous l'ai dit.

– Et les autres ?

– Des gens que je connais pas. A la télé, ils disaient que le père travaillait dans une banque. Ils n'ont pas voulu être filmés.

C'est eux, c'est certainement eux ! Si seulement la Grande Catherine avait pu les connaître... Mais ça aurait changé quoi ? Elle ne se rendra jamais compte que je ne suis pas un légume. Pour ça, il faudrait qu'elle me regarde. Alors, j'imagine : essayer de lui faire passer un message aussi compliqué...

Le docteur Raybaud est venu. Examens divers, plus prolongés que d'habitude. C'est normal, il pleut, pas de virée au lac aujourd'hui. Il m'a palpée partout, j'ai saisi l'occasion pour lever l'index, plusieurs fois d'affilée. Il a appelé Yvette et lui a demandé si je faisais souvent ça. Elle a répondu qu'elle n'en savait rien. Il lui a dit d'y faire attention. J'ai cligné des yeux et j'ai essayé de tourner la tête, mais ça n'a pas eu le résultat escompté. Il a cru que j'avais une crise et ils m'ont maintenue sur le siège jusqu'à ce que ça aille mieux. Conclusion de Raybaud : il semblerait que j'aie récupéré quelques bribes de motricité. Il va en parler au professeur Combré. « Mais pas de faux espoirs », a-t-il précisé. Ce ne sont peut-être que des réactions réflexes, des soubresauts mécaniques, des « contractures » comme on dit.

Ça va faire huit mois que le train de ma vie roule dans ce tunnel sans lumière. Si seulement… Non, ne pas se laisser aller à l'espoir.

– Mademoiselle Elise ! Hou hou ! C'est moi !

Rassure-toi, Yvette, je ne me suis pas sauvée. Je suis toujours posée sur mon fauteuil comme un paquet qui attend qu'on l'ouvre.

– Vous ne devinerez jamais qui j'ai rencontré ! Juste devant la Poste. Virginie et ses parents ! Quel dommage que vous n'ayez plus le cinéma, on aurait pu leur donner des invitations. Ils passent *Le Livre de la jungle* cette semaine.

La patrouille des éléphants me défile sur le cœur.

– Je leur ai montré la maison, comme on était à côté… Elle, elle s'appelle Hélène. Très jolie femme, mince, très brune, avec de grands yeux bleus. Une peau très blanche. Lui, il s'appelle Paul. Paul et Hélène Fansten.

C'est eux ! Virginie a dit vrai : son frère a bien été assassiné.

– Lui, très élégant, un beau visage à la Paul Newman, vraiment très sympathique, reprend Yvette. Très viril. Tout à fait le genre de… enfin… bien, quoi…

Tu voulais dire : tout à fait le genre de Benoît, je le sais bien. Est-ce possible ? Benoît était unique. Et, en plus, il ressemblait à Robert Redford, alors…

– On a discuté un brin, et puis je leur ai proposé de venir prendre l'apéritif un soir. Après tout, on est voisins ! Et vous savez quoi ? Ils ont accepté ! Ils viendront mercredi avec la petite.

Pour Yvette, hip hip hip hourra ! Ce qu'elle a dû les apitoyer sur mon sort pour réussir à les faire venir !

– Et pour son fils, j'avais raison.

Yvette baisse la voix, comme si nous étions à l'église :

– Il est mort il y a deux ans. C'est un de ces malheureux

petits qui ont été étranglés, vous vous rendez compte ?!
La mère de Virginie m'a dit qu'ils n'aimaient pas en parler, alors je n'ai pas insisté, vous me connaissez… Perdre
un enfant est toujours difficile, mais savoir qu'il a été
assassiné…

Effectivement, ce n'est pas le genre de détails sur les-
quels on a envie de s'étendre. Renaud Fansten. En 93, je
voyageais beaucoup. J'étais jurée dans plusieurs festivals
de films et puis, je ne me souviens plus pourquoi, mais
c'était une période où il y avait pas mal de tirage entre
Benoît et moi. C'est sans doute pour ça que je n'ai pas
fait attention à cet assassinat. Hélène et Paul Fansten. Paul.
Un prénom qui va bien à sa voix. Un homme sûr de lui.
Est-ce qu'il a les yeux clairs ou foncés ? Est-il brun ? Je
l'imagine brun. Et Virginie blonde, avec de longs cheveux
de petite poupée. Est-ce qu'ils viendront nous rendre
visite, le beau Paul et sa fille ? J'en doute.

J'ai attendu mercredi fébrilement. J'avais l'impression
que le temps n'avançait plus. Je me retrouvais dans un
état d'anxiété qui m'a rappelé mes premiers rendez-vous
avec Benoît.

Et voilà, nous y sommes. J'ai l'impression d'être assise
sur une pile électrique. C'est ridicule.

Depuis ce matin, Yvette s'affaire. Comme je la connais,
elle a dû préparer un lunch digne de Buckingham Palace.
Elle m'a lavée, habillée, coiffée (l'angoisse !), comme une
collégienne qu'on prépare pour la remise des diplômes.
Je suis nette, propre, vêtue d'une robe d'été en coton
(faites que ce ne soit pas une des siennes), installée dans
le salon près de la fenêtre ouverte. Je me demande quelle
tête j'ai. Je me doute bien que je suis toujours brune, petite
et mince, mais je dois avoir les joues creuses, ce qui
allonge le nez, et je suis certainement blanche comme un
cachet d'aspirine. Et ce poil stupide qui me poussait sous
le menton ? « Absolument invisible », disait Benoît. Tu
parles, il doit m'arriver au genou maintenant. Un squelette
en robe vichy avec un poil géant au menton, ils ne vont

pas être déçus du voyage. Un chien aboie quelque part. C'est drôle comme il faut toujours qu'un connard de chien aboie quelque part. On sonne.

Yvette se précipite. J'avale ma salive. J'aimerais tant pouvoir me regarder dans une glace pour voir l'allure que j'ai. Des pas rapides, des pas plus lents. Une course vers moi. Une petite voix fraîche :

– Bonjour, Elise.

Je lève l'index. Virginie pose sa main sur la mienne. Sa main est chaude. Quelqu'un d'autre entre dans la pièce.

– Bonjour.

La voix profonde. C'est lui. Paul.

– Bonjour.

Une voix douce et calme. Ce doit être Hélène.

– Asseyez-vous, je vous en prie, dit Yvette par-dessus un grincement de table roulante.

Soupirs du canapé en cuir. Ils ont dû s'asseoir. Je les imagine en train d'examiner la pièce du regard, discrètement. Les fauteuils club, le grand bahut en merisier de Mémé, le buffet avec la chaîne hi-fi, le meuble de la télé, la table basse en bois, les étagères garnies de bouquins, le bureau à cylindre où je rangeais mes papiers... J'entends les petits pas de Virginie qui font le tour de la pièce.

– Virginie, tu ne touches à rien !

– Non, Maman, je regarde. Il y a toute la collection de Bécassine.

Je les tiens de mon père. Je les avais gardés en pensant les lire un jour à l'enfant que j'aurais eu avec Benoît. Mais nous n'avons pas eu le temps.

– Je peux en lire un ?

– Mais bien sûr, mon poussin. Tiens, assieds-toi là.

Yvette l'installe dans le gros fauteuil près de moi.

– Ça a l'air immense, dites-moi ! lance Hélène.

– Oh, oui. Venez, je vais vous faire visiter.

Ils s'éloignent tous en papotant. Aussitôt, Virginie saute de son siège et se rapproche de moi. Elle me chuchote à l'oreille :

31

– A l'école, la maîtresse, elle m'a grondée parce que je ne savais pas ma leçon. Mais moi, je ne peux pas apprendre parce que j'ai peur. C'est bête, je sais, puisqu'il n'y a que les garçons qui meurent, mais on ne sait jamais. Et si la Mort changeait d'avis ? Tu as vu le film qui s'appelle *Le Sens de la vie* ? Mon papa l'a loué en vidéo. A un moment, la Mort, elle vient chez des gens qui ont mangé du pâté empoisonné pour les persuader qu'ils vont être morts.

Elle veut parler du film des Monty Python. Tu parles si je l'ai vu ! C'était un de nos films préférés, je l'ai passé au moins dix fois. Elle se penche encore plus près, petit souffle tiède.

– Moi, j'ai peur de la Mort. Sa figure est affreuse. Je voudrais tellement habiter à Disneyland, au château de la Belle au Bois dormant.

Même si je savais quoi répondre, je ne pourrais pas. Yvette et les autres reviennent, leurs pas résonnent sur le parquet vitrifié. Ils discutent du temps, de la vie chère, de maisons. Rien de passionnant. Virginie ne dit plus rien. Je suppose qu'elle lit Bécassine car j'entends des pages qui tournent régulièrement. L'entendre lire paisiblement, alors qu'elle vient de me raconter ces choses abominables et que les autres bavardent tranquillement, me donne un curieux sentiment d'irréalité. En fait, j'ai du mal à admettre que ce qu'elle me raconte est *vrai*. La voix chaude de Paul me surprend brusquement :

– Nous ne vous dérangeons pas ?

C'est à moi qu'il s'adresse ?

– Non, non, je suis certaine qu'elle est contente, Mlle Elise a toujours aimé voir du monde, répond Yvette à ma place.

Paul soupire comme si quelque chose l'attristait soudain. Serais-je un personnage romantique ? Va-t-il songer à moi, le soir, étendu sur son lit, quand la lune mange le ciel de sa blancheur ? En tout cas, je suis presque certaine de penser à lui, à l'image que je m'en fais : un homme élancé, brun, les cheveux très courts, la taille mince, de longues jambes, un visage décidé avec de grands yeux clairs… Peut-être est-ce parce que sa voix me rassure, me redonne confiance. Je me sens si seule. Et Hélène aussi a l'air sympathique. Des gens que j'aurais certainement eu plaisir à connaître, avant…

Hélène, Paul et Yvette discutent avec animation de la politique de la nouvelle municipalité.

Virginie se lève pour poser son livre. La voilà tout près de moi, la chaleur de son petit corps qui sent le bain moussant.

– Moi, je crois que la Mort elle aime pas son travail. Mais elle est obligée de le faire, tu vois, me chuchote-t-elle à l'oreille. Ça la prend comme ça, d'un coup, hop, y lui faut un enfant. Il y a un policier, le commissaire i's'appelle, il m'a interrogée plusieurs fois. Moi, je trouve qu'il a une tête de clown, je l'appelle Bonzo, il a une grosse moustache jaune et de la paille sur la tête. Il voudrait bien que je lui dise ce que je sais, mais je peux pas. Je peux rien dire, à personne, sauf à toi, parce que c'est pas pareil.

Il est vrai que je suis muette comme une tombe. Ainsi la police s'est-elle intéressée à Virginie. Comme à tous les gamins du coin susceptibles d'avoir vu quelque chose, sans doute.

– Renaud, il savait pas, pour la Mort des Bois, il se méfiait pas, alors la Mort l'a eu. Moi, je lui avais dit de pas jouer dans la cabane. Parce que j'avais bien vu que la Mort lui tournait autour, lui faisait des sourires… Mais il m'a pas écoutée. Tu m'écoutes, toi ?

Je lève l'index. Je suis un peu abasourdie.

– Virginie, qu'est-ce que tu fais ?

La voix d'Hélène, anxieuse.

– Je discute avec Elise.

Toussotements gênés.

– Tu ne veux pas un peu de thé ? Ou du chocolat, ma chérie ? demande Yvette.

– Non, merci, madame.

– Virginie, viens là deux secondes, s'il te plaît.

33

C'est Paul.

Soupir excédé de Virginie :

– On peut jamais être tranquille !

Je souris. Ou, du moins, j'ai l'impression de sourire. Je ne sais pas ce qu'exprime mon visage.

– Ça ne va pas, mademoiselle Elise ? s'enquiert Yvette.

Allons bon, mon sourire ne doit pas être au point.

– Il va falloir qu'on y aille. Nous sommes invités à dîner chez des amis, explique Hélène. Tu te prépares, Virginie ?

– Il faudra revenir nous voir. Vous savez... (Yvette baisse la voix), j'ai l'impression qu'elle va beaucoup mieux depuis qu'elle a fait votre connaissance à vous et à la petite, elle est tellement seule... Ça nous ferait vraiment plaisir que vous reveniez.

– Eh bien, nous essaierons. Enfin... si mon mari... il a beaucoup d'obligations, n'est-ce pas, Paul ? En tout cas, nous vous remercions. C'était très agréable. Tu dis au revoir, Virj' ?

– Au revoir, madame.

Course précipitée vers moi.

– Au revoir, Elise. J'aime beaucoup ta maison. Et je te trouve très gentille.

Une grosse bise sur ma joue. J'avale ma salive.

– Tu me trouves gentille, toi ?

Je lève l'index.

Chuchotements. Le pas lourd d'Yvette.

– Mademoiselle Elise ?

Index.

Elle se penche vers moi et me parle très fort en articulant bien :

– Vous m'entendez ? Si vous m'entendez, levez deux fois l'index.

Je lève deux fois l'index.

– Mon Dieu ! Alors, c'est vrai ! Elle nous entend ! Le docteur s'en était douté ! Je le savais bien, moi, qu'elle comprenait tout !

– C'est extraordinaire, murmure Hélène.

J'aimerais jaillir de mon fauteuil pour participer à l'allégresse générale.

– Qu'est-ce qu'il y a ? demande Virginie.

– Mlle Elise entend. Elle nous entend, elle nous comprend !

– Ben oui, sinon, comment vous voulez que je discute avec elle ?

– Ecoutez, Yvette, il faut vraiment que nous nous sauvions, et enfin… je veux dire, nous sommes très heureux pour vous deux…

C'est encore Hélène qui parle. Paul doit être très timide.

Brouhaha de voix dans le vestibule. La porte s'est refermée. Yvette est déjà au téléphone. Elle raccroche, triomphante :

– Le docteur passera ce soir.

Je ne suis pas mécontente de lui gâcher sa soirée à celui-là.

Raybaud est venu. Il a vite modéré les ardeurs d'Yvette. Le fait que je paraisse entendre et comprendre ne signifie pas : 1) que je sois mentalement à 100 % la même qu'auparavant, 2) que je récupère plus de motricité. On a vu, paraît-il, des gens vivre trente ans en ne pouvant remuer qu'un orteil ou une oreille. Toujours encourageant, le Raybaud. Bref, en ce qui concerne mes neurones, il conseille de passer une nouvelle batterie de tests.

Et hop ! Au revoir, dîner prévu, amis, impossible d'être en retard, un vrai courant d'air, ce type. Je ne sais même pas quelle tête il a. Je m'imagine une espèce de culturiste velu en combinaison étanche, avec un stéthoscope en bandoulière.

Yvette a débouché un quart de champagne, elle m'en fait goûter une larme et siffle le reste en téléphonant la bonne nouvelle à mon oncle, dans le Midi.

J'ai passé une nuit agitée. Enfin… manière de parler. Je n'arrive pas à penser à autre chose qu'à ce que m'a raconté Virginie. Et à Paul et Hélène aussi. Ils doivent me trouver repoussante. Je ne comprends pas pourquoi Virginie refuse de dénoncer le coupable. Car je suis persuadée qu'elle ne ment pas : elle sait qui c'est. Mais elle le protège. C'est invraisemblable !

# 3

Ma vie a changé. Je ne peux pas parler de miracle, mais c'est tout de même fantastique. Tout d'abord, le professeur Combré a laissé entendre que ma paralysie provenait peut-être plus d'un état de choc que d'une réelle atteinte des centres moteurs, les fibres nerveuses de la moelle épinière n'ayant pas été sectionnées. Sans vouloir me donner de faux espoirs, il pense qu'il y a de fortes chances pour que je recouvre un jour une partie de ma mobilité. On a intensifié la rééducation. Parfois, j'ai l'impression que je vibre comme un avion sur le point de décoller.

Ensuite, Hélène est revenue plusieurs fois, avec Virginie. J'ai l'impression qu'elle se sent très seule. Elle se plaint souvent de ce que Paul travaille trop. Il a un poste à responsabilités à la banque et des horaires impossibles. Elle s'ennuie. Elle s'installe près de moi dans le salon et me parle de sa voix douce. Elle me dit le temps qu'il fait, les fruits, les fleurs, la couleur du ciel, l'avancée des nuages. J'ai l'impression d'avoir trouvé une amie. Virginie, elle, traîne avec Yvette dans la cuisine. Elle semble m'éviter et ne me parle plus de rien. Mon diagnostic est que nous avons là un bel exemple de jalousie.

Je ne sais pas comment faire comprendre à Hélène que Virginie est peut-être en danger. Il est vrai que toutes ces histoires de meurtres semblent bien lointaines sous ce beau soleil, dans la douceur de l'après-midi. Peut-être Virginie n'est-elle qu'une petite fille très imaginative.

En tout cas, quand Hélène est là, le temps passe plus vite. Aujourd'hui, je suis seule. Je m'imagine que je suis à la piscine et que je me fais bronzer. Mais j'ai du mal à me concentrer parce que hier soir il y a eu un attentat à Paris. J'aurais voulu qu'Yvette coupe le son, j'entendais les témoignages affolés, les sirènes d'ambulance, je pensais au sang répandu, à la terreur, à l'incompréhension. Je pensais à moi. A ma panique. Je pensais à Benoît, à sa vie brutalement interrompue. Chaque information de ce genre me replonge dans le passé quand j'essaye à tout prix de m'en évader. Je commence à comprendre les gens qui refusent d'écouter les mauvaises nouvelles.

On sonne.

Surprise ! C'est le fameux commissaire dont Virginie m'a parlé. Yvette le fait entrer. Je ne sais pas ce qu'il fabrique, je n'entends rien. Sans doute me regarde-t-il.

– Mademoiselle Andrioli ? Je suis le commissaire Yssart, de la Brigade criminelle.

Ah, Bonzo s'appelle donc Yssart. La voix est froide, avec une pointe de préciosité. Aucune trace d'accent identifiable.

– Elle ne peut pas vous répondre, je vous l'ai dit, l'informe Yvette.

Le commissaire poursuit, ignorant l'interruption :

– J'ignorais que vous étiez malade et vous prie d'excuser ma visite impromptue.

Décidément, pour un type à face de clown, il s'exprime plutôt bien.

Mon Yvette, qui doit trépigner à ses côtés, ne peut s'empêcher de me lancer :

– Le commissaire est venu à cause de l'enquête sur le petit Michaël Massenet. Je lui ai dit que nous ne le connaissions pas.

J'entends le commissaire souffler :

– Soyez persuadée, chère madame, que si Mlle Andrioli nous entend, ce dont je suis sûr, elle perçoit aussi bien le son de ma voix que celui de la vôtre. Si ça ne vous ennuie pas, j'aimerais rester un moment seul avec elle.

– Comme vous voulez, lui renvoie Yvette, qui sort en claquant la porte.

Toussotements. J'attends. Ce type est peut-être ma seule chance de pouvoir porter secours à Virginie.

– Comme vous le savez certainement, nous enquêtons actuellement sur le meurtre du petit Michaël Massenet ainsi que sur d'autres meurtres, plus anciens, dont l'auteur n'a pas, à ce jour, été identifié. Disposez-vous d'un moyen d'expression ?

Voilà un type efficace ! Je lève l'index.

– Bien. Je vais vous citer leurs noms, si vous en connaissez un, levez le doigt.

Il récite les noms des gamins. Quand il arrive à Renaud Fansten, je lève le doigt.

– Vous connaissiez le petit Fansten ?

Je ne bouge pas. Il toussote à nouveau.

– Je vois. Un léger problème de communication. Voulez-vous dire que vous avez entendu parler du petit Fansten ?

Je lève le doigt.

– A la télévision ?

Je ne bouge pas.

– Par un de ses proches ?

Je lève le doigt.

– Sa mère, peut-être ?

Je ne bouge pas.

– Son père ?

Je ne bouge pas. C'est un peu fastidieux.

– La petite Virginie ?

Je lève le doigt.

– Vous connaissez la petite Virginie Fansten ?

Nous y voilà ! Sale hypocrite ! Tu sais très bien que je la connais et tu t'intéresses beaucoup plus à elle qu'à moi. Heureusement, d'ailleurs.

– Ecoutez, mademoiselle Andrioli, je ne vais pas vous faire perdre du temps en circonvolutions verbales diversatoires. J'irai droit au but : Virginie vous a-t-elle donné l'impression de savoir quelque chose sur cette affaire ?

Je vais pour lever l'index quand une pensée me retient.

Ai-je le droit de trahir le secret de Virginie ? Mais si sa vie est en jeu ? Je me résous à lever l'index.

– Vous a-t-elle dit connaître l'auteur de ces crimes ?

Je lève l'index.

– Vous a-t-elle donné son nom ?

Pas d'index.

– Vous a-t-elle donné l'impression de souffrir d'un quelconque déséquilibre mental ?

Je comprends brusquement avec stupeur où il veut en venir. Il croit que Virginie est folle ! Pas d'index.

– Comprenez-moi bien. C'est une charmante petite fille qui a subi un grave traumatisme en découvrant son demi-frère assassiné.

Son demi-frère ? Je l'ignorais.

– Lorsque Hélène Siccardi a épousé Paul Fansten, le petit Renaud avait déjà deux ans. La première femme de Paul Fansten est décédée en 1986, d'un cancer. La nouvelle Mme Fansten s'est toujours parfaitement occupée de Renaud, comme de Virginie d'ailleurs, mais l'enfant est secrète et le directeur de l'école la trouve anormalement renfermée. Avec moi, elle se ferme comme une huître et je ne peux pas en tirer un mot. C'est pourquoi je me suis permis de vous rendre visite. Il me semble que, si cette enfant a un secret à confier, elle se tournera peut-être plus facilement vers vous. Vous a-t-elle fourni des indices concernant l'identité éventuelle de l'auteur de ces meurtres ?

Pas d'index.

– A-t-elle prétendu avoir assisté à un ou plusieurs d'entre eux ?

Et s'ils la décrètent folle ? Vont-ils la retirer à ses parents ? La mettre à la DDASS ? Si, à cause de moi, Virginie se retrouve dans un foyer… Merde, je ne sais pas quoi faire. Pas d'index.

– Réfléchissez bien. Vous êtes sans doute la seule personne susceptible d'aider Virginie et de nous aider, nous.

Ça, c'est la meilleure ! S'ils comptent sur moi, on n'est pas sortis de l'auberge ! Je ne bronche pas.

– Bien. Je vous remercie pour votre coopération. Si vous le permettez, je vais prendre congé. Une visite supplémentaire à la petite Virginie semble s'imposer. A bientôt, chère mademoiselle. Je vous souhaite un prompt rétablissement…

La porte claque. Crétin ! Ce n'est pas d'une grippe que je souffre ! Un prompt rétablissement ! Rétablissement toi-même. Est-ce que j'aurais dû en avouer plus ? Pourquoi est-ce que je me suis tue ? Je suis stupide. Et maintenant, c'est trop tard.

Il fait une chaleur étouffante. Un vrai mois de juillet. Je suis installée sur mon coussin en gel de silastic, sous la tonnelle, à l'ombre. Yvette m'a fait une queue de cheval, j'ai horreur de ça, mais elle ne m'a pas demandé mon avis. J'ai l'impression d'avoir terriblement maigri. Avec mes cheveux noirs tirés en arrière, mon visage livide et mes traits fatigués, je dois ressembler plus à un vampire qu'à un top model.

Pourtant, ça ne semble pas déplaire à Paul. Il est passé me voir trois ou quatre fois lui aussi, pour apporter des fruits, un gâteau qu'Hélène avait fait, déposer Virginie qu'Yvette avait promis d'emmener au cinéma… Et hier il a posé sa main sur mon épaule et a murmuré : « Je sais que ce que je vais dire peut paraître cruel, mais parfois j'envie votre solitude, parfois j'aurais envie d'être, moi aussi, en retrait du monde. » Parfait, super, échangeons nos places ! Hélas, rien de tel ne s'est passé. Je suis restée clouée sur mon fauteuil et lui debout, et il est parti après m'avoir serré fort l'épaule.

Je repense à cela, en transpirant sous la tonnelle. Yvette est occupée à préparer une soupe de fruits rouges. Nous sommes invitées à une brochette-party et elle ne veut pas y aller les mains vides.

Eh oui, c'est comme ça : je ne suis plus au ban de la société, Hélène et Paul m'ont présentée à leurs amis, de jeunes couples lotissement-piscine-tennis, et tout le monde m'a adoptée. Je suis la Nouvelle Mascotte de la

41

Nouvelle Zone Urbaine de Boissy-les-Colombes. J'ignore pourquoi tous ces gens sont si gentils avec moi. Peut-être se sentent-ils bons et charitables en me tolérant parmi eux ? Le fait que je ne sois pas repoussante y est sans doute aussi pour beaucoup. Je ne bave pas, je ne me tords pas sur mon siège, je ne roule pas les yeux. Je suis plutôt une espèce de Belle au Bois dormant assoupie sur son trône. Enfin... c'est ce que je me raconte. Toujours est-il qu'on me traîne partout, et que les gens s'adressent souvent à moi. Des petites phrases lancées comme ça, mais qui traduisent souvent des préoccupations plus intimes. J'ai appris à reconnaître leurs voix, à les identifier et à m'en faire des représentations mentales, des « portraits ».

Parmi les plus proches connaissances des Fansten, il y a Claude et Jean-Mi Mondini ; lui est ingénieur, elle s'occupe du Secours catholique. A sa voix, j'imagine une jeune femme enjouée, dynamique, un peu coincée, et qui doit repasser ses joggings. Jean-Mi a le ton enthousiaste du type qui veut avoir l'air simple et sympa. Il a une belle voix, il chante à la chorale. Ils ont trois enfants bien élevés, deux garçons et une fille. Betty et Manu Quinson, eux, c'est le style « dans le vent » : ils connaissent tous les groupes de hard-rock, emploient tous les mots à la mode, se font des semaines thalasso, surf des neiges et macrobiotique. Manu est cadre commercial à Air France et Betty tient une brocante de luxe près de Versailles. Il paraît que Manu est un petit barbu râblé. Betty, elle, je lui vois un visage de chat, une tignasse bouclée et des robes amples. Et surtout, il y a Steph et Sophie Migoin. Ils sont très amis avec les Fansten. Stéphane est entrepreneur, Sophie ne travaille pas. D'après Hélène, leur villa est une des plus luxueuses du coin. La voix de basse de Stéphane m'impressionne et ses éclats de rire me font sursauter. Il renverse toujours tout : bouteille de vin, verres, assiettes, c'est la grosse brute en action, le type à qui on dit : « Steph, c'est mon pied que tu es en train d'écraser », ou : « Steph, tu veux bien jouer aux commandos avec les gosses ailleurs que sous la table ? » Sophie est plus discrète, elle a une voix maniérée et je lui prête des allures chichiteuses, des tailleurs imitation Chanel, un visage anguleux et impeccablement maquillé. Bien que je ne puisse pas participer aux conversations, je ne m'ennuie pas. Ça m'occupe de donner des visages à ces voix. Au fur et à mesure des soirées, je change leurs yeux, leurs nez, leurs chevelures, comme si je dessinais des portraits-robots.

Virginie est en colonie de vacances depuis quinze jours. Elle doit rentrer aujourd'hui. Hélène m'a raconté que le commissaire Yssart était venu chez elle pour interroger Virginie, mais elle était déjà dans le bus pour l'Auvergne. Il a dit qu'il la verrait à son retour. Il faut croire que ce n'était pas si important que ça. Moi, je ne sais plus que penser. Toutes ces histoires de meurtres me semblent bien lointaines. Tout le monde ne pense qu'à profiter de l'été et à s'amuser, malgré les événements.

Et, moi aussi, je crois que je m'amuse. Après tous ces mois de sinistrose, j'ai enfin l'impression de revivre. J'écoute les autres parler, rire, et c'est un peu comme si c'était moi qui agissais. Tout le monde est très gentil avec « Poupée de Son » Andrioli. Hélène m'a dit que Sophie Migoin était très jalouse de moi depuis que son mari, Steph, avait déclaré à la cantonade que j'étais « la fille la plus ravissante de toute cette ville de merde ». Il était ivre bien sûr, mais ça fait toujours plaisir.

« Vous verrez ! Quand vous serez guérie, vous ferez un malheur ! » m'a chuchoté Hélène l'autre jour. Guérie, guérie ! Je ne suis pas malade, je suis « out », hors service, et, pour ce qui est des améliorations, je n'en vois pas l'ombre d'une. Index, index et re-index. Un avenir d'index dressés à perte de vue, j'en ai ras le bol. Pas de pensées négatives, concentrons-nous sur la soirée à venir.

La sueur ruisselle le long de mes tempes. Yvette est dans la cuisine. Je ne peux pas m'essuyer, c'est très désagréable. Si seulement elle pouvait sortir un instant.

Ah ! Des pas ! Enfin ! Je commence à étouffer ici.

Mais qu'est-ce qu'elle fabrique ? On dirait qu'elle avance tout doucement.

Sonnerie du téléphone, stridente.

– Allô, oui ? Oui, vers 7 heures, oui…

Yvette vient de répondre. Yvette… Si Yvette vient de répondre, qui donc est en train de marcher dans l'allée ?

Hélène ? Paul ? On veut me faire une surprise ?

On me chatouille le cou avec une feuille.

J'ai horreur de ce genre de blagues. Je sens la chaleur d'un corps tout près de moi. Une odeur de sueur que je ne connais pas. Yvette bavarde au téléphone. Je suis extrêmement agacée. Je déteste les farces, surtout dans ma situation. Ça ne me fait pas rire, ça m'angoisse.

Quelque chose touche mon bras. Quelque chose de fin et de pointu. Comme un bâtonnet ou… Une aiguille ?

Qu'est-ce que c'est que cette connerie ?

Le truc pointu dessine quelque chose sur mon bras. Mais c'est… oui, c'est une lettre. Un S. C'est un S. Une pause, puis une autre lettre. Un A. Oui, je suis sûre que c'est un A. Et maintenant un L. S.A.L… Salade ? Un O… S.A.L.O., oh, mais qu'est-ce que c'est que cette histoire ? Yvette, Yvette ! J'entends respirer. Une respiration sifflante. Je déteste ça ! Je déteste ce jeu à la con ! Et voilà, le P maintenant, et le E, allons-y, comme on rigole !

Aïe ! Il m'a piquée ! Le salaud m'a piquée ! J'ai senti l'aiguille s'enfoncer dans ma chair d'un bon centimètre ! J'ai peur. Je ne comprends pas ce qui se passe. J'ai peur. Est-ce qu'il va recommencer ? Oh non ! Il promène l'aiguille sur mon bras, sur ma joue… non, non ! Ahhh !

Il m'a piqué l'épaule, ça fait mal, je ne veux pas, arrêtez ça, espèce de salaud, si je savais qui tu es, je…

Il me caresse la poitrine avec son aiguille, oh, mon Dieu, non ! Pas le bout du sein, non ! S'il vous plaît ! Il s'arrête, il prend son temps, je voudrais hurler, il descend l'aiguille le long de ma robe, il l'appuie sur mon ventre, il frôle mon bas-ventre, c'est un malade, je suis victime d'un malade ! Ahhh !

Il l'a enfoncée dans ma cuisse, j'ai mal, oh ! j'ai mal, il l'appuie contre mon sexe, non, s'il vous plaît, non…

– Il va falloir y aller ! Ils nous attendent vers 7 heures !

Yvette ! Yvette ! Vite !

Plus d'odeur de sueur, plus de chaleur, des pas feutrés qui s'éloignent. Yvette se rapproche en chantonnant « Madrid, Madrid ». Je pleure à l'intérieur de moi, des sanglots de rage et de terreur, Yvette est tout près :

– Mon Dieu, comme vous avez transpiré ! Et toute rouge avec ça !

Coup de mouchoir sur mon visage, je ne saurai jamais s'il y avait des larmes.

– Il fait une telle chaleur aujourd'hui ! Oh là là ! Vous avez été piquée par les moustiques !

Elle me fait rouler vers la maison. Mon cœur bat toujours à cent à l'heure. Je sens la brûlure sournoise des piqûres. Mais ce n'est pas la douleur qui me fait battre le cœur. C'est la sensation d'avoir été livrée à la volonté d'un inconnu, à tous ses caprices, pieds et poings liés.

Je n'arrive pas à croire que quelqu'un soit assez cruel pour s'amuser à cela avec une infirme.

Yvette bougonne en changeant ma robe. Elle a chaud elle aussi. Elle me passe un gant de toilette humide sur le corps, de la lotion sur les piqûres de « moustiques », va se changer, et nous voilà prêtes.

Je me sens très angoissée. J'ai l'impression d'avoir fait un cauchemar. Y a-t-il vraiment eu quelqu'un, là, tout près de moi, quelqu'un qui écrivait « salope » sur ma peau et qui jouait à me faire peur ?

Yvette me pousse dehors et ferme la porte. En route.

– Tout va bien ?

Pas d'index.

– Eh oui, moi aussi j'ai trop chaud. Ça ira mieux là-bas.

Ce n'est pas de chaleur qu'il s'agit. Mais comment le lui expliquer ? Comment me faire entendre ?

La soirée bat son plein. Le soleil s'est couché, il fait plus frais. Hélène m'a dit qu'ils avaient installé deux grandes tables dans le jardin, comme buffet, et c'est Paul qui s'occupe du barbecue.

J'entends les rires qui fusent, les bruits de verres qui s'entrechoquent, de couteaux dans les assiettes. Hélène m'a installée dans un coin, pour que j'aie la paix. Il doit y avoir une vingtaine de personnes et tout le monde semble s'amuser. D'une voix suraiguë, Betty raconte sa dernière sortie avec Manu en catamaran par vent de force 8. Claude Mondini expose à je ne sais qui la réussite des nouveaux cours de catéchisme. Dire que je m'étais fait une telle joie de cette soirée ! Tout mon enthousiasme est parti et je n'arrête pas de me demander qui parmi les gens présents peut bien trouver drôle de piquer une infirme avec une aiguille ? Les enfants hurlent et courent dans tous les sens. Brusquement, je me souviens que Virginie doit être là !

Loin de me rassurer, cette pensée me glace. Virginie, cela veut dire le retour des questions sans réponse. Et, ce soir, je n'en ai vraiment pas besoin.

Justement, j'entends sa petite voix froide :

– Bonsoir, Elise. Tu vas bien ?

Je lève l'index, mais c'est un mensonge. Je ne vais pas bien.

– Moi, j'ai fait du poney à la colo ! C'était giga ! J'aurais bien aimé rester tout l'été là-bas, mais ils n'ont pas voulu. Là-bas, c'est mieux. On est tranquille.

La voix de Paul :

– Virginie ! Tes côtelettes vont être froides !

– J'arrive !

Elle se penche vers moi et me chuchote : « Fais attention à toi ! » avant de disparaître.

Je suis seule. Je n'ai pas faim. Je regrette d'avoir connu Virginie.

Une main sur mon bras, je fais – intérieurement – un bond de dix mètres.

– Tout va bien, Lise ?

C'est Paul.

Je ne lève pas l'index. Si quelqu'un me demande encore si ça va bien, je vomis.

– Il y a trop de monde ?

Pas d'index. C'est encore plus chouette que de jouer à « je brûle ? ». Ça peut durer des heures.

– Vous êtes angoissée ?

En plein dans le mille. Je lève l'index.

– Vous voulez rentrer chez vous ?

Pas d'index. Surtout pas rentrer chez moi.

– Alors, Paul, tu nous les montres, ces photos ? lance la voix tonitruante de Steph, tout près.

A son timbre éminemment viril, j'imagine Steph comme un joueur de rugby doté d'une longue crinière blonde, d'yeux très bleus et d'une grande bouche charnue. Paul s'est redressé, sa main quitte mon bras, en y laissant une trace chaude.

– A tout à l'heure, Lise.

Paul m'a baptisée « Lise ». Il n'aime pas mon prénom. Il prétend qu'en disant « Elise » il a toujours l'impression que quelqu'un va se mettre à jouer du piano. Moi, je n'aime pas « Lise ». J'ai l'impression d'avoir cent ans et une cape de petite fille d'avant guerre. Bref, c'est Lise pour tout le monde maintenant.

Pourquoi Virginie m'a-t-elle dit de faire attention à moi ? Son avertissement tombe à pic, c'est le cas de le dire. La musique est assourdissante, un groupe moderne que je ne connais pas. Les gens hurlent pour s'entendre. Ah ! Changement de disque. Des bossas-novas, c'est plus cool.

– Vous savez, Lise, Paul a l'air d'un dragueur, mais il est très fidèle, en fait.

J'en ai le souffle coupé. Qui m'a dit ça ? Cette peste de Sophie ? Je n'ai pas bien reconnu sa voix. Comme si… moi et Paul… ou Paul et moi… Dans mon état ? A mon avis, les seuls types encore susceptibles de s'intéresser à moi seraient plutôt du genre brancardiers à Lourdes…

Je commence à être fatiguée. On m'a donné de la purée d'avocat et du Kiri. Yvette m'a fait boire du champagne, elle est radieuse, sa soupe de fruits a eu un succès fou. Je me sens dodeliner du chef. Je n'ai plus l'habitude de sortir et les médicaments de Raybaud me plongent parfois dans une somnolence irrésistible.

Quelle heure peut-il être ? Mes paupières sont si lourdes. Tout le monde est ivre. Steph chante des chansons paillardes à tue-tête. Les gens prennent congé, j'entends claquer des portières de voitures. Yvette bavarde avec la maman de Paul, une dame d'une soixantaine d'années, retraitée des Postes, en vacances chez eux pour quelques jours. Elles discutent tarot avec acharnement, insensibles au vacarme, leurs voix légèrement suraiguës indiquant qu'elles sont un peu pompettes.

– Salut, Lise !

– A bientôt !

On me salue, on me tape sur l'épaule avec désinvolture. Que pensent-ils réellement de moi, de ma présence silencieuse et immobile ? Je bâille à m'en décrocher la mâchoire, ou du moins j'en ai la sensation.

– Maman, Yvette ! Venez nous aider à rentrer les tables !

– On arrive !

Elles s'affairent tout en continuant de discuter et de glousser comme des collégiennes. Il doit être très tard. Je tombe vraiment de sommeil.

Je me réveille en sursaut. Où suis-je ? Dans le noir bien sûr, mais où ? Il n'y a pas de bruit. Je suis allongée. Mais ce n'est pas mon lit. C'est du cuir. Un canapé ? Peut-être. Un appareil qui grésille. Un frigo ? Est-ce que nous sommes restées dormir chez les Fansten ? C'est insupportable de ne pas pouvoir ouvrir les yeux et regarder autour de soi. Calme, Elise, calme, relax, respire à fond. Je suis sûrement chez Paul et Hélène. Yvette était peut-être trop fatiguée pour rentrer.

Des pas. J'entends des pas. Frôlements légers de pieds nus. Ah non, ça ne va pas recommencer, je…

– Elise ! Tu dors ?

C'est Virginie. Soulagement. Je lève machinalement l'index.

48

– Menteuse ! Si tu dors, comment tu peux m'entendre ?
Pas d'index. J'attends.

– Yvette s'est tordu la cheville en allant aux toilettes,
alors Papa a dit que vous n'aviez qu'à rester là pour cette
nuit, parce qu'elle avait très mal. Elle était tout enflée,
Papa a mis des glaçons dans un sac et il lui a dit de
s'allonger avec les glaçons autour de la cheville et Mamie,
et toi, on t'a installée sur le canapé du salon. Tu dormais
comme un bébé. Et puis, je viens de me réveiller et j'ai
pensé que tu étais peut-être réveillée toute seule dans le
noir, alors je suis venue voir. Moi, ça m'arrive souvent
d'être réveillée toute seule dans le noir, alors je sais que
ça fait peur.

Brave petite. Et donc Yvette s'est pété une cheville.
J'espère que ce n'est pas grave, parce que sinon… Je me
vois mal avec une nouvelle nurse, une inconnue. Evidemment, il fallait que ça arrive maintenant… Virginie baisse
encore la voix, ses paroles sont presque inaudibles, juste
un souffle à mon oreille :

– Tu sais ? Pour la Mort des Bois, je crois qu'elle va
bientôt devoir le faire encore. La Mort, ça peut pas rester
longtemps au chômage, tu vois ? Je crois que la Mort est
jalouse parce que je te parle. Elle voudrait que je m'occupe
que d'elle. Mais moi, je t'aime bien. Je prie tous les jours
pour pas qu'elle te touche. Je lui ai même laissé un petit
mot avec plusieurs noms d'enfants pour qu'elle pense à
autre chose.

Je me sens glacée. Non, je *suis* glacée. Des pieds à la
tête. Mes pensées tourbillonnent à cent à l'heure. Ou cette
enfant est complètement à la masse ou il y a un fou dangereux en liberté tout près d'ici. Elle lui a laissé un message ! A la Mort des Bois ! Messieurs, mesdames, après
Robin des Bois, qui volait les riches pour remplir les
poches des pauvres, voici la Mort des Bois, qui escamote
les vivants pour remplir le Paradis ! On nage en plein
délire ! N'empêche que je me sens glacée. Virginie n'a
pas pu inventer le lieu et la date du crime du petit Michaël
et…

– Il faut que je remonte, sinon ça risque d'être dangereux !

Hé ! Hé, attends ! J'entends ses petits pas rapides dans l'escalier. Dangereux ? Pourquoi « dangereux » ? Est-ce qu'il y a quelqu'un qui nous observe ? Est-ce qu'ils ont pensé à fermer la porte à clé, au moins ? Virginie, ne me laisse pas toute seule, reviens ! Reviens ! C'est effarant ce que je peux hurler en silence, moi qui n'ai jamais été très bruyante.

J'écoute. Le frigo grésille. Une pendule égrène ses tic-tac. Dehors, il y a du vent. Bruit de feuilles remuées, de papiers qui volent. Mon cœur qui bat. Non. S'il y avait quelqu'un, Virginie ne m'aurait pas laissée seule.

Ce qui est certain, c'est que cette enfant a un sérieux problème. On dirait même que, dans une certaine mesure, elle a pris parti pour l'assassin.

Je suis idiote. Si Virginie connaît la date et le lieu de la mort de Michaël, c'est peut-être tout simplement parce qu'elle est tombée sur le cadavre. Ça, plus le meurtre de son petit frère… elle a disjoncté et inventé tout le reste, la Mort des Bois, etc.

Qui s'est amusé à me piquer avec une aiguille ?

Je ne veux pas penser à ça. Je…

*Il y a quelqu'un.*

*Au-dessus de moi.*

Quelqu'un respire.

J'ai mal au ventre. J'ai l'horrible impression que je vais me faire pipi dessus. On me touche. Une main, c'est une main qui me touche. Qui effleure mon cou, mes épaules, le haut de ma poitrine. Pas brutalement, non, plutôt doucement. Une main large, une main d'homme. Qui ouvre les boutons de ma robe. Est-ce que je rêve ? Qu'est-ce que ça veut dire ? Qu'est-ce que, oh…

Il me caresse. Je sens sa main se promener sur ma poitrine. Est-ce que c'est le même type qui s'est amusé à me torturer cet après-midi ? Je ne sais pas. Celui-là est doux. Il respire fort et vite. Est-ce que je vais me faire

50

violer sur ce putain de canapé par un inconnu ? Et si c'était Paul ?

La main de Paul ? Je ne sais pas. Malgré moi, je suis troublée par ses caresses. Je veux qu'il arrête. Ça suffit, je ne suis pas une poupée.

Il devient très indécent.

C'est agréable, mais je ne veux pas. Je lève l'index. Une main se referme sur ma main et la presse. Une bouche s'écrase contre la mienne. S'écrase sur mes seins. Sa main serre toujours ma main. Mon cœur bat à se briser. Un pervers muni d'aiguilles et un violeur muet, ça fait un peu beaucoup dans la même journée. L'homme est lourd, je sens le contact rêche de son jean contre mes cuisses nues, est-ce qu'il va… ?

Il se relève précipitamment. Il halète. Il reboutonne ma robe à la hâte et s'en va aussi silencieusement qu'il est venu.

Fin de l'épisode sexe.

Je nage en plein délire et j'ai le corps en feu. Merci, monsieur l'inconnu, de m'avoir rappelé que j'étais encore une femme, mais c'est plutôt douloureux quand on se sait condamnée à la solitude.

Paul ? Serait-ce possible ?

Qui aurait cru que la vie d'un légume pouvait être si trépidante ?


Réveil en sursaut au son d'une émission de dessins animés. Bambi discute avec Panpan. La voix calme d'Hélène résonne soudain tout près :

– Vous êtes réveillée, Elise ?

Index.

– Désirez-vous du jus d'orange ?

Index.

Elle s'éloigne. J'entends Virginie rire aux éclats devant l'écran télé. Puis les voix d'Yvette et de Mamie, probablement dans la cuisine. Yvette, s'adressant certainement à Hélène :

– Elle est réveillée ?

– Oui. Elle veut du jus d'orange… Non, ne vous dérangez pas, je vais le lui porter. Qu'est-ce qu'elle prend habituellement le matin ?

– De la bouillie de flocons d'avoine.

Silence gêné.

– Ah ! Eh bien, euh… j'ai des corn flakes. On va les écraser dans du lait. Ça devrait aller, non ?

– Très bien. Je suis vraiment confuse de vous donner tout ce mal… si je n'avais pas bêtement trébuché sur cette marche… je suis vraiment une vieille idiote… Heureusement ça va mieux parce que je ne sais pas ce que j'aurais fait, avec Mlle Elise… vous imaginez si j'avais dû aller à l'hôpital…

– Ne vous inquiétez pas, tout ira bien.

Hélène revient vers moi. Je sens le contact d'un verre frais sur mes lèvres. J'avale. Le jus d'orange est glacé, c'est bon.

– Vous devez vous demander ce qui se passe ! Yvette s'est tordu la cheville hier soir au moment de partir et, comme vous vous étiez endormie, nous avons pensé que le plus simple était de vous garder ici. J'espère que vous n'avez pas été trop déboussolée…

Pas du tout, c'était parfait, dans le genre émotions fortes. Quelle est la suite du programme ?

– Sa cheville a désenflé, je pense que tout ira bien. Nous allons vous ramener chez vous et, s'il y a le moindre problème, Yvette nous appellera pour que Belle-Maman aille lui donner un coup de main.

Je ne peux même pas la remercier.

– Ce sont des corn flakes, j'espère que vous aimez ça.

Cuillerée de corn flakes mollassons et trop sucrés. Je déteste les céréales. Pourquoi Yvette n'a-t-elle jamais pensé au yaourt, j'adore le yaourt le matin. J'avale consciencieusement les corn flakes.

Quelqu'un passe en courant.

– Virginie, où vas-tu ?

– Dans le jardin ! Salut, Elise !

– Tu ne t'éloignes pas, tu entends ?

– Non, non !

La porte claque. Pourquoi Paul n'est-il pas là ? Comme si elle avait entendu ma question, Hélène reprend :

– Paul est allé faire un jogging avec Steph.

Ce cher Paul, il faut qu'il garde la forme pour agresser les tétraplégiques qui traînent dans les parages.

Et si ce n'était pas lui ?

Hélène s'avise soudain que je dois avoir envie d'aller aux toilettes. Chuchotements de femmes. Finalement, Yvette suggère d'utiliser une bassine en plastique, dont acte. Tout le monde fait semblant de trouver ça normal, moi, j'ai l'habitude. Au début, à l'hôpital, c'était dur, mais on s'y fait. Une fois l'opération vessie terminée, Hélène me passe un gant de toilette sur le visage et me recoiffe.

La porte s'ouvre, la voix de basse de Steph retentit :

– Bonjour, gentes dames ! Alors, cette cheville, ça va mieux ? Faut pas boire autant quand on tient pas la route !

Eclat de rire viril. Protestation indignée d'Yvette :

– Mais je n'ai presque pas bu, c'est ma cheville qui a tourné !

Et patati et patata, avalanche de plaisanteries fines pendant que je mime un sac de patates sur canapé. Il est enfin décidé que Paul va ramener Yvette en voiture pour ne pas fatiguer inutilement sa cheville, tandis que Steph me raccompagnera à pied. Paul m'éviterait-il ?

Deux paires de bras masculins me soulèvent et me déposent dans mon fauteuil. J'essaye de reconnaître les mains qui me touchent, mais c'est impossible.

Dehors, il fait chaud, l'air est immobile, lourd. Steph pousse mon fauteuil en sifflotant *La Mer*. Je ne sens pas le soleil sur ma peau, il doit faire gris. Forte odeur d'herbe. Un oiseau lance à tue-tête des trilles éperdues. Steph s'arrête de siffloter.

– C'est bizarre de penser que vous ne m'avez jamais vu.

Moi, ce que je trouve bizarre, c'est l'amitié qui unit Paul, si délicat, et cette grosse brute.

53

– Comment est-ce que vous m'imaginez ? Par exemple…
vous me voyez plutôt maigre ou gros ?

Question idiote, comment y répondre ? Il s'en rend
compte.

– Bon, disons… gros ?

Index. Je vais pas te rater, mon pote.

– Gagné ! Je pèse 90 kilos pour 1,80 mètre.

Il va me détailler toutes ses mensurations ou quoi ?

– Virginie vous aime beaucoup.

Ce type a des changements de sujets de conversation à
180 degrés.

– Elle a été très perturbée par la mort de son frère. Enfin,
son demi-frère. Et puis ces autres meurtres d'enfants… Je
ne comprends pas que Paul n'ait pas demandé sa mutation.
Ce doit être terrible pour Hélène. Ils ont déménagé, bien
sûr, mais à quinze kilomètres près… Je vous trouve ravissante.

360 degrés.

– J'étais très angoissé à l'idée de vous rencontrer, les
infirmes me mettent mal à l'aise. Et puis, je ne sais pas…
ça s'est très bien passé.

Parle pour toi !

– Au point que Sophie m'a fait une scène, vous imaginez ? Peut-être que vous réveillez en moi le vieux fantasme du Sioux s'emparant d'une femme blanche évanouie.

Je me vois trimbalée par ce King Kong en jogging dans
les contreforts de la Sierra Nevada !

– Je suis très jaloux de Paul. Je ne supporte pas qu'il
vous touche.

Un fou. C'est encore un fou. L'idée me traverse à
la vitesse de cuisson d'une pizza au micro-ondes : l'aiguille… ce pourrait être lui ? Le fauteuil s'immobilise
brutalement, m'arrachant à mes supputations. J'entends
un bruit sourd derrière moi, comme si quelque chose tom-
bait. Un sac ? Qu'est-ce qu'il fabrique ?

Silence. Un oiseau s'envole tout près, en sifflant joyeusement. Steph ? Quelque chose de mouillé s'écrase sur

mon avant-bras. Je sens ma peau frissonner. Une autre goutte. J'en ai la chair de poule. Bruit de tonnerre dans le lointain, je respire, ce n'est qu'un orage. Mais Steph ? Est-ce qu'il est allé pisser dans un bosquet ou quoi ? Pourquoi ne me dit-il rien ? Les gouttes s'écrasent de plus en plus nombreuses, ça va être un vrai déluge. Je me sens mal à l'aise. Je ne sais pas où nous sommes. Je suppose que nous avons traversé le bois Vidal, un espace vert aménagé pour les promeneurs, c'est le chemin le plus court pour se rendre chez moi.

Le silence de Steph devient inquiétant.

Ah, on se remet en route, le fauteuil s'ébranle. Tout de même, il pourrait m'expliquer ce qui se passe. Je lève l'index, histoire de lui faire comprendre que j'aimerais bien faire un brin de causette. Peine perdue. Mais qu'est-ce qui lui prend ? Il me pousse à toute allure, ça cahote de partout, je tressaute comme un flan à la gélatine. Ce type est vraiment un malade.

Je n'aime pas ça, oh non, je n'aime pas ça du tout. Le fauteuil prend de la vitesse. Je sens l'air siffler à mes oreilles. Il pleut maintenant. De grosses gouttes m'éclaboussent le visage. Ah, mais oui ! Que je suis bête ! Il court pour échapper à la pluie ! Il n'a pas envie qu'on se fasse tremper. Tout de même, il pourrait parler. Virage à droite à fond la caisse, style rallye de Monte-Carlo, j'ai l'impression que je vais tomber en avant. Donc, on est dans une descente.

Il n'y a pas de descente pour aller chez moi.

Hé ! Ce mec est cinglé ! Le fauteuil a heurté un obstacle et j'ai failli basculer. Je lève l'index à intervalles réguliers, mais il continue à foncer droit devant. Je comprends ce que devait ressentir le landau dans *Le Cuirassé Potemkine*. Dès qu'on arrive à la maison, je… enfin… à la moindre occasion… si quelqu'un me demande quelque chose… oh merde ! Je ne pourrai même pas me plaindre de lui, je ne peux me plaindre de rien, merde !

On descend toujours. Autant que je me souvienne, la

55

seule descente dans ce parc, c'est le sentier qui mène à l'étang. Et je ne vois pas pourquoi...

Ah ! Je bascule, ça y est, je le savais, je vais me faire mal, je, *de l'eau*, c'est de l'eau, je suis tombée dans de l'eau, ce con a réussi à me faire tomber dans l'étang, de l'eau, mais, mais je n'ai pas pied, je sens que je m'enfonce, mais qu'est-ce qu'il fout ?! Steph, Steph, je coule, je suis en train de couler, je m'enfonce sous l'eau, je veux respirer, je veux respirer, oh, non, non, non !

# 4

Est-ce que je suis morte ? J'ai mal à la poitrine, ça me brûle. Ahhh ! Quelqu'un vient de me taper dessus, en plein sur le cœur, encore, de l'eau jaillit de ma bouche, je m'entends tousser, j'ai envie de vomir, je…

– Vous m'entendez ? Hé, vous m'entendez ? Merde, faut que je lui tourne la tête, on dirait qu'elle va vomir…

C'est fait. J'inspire, une grande et douloureuse et délicieuse inspiration qui me brûle de haut en bas. De l'eau ruisselle sur mon visage, il pleut à torrents.

– Ne bougez pas. Ça va aller.

J'obéis sans mal. Des mains me soulèvent, m'assoient.

– Vous avez eu de la chance que je sois venu rechercher ma boîte d'hameçons parce qu'avec cette pluie il n'y avait personne dans le parc aujourd'hui.

C'est une voix d'homme un peu bourrue, la cinquantaine, je dirais.

– Et vous avez eu de la chance que j'aie fait du secourisme. Vous aviez avalé assez d'eau pour éteindre un incendie. Ne vous inquiétez pas pour votre fauteuil, il est resté accroché à la berge par des racines. Est-ce que vous m'entendez au moins ?

Je comprends que je dois le fixer avec des yeux vides, j'ai perdu mes lunettes. Je lève un index.

– Vous ne pouvez pas parler ?

Index.

– Bon, écoutez… je vais vous porter jusqu'à ma voiture là-bas, et puis on appellera la police, OK ?

Index.

Il me soulève, je sens une odeur de laine mouillée, le contact d'un ciré. Il avance péniblement sur le sol trempé. La pluie nous gifle copieusement.

– On y est !

Il ouvre sa portière d'une main, je manque glisser à terre, il me retient *in extremis*, me voilà installée sur la banquette, ce doit être à l'arrière puisque je suis allongée.

– Je reviens.

J'ai envie de lui crier de ne pas me laisser seule, j'ai un mal de crâne terrible, j'ai froid, je grelotte, la réaction nerveuse, j'imagine. Mais qu'est-ce qui a bien pu se passer ? Où est Steph ? Pourvu que ce brave type revienne vite... pourquoi est-ce qu'il n'a pas le téléphone dans sa bagnole, celui-là ? Dire que je dois la vie à une boîte d'hameçons... Le bruit de la pluie sur la carrosserie étouffe tous les sons alentour, je suis seule, hors du temps, dans une bulle close, et je ne comprends rien à ce qui m'arrive, on dirait que tout s'enchaîne en surmultiplié.

Je suis au chaud dans mon salon, emmitouflée dans une couette, avec des chaussettes sèches. Mon sauveteur prend le café avec Yvette, et moi, je discute avec le commissaire Yssart, dit Bonzo. Quand les flics sont venus, ils nous ont emmenés à l'hôpital. Là, coup de bol, on est tombés sur Raybaud. Coup de bol parce que sans lui il aurait fallu un temps fou pour établir mon identité. Bref, ce brave Raybaud m'a examinée, a décrété que tout allait bien, que j'étais une noyée en pleine forme et qu'on pouvait me ramener chez moi. Je ne sais pas qui a prévenu Yssart mais il s'est pointé une heure après.

Mon sauveur – il s'appelle Jean Guillaume et il est plombier – avait tenu à m'accompagner. Yvette s'est confondue en remerciements, lui a raconté ses malheurs chevillesques et les voilà installés dans la cuisine en grande conversation. Yssart doit être assis sur le canapé et me fixer de ses yeux que j'imagine porcins. Je suis fatiguée, je voudrais rester seule. Dormir. J'en ai marre.

Sa petite voix courtoise me poursuit comme une minuscule mais insistante morsure.

– Et donc, vous ne pouvez pas expliquer par quel hasard vous vous êtes retrouvée dans cet étang, au seul endroit où il y a près de deux mètres de profondeur ?

Non, je ne peux pas, donc : pas d'index. Soupir yssartien.

– C'est bien Stéphane Migoin qui poussait votre fauteuil, n'est-ce pas ?

Index.

– Il a été assommé avec un objet contondant qui a failli lui briser l'occiput. On l'a retrouvé évanoui et couvert de sang dans un fourré. Il prétend ne se souvenir de rien.

Steph ! Assommé ! Mais alors, ce n'était pas un accident… C'était…

– Une tentative de meurtre, voici comment je qualifierais l'agression dont vous avez été victime, mademoiselle Andrioli. Une très étonnante tentative de meurtre sur la personne d'une infirme qui n'a pas souscrit d'assurance vie et serait bien incapable de révéler quoi que ce soit sur qui que ce soit. Vous comprendrez que je sois perplexe.

Et moi ? Je suis quoi, moi ? On me vole mes bras, mes jambes, ma vue, ma voix, et maintenant on veut me tuer ? Je devrais dire quoi, moi qui ne peux même pas hurler, qui peux juste encaisser encore et encore comme un sac de sable d'entraînement ? Je vous hais, commissaire Yssart, je hais votre voix polie et sucrée, vos manières doucereuses, votre acharnement à vous prendre pour Hercule Poirot, foutez-moi la paix, laissez-moi tranquille, laissez-moi tous tranquille !

– Je suppose que vous êtes épuisée et que vous souhaitez vous reposer. Je dois vous sembler fort importun. Mais croyez bien que je ne vous importune que dans votre propre intérêt. Ce n'est pas moi qu'on a essayé de tuer ce matin. Et ce n'est pas moi qu'on essayera peut-être encore de supprimer demain, vous me comprenez ?

Index. Sale type. J'ai déjà les jetons, ce n'est pas la peine d'en rajouter.

– Mademoiselle, je peux vous dire que, le plus souvent, les faits sont comme les pièces d'un puzzle, ils doivent s'emboîter. Quand ils ne s'emboîtent pas, c'est qu'il y a une pièce faussée, ou truquée. L'absence de logique est épouvantablement rare dans le système humain. Or, je ne vois aucune logique dans ce qui vous arrive. A moins de relier cet incident à votre amitié avec la petite Virginie, qui est rentrée hier de colonie de vacances, si je ne m'abuse…

Serpent. Tu n'as donc jamais cessé de nous espionner.

– J'en serais presque contraint de supposer que Virginie vous a confié – peut-être à son insu – une information qui représente un danger potentiel pour une tierce personne, un danger tel qu'il vaut mieux se résoudre à vous supprimer plutôt que d'encourir le risque que cette information soit divulguée. Avez-vous connaissance d'une information de ce genre, mademoiselle ?

Ça ne tient pas debout. Si je comprends bien, Yssart suppose que le type qui m'a attaquée est celui qui a assassiné les enfants et qu'il se serait affolé parce que Virginie m'aurait confié quelque chose sur lui. Mais, objection, Votre Honneur, s'il craignait que Virginie me raconte quelque chose, pourquoi ne pas la supprimer purement et simplement au lieu de m'attaquer, moi, qui ne peux rien révéler ?

– Je me permets de vous rappeler que je vous ai posé une question.

Ah, oui, c'est vrai.

– Virginie vous a-t-elle confié un renseignement d'une importance capitale sur le meurtrier du petit Michaël ?

Pas d'index. Je ne mens pas. Elle ne m'a rien avoué qui permette un début d'identification. En fait, tout ce qu'elle m'a dit, c'est qu'elle avait assisté aux meurtres de Michaël et de son frère Renaud. Mais il est certain que, s'il le savait, Yssart pourrait l'interroger et lui arracher son secret. Pour ça, il faudrait qu'il me pose la bonne question. Il doit être doué de seconde vue parce que c'est exactement ce qu'il fait :

– Mademoiselle Andrioli, lors de notre dernière entrevue, je vous ai demandé, sans obtenir de réponse, si Virginie vous avait affirmé avoir assisté à l'un ou plusieurs de ces meurtres. Je me permets de réitérer ma question. A-t-elle dit quelque chose en ce sens ?

Plus d'hésitation possible, je lève l'index.

– De quels enfants s'agissait-il ?

Il énumère la liste des victimes. Je lève le doigt quand j'entends les noms de Renaud et de Michaël.

– Bien. C'est curieux comme notre mémoire peut nous jouer des tours, n'est-ce pas ? Enfin, je suis heureux que vous ayez retrouvé la vôtre. Malheureusement, cela ne pourra pas nous être d'une grande utilité. Virginie, voyez-vous, vous a menti. Elle n'a pas pu assister au meurtre de son frère. Quand cela s'est produit, elle était avec sa mère, en train de préparer des confitures. Hélène Fansten est formelle à ce sujet : Virginie n'est pas sortie de la maison ce matin-là, elle avait la grippe et il pleuvait. Quant au petit Michaël, là encore, Virginie vous a menti : elle a bien fait du vélo avec lui, mais Hélène Fansten lui a interdit de quitter le lotissement – vous comprendrez que, depuis ce qui est arrivé à Renaud, elle soit plutôt prudente... – et Virginie est revenue jouer dans leur jardin, elle n'a pas accompagné Michaël dans les bois. Vous comprenez ce que je vous dis ? Elle vous a menti.

Ce n'est pas possible. Comment pouvait-elle savoir où se trouvait le corps de Michaël ? Et comment pouvait-elle savoir qu'il était mort alors qu'on ne l'avait pas encore découvert ? Elle a dû échapper à la surveillance de sa mère, c'est la seule explication.

– Le matin du 28 mai, après qu'Hélène Fansten eut interdit à Virginie d'accompagner Michaël, elle lui a fait faire ses exercices de piano et ensuite elles ont nettoyé le jardin. Elle n'a donc pas pu échapper à la surveillance de Mme Fansten, qui ne l'a pas quittée une minute.

Hélène doit se tromper. Il a suffi d'un quart d'heure d'inattention...

– Je ne vous raconte pas tout cela pour le plaisir de

bavarder avec vous, mais pour que vous ayez conscience des troubles graves dont souffre Virginie. Troubles qui ne s'expliquent, à mon avis, que par une cause très simple : elle n'a pas assisté aux meurtres, mais elle croit connaître l'identité du meurtrier.

Faux, Yssart, si elle « croit connaître son identité », pourquoi le meurtrier voudrait-il me tuer ? Elle *connaît* l'identité du meurtrier et il a peur qu'elle ne me la révèle. Et il ne peut pas tuer Virginie parce que tous les flics du coin ont les yeux fixés sur elle.

– Quoi qu'il en soit, je vous demanderai de bien vouloir être extrêmement attentive à ce que Virginie pourra vous raconter. Nous ne pourrons résoudre cette pénible affaire que si nous coopérons tous. Des enfants ont été assassinés et affreusement mutilés, mademoiselle, on a essayé de vous tuer, on a agressé votre ami, Stéphane Migoin, il ne s'agit pas d'un jeu, il s'agit de vie et de mort. Est-ce que je peux compter sur vous ?

Index, bien évidemment, on ne peut pas dire non à un type qui vous fait le grand numéro du bien et du mal. D'autant plus que je ne suis pas mécontente qu'il soit là pour veiller sur moi, le commissaire Yssart, vu que je sens bien que la situation m'échappe un tantinet... Soudain, je prends conscience des mots qu'il a prononcés : « affreusement mutilés ». Personne n'a parlé de mutilations ! Si seulement je pouvais parler, poser des questions, je n'en peux plus de ce silence dans ma gorge ! Je lève l'index.

– Il y a quelque chose que vous désirez savoir ?

Index.

– Il faut donc que je devine. Voyons... Est-ce que ça a un rapport avec ce que je viens de dire ?

Index. On a beau dire, l'ordre et la méthode, ça a du bon.

– Les mutilations ?

Putain, ce type est médium ! C'est pas un flic c'est un voyant, il ferait fortune à la Foire du Trône. Je m'empresse de lever l'index.

– Nous n'en avons pas parlé aux médias. Et je ne vous le révèle que parce que je sais que vous n'en parlerez pas.

Et pour cause !

– Les victimes n'ont pas seulement été étranglées (il baisse la voix et se rapproche), elles ont aussi été mutilées à l'aide d'un instrument tranchant, un couteau à lame mince. Blessures diverses allant de l'amputation des mains en ce qui concerne Michaël Massenet à l'énucléation pour Charles-Eric Galliano.

Enucléation. Le mot se fraye lentement un chemin jusqu'à mon cerveau, jusqu'à ce que je comprenne bien ce que ça veut dire. On lui a enlevé les yeux. Un petit visage convulsé aux orbites vides. Juste derrière lui, se glisse « amputation des mains », qui n'est pas mal non plus. Je regrette brusquement qu'Yssart ait décidé de tout me dire !

– Quant à Renaud Fansten, ce qui nous avait étonnés à l'époque, c'est qu'il avait été scalpé. C'était incompréhensible.

Je me raccroche à la sonorité de la voix d'Yssart, à mes déductions, les déductions, c'est logique, la logique, c'est rassurant, ça repousse les énucléations dans la touffeur sombre des choses qui n'arrivent pas. Mais si les victimes ont subi des mutilations, les flics auraient dû savoir dès le deuxième meurtre qu'il s'agissait d'un maniaque !

– Je sais ce que vous pourriez me dire : comment n'avons-nous pas fait le rapprochement avec les premiers meurtres ? Dans le premier cas, celui de Victor Legendre, il n'y avait eu qu'une simple strangulation. Je pense aujourd'hui que le meurtrier a dû être interrompu dans sa tâche. Dans le deuxième cas, Charles-Eric Galliano avait été étranglé, et les yeux avaient… euh… disparu. C'est avec le meurtre de Renaud Fansten que nous avons commencé à voir un lien. Il y avait la strangulation, le scalp et pas de viol. L'association strangulation-mutilation-absence de violences sexuelles a fait tilt. Nous n'avons pas voulu divulguer ces informations, qui peuvent se révéler d'une importance capitale lors d'interrogatoires. Le cas du petit Massenet, qui présentait lui aussi ces trois caractéristiques, nous a évidemment confortés dans l'idée d'un maniaque. Nous ne savons toujours pas qui nous cherchons, mais nous savons ce que nous cherchons. Un individu atteint de troubles structurels de la personnalité et qui peut être ou n'être pas conscient de ce qu'il fait. Bien. J'espère ne pas vous avoir ennuyée avec tous ces détails, mais il faut que je prenne congé. Les nécessités du service. A bientôt, et merci pour votre aide.

Claquements de talons sur le parquet, porte qui se referme et me voilà seule, abasourdie par cette avalanche d'informations. Décidément, mon rôle de confidente favorite se confirme. A quand le maniaque venant lui-même s'épancher dans ma mignonne petite oreille avant de la couper et de l'emporter chez lui pour lui parler toute la nuit ? Si Yvette était au courant pour les mutilations, j'imagine son indignation.

Mais pourquoi faire des trucs pareils ? Question stupide, Elise : le « boucher de Milwaukee », qui vient de mourir assassiné dans sa prison, gardait bien les crânes de ses victimes dans son placard après les avoir fait bouillir et amoureusement peints. Vous voyez l'intérêt, vous ? Eh bien, lui, oui. Il a été condamné pour meurtres et pour avoir eu des relations sexuelles avec certaines de ses têtes coupées. Essayez un peu d'imaginer le type en train de faire ça, de le faire réellement… on n'arrive pas à y croire. Et pourtant ça existe.

Des rires dans la cuisine. Un bruit de casseroles, de bouteille qu'on débouche. Je sens que M. Jean Guillaume va être prié de rester à dîner. Après tout, Yvette est veuve depuis dix ans, il serait temps qu'elle retrouve quelqu'un. A vrai dire, le problème pour l'instant, ce n'est pas la vie sentimentale d'Yvette. C'est le fait qu'un meurtrier rôde autour de moi, que Virginie m'a menti, qu'elle est certainement en danger et que je ne sais vraiment pas quoi faire. Que je ne peux vraiment rien faire. A part essayer de comprendre.

Pourquoi Virginie a-t-elle prétendu avoir assisté aux

meurtres ? Je pense de plus en plus qu'elle est tombée sur les corps par hasard et je suis d'accord avec Yssart : elle soupçonne quelqu'un et ça la perturbe au point d'inventer le reste.

Pourquoi quelqu'un est-il venu s'amuser à me faire peur avec une aiguille ?

Pourquoi quelqu'un (la même personne sans doute) a-t-il assommé Stéphane pour me précipiter ensuite dans l'étang ? Qui a voulu me tuer et pourquoi ?

Qui est venu me caresser pendant la nuit ?

Comme dit Yssart, tout doit s'emboîter. Il faut simplement tourner et retourner les faits jusqu'à ce qu'ils s'imbriquent les uns dans les autres.

L'homme qui s'est amusé à me faire peur est-il celui qui m'a tripotée – n'ayons pas peur du mot – pendant la nuit et qui a essayé de me tuer ? Logiquement, oui. Mais je ne le crois pas. Celui qui m'a touchée n'avait pas de haine, pas de colère. Il était mal à l'aise, il avait peur, oui, j'ai senti de la peur, de la gêne. Il obéissait à une impulsion irrésistible dont il avait honte, mais il n'était ni brutal, ni cruel. Il y a donc deux hommes. Un sadique qui manie l'aiguille et a de fortes chances de m'avoir jetée dans l'étang et un obsédé sexuel amoureux de moi.

Comme conquêtes, on peut rêver mieux…

Je comprends peu à peu qu'on a essayé de me tuer. A l'heure qu'il est, je devrais être *morte*. Brrr. Et Stéphane ? Si j'étais morte, l'aurait-on accusé ? Il est bien heureux pour lui qu'il ait été assommé. Oui, bien heureux, car, sans témoins, il faisait un coupable tout désigné. Stéphane… Son comportement est étrange. Aurait-il pu se frapper lui-même avec un bâton ? Et simuler un évanouissement ? Pourquoi pas ? Le cuir chevelu saigne très facilement et les grands sportifs ont rarement peur de la douleur. Si j'admets qu'il m'a poussée dans l'étang, qu'il a donc voulu m'assassiner, j'admets aussi que c'est lui qui est venu s'amuser avec l'aiguille. Et l'homme qui a fait ces deux choses-là a de fortes chances d'être le meurtrier des enfants. Stéphane ? Il est vrai que Virginie le connaît bien et l'aime beaucoup. Oh là là, j'ai la tête comme un melon, j'aimerais bien qu'Yvette me mette au lit, j'ai mal à la gorge. Et j'ai peur. Si je comprenais au moins pourquoi on a voulu me tuer. C'est déjà assez effrayant de penser que quelqu'un souhaite votre mort, si, en plus, on ne peut pas se défendre, ça devient terrifiant. Est-ce qu'il va recommencer ?

– Tout va bien ? Vous n'avez pas froid ? J'espère que vous n'avez pas attrapé un rhume. Qui aurait pu croire que M. Stéphane se ferait agresser comme ça dans le parc ! Et votre fauteuil qui se met à dégringoler la pente, ce n'est vraiment pas de chance. Faites voir vos mains. Non, ça va, elles sont bien chaudes.

J'ai un mal de gorge affreux et si mes mains sont chaudes, c'est parce que j'ai chopé la crève.

– Vous avez soif ? Faim ?

Pas d'index.

– Il faut manger quelque chose, voyons. M. Guillaume va rester dîner, il a été tellement gentil. Imaginez s'il n'avait pas été là…

Je sais. Je serais en train de nourrir les têtards.

– J'ai fait une daube, avec des raviolis, je pense que vous pourrez manger les raviolis.

Le problème de mon alimentation vient de ce que j'ai du mal à coordonner mes mâchoires, or, pour mastiquer, c'est indispensable. Voilà pourquoi on me nourrit principalement de bouillies, de purées, de liquides, de trucs qui s'avalent vite fait. Moi, ce que j'aime, c'est la viande, la viande saignante, les pâtes, les pizzas. Le chorizo. Une rondelle de chorizo, des olives vertes et une bonne bière glacée…

Yvette est déjà repartie. Je l'entends s'affairer. Guillaume s'approche de moi.

– Alors, ça va mieux ?

Index.

– On va fêter ça. Je vais acheter du champagne !

– Oh non, voyons, il ne faut pas ! proteste Yvette.

66

– Mais si, mais si ! C'est pas tous les jours qu'on échappe à la mort !

Disons que, en ce qui me concerne, ce n'est pas la première fois. La première fois, c'était à Belfast. Benoît... Je sens le coup de spleen qui vient, je ne veux pas penser à Benoît, mais c'est plus fort que moi, je suis assaillie par un flot d'images qui déferlent dans ma tête, je nous revois avec Benoît, en train de préparer notre voyage, allongés sur son lit, chez lui, les prospectus étalés devant nous sur les draps froissés... En un sens, je suis heureuse que la mère de Benoît n'ait pas vendu l'appartement. Il y a encore un endroit dans l'univers où Benoît a laissé des traces tangibles. Yvette m'a dit qu'elle n'y avait rien touché. Elle a simplement fait fermer les volets. La mère de Benoît est très âgée et malade, elle vit dans une maison de retraite à Bourges, la mort de son fils unique lui a ôté l'envie de vivre. Et à moi, ma raison d'être. Faux, Elise, puisqu'il est mort et toi non, et que tu n'envisages pas de te suicider.

La porte d'entrée se referme. Yvette met la table, j'entends ses gestes rapides et précis.

– Il est drôlement gentil, cet homme.

De qui parle-t-elle ? Ah, oui ! Guillaume.

– Et d'une courtoisie ! De nos jours, les gens sont tellement grossiers, ça fait plaisir de rencontrer un homme qui sait se tenir. Et pas mal avec ça. Pas très grand, mais solide. Il m'a montré ses abdominaux, on dirait du béton.

Ben dis donc, mon Yvette, on s'amuse bien à ce que je vois. Tâter les abdos d'un inconnu dans ma cuisine, c'est pas de l'attentat à la pudeur, ça ? Faut croire que tout le monde est pris de folie en ce mois d'août.

– Qu'est-ce qu'il vous voulait encore, ce commissaire ? reprend-elle. En voilà un que la nature n'a pas gâté. Et si arrogant ! Il ferait mieux de trouver l'assassin des enfants plutôt que venir fouiner ici pendant des heures.

Je suis bien d'accord avec toi, Yvette, mais j'ai le désagréable sentiment que l'assassin des enfants a un lien avec moi.

Le dîner se passe bien. Yvette me fait manger en premier, puis m'installe près d'eux pendant qu'ils dînent. M. Guillaume raconte des blagues, il raconte bien, Yvette rit aux éclats, je me rends compte que je l'ai rarement entendue rire. Il lui parle de sa femme. Elle l'a quitté il y a cinq ans, pour son meilleur ami, un tourneur-fraiseur chez Renault. Yvette parle de son mari. Il l'a quittée il y a dix ans pour un monde meilleur, après trente années de bons et loyaux services à la SNCF. Un Polonais du nom d'Holzinski qui lui a donné trois fils. Elle parle de ses enfants qui vivent l'un à Montréal, l'autre à Paris, le troisième en Ardèche. Guillaume n'a pas d'enfants, sa femme était stérile. J'écoute en pensant à autre chose, à tout ce qui vient de m'arriver, bousculant ma routine de « malade », déchirant ce suaire d'ennui sous lequel je commençais à étouffer.

Le téléphone sonne.

– Ah là là, ce téléphone ! On ne peut jamais être tranquille ! grommelle Yvette en se levant. Allô, oui ? Oui... C'est pour vous, Elise.

Pour moi ? C'est bien la première fois qu'on me téléphone depuis dix mois. On me fait rouler jusqu'à l'appareil, Yvette pose le récepteur contre mon oreille.

– Allô, Elise ?

– Allez-y, elle vous entend ! hurle Yvette au-dessus de ma tête.

– Elise, c'est Stéphane.

Je ne sais pas pourquoi, mon cœur bondit dans ma poitrine. Il a une petite voix, bien différente de sa voix de rogomme habituelle.

– Elise, je voulais vous dire que je suis désolé pour ce qui est arrivé. Je ne sais pas ce qui s'est passé, je marchais et d'un coup, paf... j'ai vu trente-six chandelles, vraiment ! Et puis plus rien, le noir complet. Quand on m'a dit ce qui vous était arrivé...

On entend des pas dans le lointain, une voix de femme, geignarde :

– Steph, qu'est-ce tu fais ? Ça va être froid !

Il reprend très vite :

– J'espère que vous allez bien maintenant. Je passerai vous voir demain. Je vous embrasse.

Et il raccroche. Yvette repose le combiné.

– Tout va bien ?

Index.

– Ce pauvre garçon, il est tellement gentil. Dommage que sa femme soit une vraie mégère. Je parle du garçon qui accompagnait Elise ce matin. Stéphane Migoin.

Je comprends qu'elle s'adresse à Jean Guillaume et je replonge dans mes pensées. Est-ce que j'ai envie de voir Stéphane demain ? Et Paul et Hélène ? Pourquoi n'ont-ils pas appelé ? Ils pourraient au moins prendre de mes nouvelles. Je rumine ainsi jusqu'au dessert, ressassant inlassablement les événements de ces derniers temps, jusqu'à ce que Guillaume fasse sauter le bouchon du champagne. Gloussements d'Yvette, pétillements dans les verres, j'ai droit à une coupe, c'est bon, c'est frais, on sonne.

Yvette va ouvrir pendant que Guillaume se ressert de la salade de fruits.

Surprise ! C'est toute la famille Fansten qui débarque ! Virginie traverse la pièce en courant et m'embrasse sur les deux joues. Yvette présente Jean Guillaume à tout le monde, échange de congratulations, vous boirez bien quelque chose, justement Paul avait apporté du champagne lui aussi, etc., etc., je comprends que tout cela était prémédité. Ils avaient prévenu Yvette qu'ils viendraient au dessert et Yvette ne me l'a pas dit pour me faire une surprise. Hélène m'embrasse gentiment et me demande si ça va. La mère de Paul embrasse Yvette et me demande si ça va. Paul ne m'embrasse pas mais me demande si ça va. Heureusement, Guillaume leur distribue à tous des coupes pleines de champagne et tout le monde se tait pour boire, après avoir porté un toast à ma santé.

C'est bien de revenir d'entre les morts : on s'intéresse à vous.

Les deux bouteilles sont vides, Yvette sert le café. Paul est assis près de moi.

– Je suis passé voir Steph, il a un bandage autour du crâne, ça lui fait une drôle de tête. Le pauvre, il se demande encore ce qui s'est passé.

Hélène intervient :

– Je ne comprends pas comment un garçon aussi fort que Steph a pu se laisser assommer comme ça ! Et sans rien entendre, sans rien voir venir ! C'est bien la dernière personne que je voyais se faire agresser.

Moi aussi.

Paul qui reprend :

– Et vous, monsieur Guillaume, vous n'avez rien vu de suspect ?

– Comme je l'ai dit au flic, l'inspecteur Machin, il pleuvait à verse, j'avais ramené mon capuchon en avant et je courais tête baissée, alors… même si j'ai croisé quelqu'un, avec l'herbe mouillée qui étouffe les bruits… Tout ce que je sais, c'est que j'ai vu ce fauteuil renversé et mademoiselle sous l'eau. Y avait que ses pieds qui dépassaient, et des bulles. J'ai foncé et je l'ai attrapée par les chevilles. Heureusement qu'elle ne pèse pas lourd !

– Vous avez vraiment dû rater l'agresseur de peu, fait remarquer Paul.

– Il a pu se cacher dans les bosquets et attendre que j'ai démarré pour filer tranquillement.

– Et si on parlait d'autre chose ? propose Hélène. Elise n'a peut-être pas envie d'entendre ressasser tout ça encore une fois ! Tout le monde m'a demandé de vos nouvelles, Elise, je les ai rassurés du mieux que j'ai pu. Claude passera vous voir demain.

– Qui veut de la salade de fruits ? dit Yvette.

Une petite main se pose sur la mienne et, dans le brouhaha général qui a suivi la remarque d'Hélène, j'entends une petite voix me susurrer à l'oreille :

– Je t'avais dit de faire attention. La Mort t'a remarquée, elle est fâchée contre toi. Et puis, tu sais, je crois qu'il va y avoir un autre enfant de puni.

Puni ?

– Mathieu Golbert, un CM1 qui fait toujours des histoires pour rien, la Mort le trouve très joli. C'est mauvais signe. Moi, quand la Mort me dit que je suis jolie, je me cache parce que je sais ce que ça veut dire. J'attends que ce soit passé, tu comprends ?... Moi aussi, je veux de la salade de fruits !

Non, attends, Virginie, attends ! Quel nom a-t-elle dit ? Mathieu, Mathieu Golbert, oui, je le connais, sa mère tient un salon de coiffure, ils venaient souvent au cinéma, un joli petit, avec d'immenses yeux bleus. Comment faire ? Il faut prévenir Yssart. Si jamais Virginie dit la vérité... Oh, je ne sais plus que penser, cette gamine est tellement étrange !

Une main sur mon épaule, je sursaute intérieurement. Une main large et ferme. C'est Paul. Il ne dit rien. Il se contente de me serrer l'épaule. Son pouce effleure ma nuque. Ça dure quelques secondes et puis il retire sa main. J'ai l'impression d'avoir rougi. Mais tout le monde continue à parler comme si de rien n'était. C'était donc bien lui cette nuit. Cette nuit ! J'ai l'impression que ça remonte à des semaines. J'ai plus vécu en vingt-quatre heures qu'en dix mois.

Tout le monde est parti. Je suis dans mon lit. Je sens que je vais m'endormir vite. Des images tourbillonnent dans ma tête, Virginie, Paul, Stéphane, Hélène, Yssart, Jean Guillaume... toutes personnes que je ne peux qu'imaginer, des sortes de portraits-robots en couleurs. Si je recouvre la vue un jour, je serai certainement stupéfaite de voir leurs vrais visages. Mathieu Golbert. Il faut faire quelque chose pour lui...

# 5

La pluie ne cesse pas. Une pluie d'été, violente, joyeuse, turbulente comme un jeune chien. En général, Yvette déteste la pluie, mais en ce moment elle est très occupée. Elle réfléchit à ce qu'elle va faire demain soir, en l'honneur de M. Jean Guillaume qui est de nouveau invité.

Après l'explosion de violence d'hier, tout est redevenu calme. Un calme insidieux, angoissant. J'ai l'impression d'être installée dans l'œil du cyclone. Je me suis réveillée en pensant à Mathieu Golbert. Et, tout le temps où Yvette m'a prodigué mes soins matinaux, je n'ai cessé de penser à ce que je pouvais faire, sans arriver à rien. On sonne. J'ai l'impression d'être une actrice de boulevard dans une pièce où les personnages entrent et sortent sans arrêt. J'entends Yvette qui s'exclame :

– Oh, mon Dieu ! Comme vous êtes arrangé ! Ça vous fait mal ?

Stéphane :

– Non, non, ça va… Elise est là ?

« Non, elle est allée à son cours de danse », me dis-je *in petto*.

– C'est M. Migoin, mademoiselle.

Il marche pesamment vers moi. Je suis en robe de chambre, cheveux attachés, lunettes noires. Il s'immobilise. Je l'entends respirer. Yvette est ressortie. Nous sommes seuls avec la pluie.

– Elise…

Il a une drôle de voix, un peu cassée, enfantine.

– Je suis vraiment désolé. Si seulement j'avais entendu venir ce type… Vous avez dû avoir tellement peur…

Il me prend la main et la serre entre ses grosses pattes que j'imagine rougeaudes et velues. J'ai l'estomac qui se contracte en pensant que ce sont peut-être ces mains-là qui ont tué quatre enfants.

– Vous devez penser que je suis un peu fou…

Index.

– Je ne sais pas ce qui m'arrive. Je… depuis que j'ai fait votre connaissance, je ne pense qu'à vous.

Ce type ne me connaît même pas, il ignore le son de ma voix, les idées que je peux avoir, il est amoureux d'une poupée en chiffon ou quoi ?

– Vous paraissez tellement douce.

Moi ? Je suis une teigne. Hargneuse, coléreuse, une harpie glapissante, Benoît disait toujours que j'avais le plus mauvais caractère de tout l'hémisphère Nord.

– J'aime votre visage, Elise, le dessin de vos lèvres, votre nuque, vos épaules… Je suis malheureux, j'ai l'impression de vivre dans un cauchemar, je ne comprends pas ce qui m'arrive.

Il reprend sa respiration.

– Je ne peux espérer que vous partagiez mes sentiments…

Pas d'index. Il a beau parler comme un livre, pas d'index.

– … mais je veux que vous sachiez que je suis votre ami. Vraiment votre ami. Je ne laisserai personne vous faire du mal.

Tu parles… Y a qu'à voir hier…

– Catherine est là ! interrompt prosaïquement Yvette.

Stéphane se redresse précipitamment.

– A bientôt, Elise. N'oubliez pas ce que je vous ai dit. Oh, bonjour, Cathy !

– Steph ! Dites donc ! Vous êtes drôlement amoché…

– Non, ce n'est rien, ça va.

– Vous faites quand même le tournoi, dimanche ?

– Certainement. J'y vais, je suis en retard, au revoir.

Tournoi ? Ah, oui : il joue au tennis. Je ne savais pas que la Grande Catherine et lui se connaissaient. Elle incline mon fauteuil en position allongée et commence à me pétrir les genoux.

– J'ignorais que Migoin était un ami d'Elise, lance-t-elle en direction de la cuisine.

– Nous l'avons connu par Paul et Hélène Fansten. Un brave garçon, vraiment.

– Qu'est-ce qui lui est arrivé ?

– Comment ? Vous n'êtes pas au courant ?

Conciliabules. Où Catherine est mise au courant de l'aventure de la veille. Elle en oublie de me dévisser les rotules et je peux réfléchir en paix.

Comment se fait-il, par exemple, qu'en l'absence de Virginie il ne se passe rien ? Non, non, je ne vais pas prêter à cette enfant un esprit démoniaque, mais quels peuvent être les liens qui l'unissent à la « Mort des Bois » ? Un enfant aurait-il la force de tuer un autre enfant ? Stop. Je repars dans la mauvaise direction. Il n'y a pas d'exemple d'enfant de sept ans qui soit un « tueur en série ». Alors, qu'est-ce qui cloche avec Virginie ? Car je sens bien que quelque chose cloche. Elle n'est pas nette. Elle est trop raide, trop sage, sa voix est trop calme. Vous me direz qu'avec ce qu'elle a vu… ou pas vu, je n'en sais plus rien. Aïe, cette grande conne de Catherine est en train de me démettre l'épaule gauche. Il faudrait que je puisse attirer l'attention d'Yvette et lui faire comprendre que j'ai quelque chose à dire à Yssart. Dès que Catherine sera partie, j'essaierai.

Catherine est partie, mais évidemment Yvette ne s'occupe pas de moi : elle brique la maison en l'honneur de M. Guillaume comme si on devait recevoir le président de la République. Je lève de temps en temps l'index quand je l'entends passer à côté de moi, mais c'est en pure perte : elle doit avoir le nez collé sur la poussière. Pire que tout, elle m'a mis une cassette de lecture enregistrée qu'Hélène a sortie de la bibliothèque municipale – non, pardon, de la médiathèque municipale –, et j'écoute une voix enthou-siaste me réciter du Balzac. Ça part d'un bon sentiment, mais d'un je déteste qu'on me fasse la lecture et de deux je connais le livre par cœur pour l'avoir lu plusieurs fois. Enfin… je ne peux pas passer ma vie à me plaindre.

Ah ! Fin de la première face. Yvette va venir tourner la cassette. J'entends son pas, vite, index, index, index.

– Oui, oui, je sais, j'arrive.

Non, Yvette, non, index, index, index.

– Ah là là, une minute, ce que vous êtes impatiente, vous devenez vraiment terrible !

Eh merde !

Balzac repart à fond la caisse, je pourrais l'entendre du bout du jardin. Et Yvette repart elle aussi, en marmonnant. Il ne reste qu'à attendre un moment favorable.

Je me réveille en sursaut. Je me suis assoupie, bercée par la voix enthousiaste. Où est Yvette ? J'écoute, cher-chant à la localiser. Ah, dehors. Elle parle avec quelqu'un. Je reconnais la voix d'Hélène qui dit « au revoir ». Yvette qui rentre.

– Hélène vous a apporté d'autres cassettes, vous avez de la chance.

Super. J'espère que c'est l'intégrale en trois cent soixante-six volumes.

– Vous voulez en écouter une maintenant ?

Pas d'index.

– Bon, comme vous voulez. Vous voulez autre chose ?

Index.

– Vous avez soif ?

Pas d'index.

– Faim ?

Pas d'index.

– Pipi ?

Pas d'index.

– Vous auriez voulu voir Hélène ?

Pas d'index. Je sens qu'Yvette s'impatiente.

– Quelqu'un d'autre ?

Index.

75

– Virginie ?

Pas d'index.

– C'est en rapport avec l'accident d'hier ?

Index.

– La police alors ?

Index. Merveilleuse Yvette. Dès que je suis rétablie, je t'augmente, je te fais mon héritière, je...

– Vous voulez que j'appelle ce grand chipoteur de commissaire ?

Index.

– Bon, si ça peut vous faire plaisir.

Elle se dirige vers le téléphone. Bien. Tout va bien. Je contrôle la situation.

– Le commissaire est à Paris, il ne rentrera que lundi. Oh, j'ai oublié mon lapin sur le feu !

Cavalcade effrénée vers la cuisine. Il ne reste qu'à espérer qu'Yssart ne rentrera pas trop tard ou que Virginie m'a raconté n'importe quoi.

On sonne. Je devrais engager une soubrette uniquement pour ouvrir la porte et frapper les trois coups.

Ce coup-ci, c'est Claude Mondini. Elle m'embrasse sur les deux joues, vite fait, hop hop, elle sent l'eau de toilette au chèvrefeuille.

– Ma pauvre Elise ! Heureusement tout s'est bien terminé ! J'ai toujours dit que ce bois était dangereux. J'interdis aux enfants d'y jouer. Jean-Mi vous embrasse aussi. Hum, ça sent bon chez vous. Qu'est-ce que vous nous mijotez, Yvette ?

– Un lapin à la moutarde.

– Ça a l'air délicieux ! Et alors, ma pauvre Elise, ça va ?

Index.

– Je ne peux pas rester longtemps, il faut que je m'occupe de la sortie en canoë de dimanche avec les gamins de la Tourbière. Je sais que votre vie n'est pas facile, Elise, mais si vous voyiez ces pauvres gosses... un environnement parental navrant... Bon, je vous fais la bise

76

et je me sauve… Yvette, si vous avez besoin de quoi que ce soit, vous nous passez un coup de fil, n'est-ce pas ?

– Oui, oui, et merci encore.

– Au revoir, Elise, à bientôt !

Elle s'en va, laissant flotter des effluves printaniers. Je suis un peu étourdie : est-ce qu'elle est restée trois minutes ou quatre ? mais je suis surtout soulagée, ma terreur secrète étant qu'elle ne convainque Yvette de me rouler à la messe le dimanche matin, « pour que je puisse tout de même accéder à une dimension spirituelle ».

Le dimanche matin, avec Benoît, on traînait au lit jusqu'à 11 heures et on se racontait des bêtises…

Benoît, tu me manques.

Cinq jours de calme. C'est magnifique. Personne pour me tripoter, me faire mal ou essayer de me tuer. Deux heures de Balzac par jour, un temps superbe, des fraises succulentes, et Raybaud qui m'a fait des compliments. Il semblerait que, entraînée par l'index, on sente toute ma main gauche frémir. Oh, mon Dieu, si seulement ce pouvait être vrai ! Si elle pouvait se remettre à bouger, j'apprendrais à écrire de la main gauche, je pourrais dire au revoir et bonjour, faire des tas de signes, le V de la victoire, le zéro pointé, le pouce en bas du mécontentement, le pouce en l'air pour dire OK, le médium obscène, le mauvais sort, les doigts croisés anti-mauvais sort, tout ce qu'on peut faire avec une main ! Je m'exerce sans arrêt, comme une folle. Je bougerai cette putain de main, et pas que ça, je récupérerai l'usage de mon corps, morceau par morceau, je le jure, jusqu'à ce que je puisse me lever et éteindre cette saloperie de radiocassette !

Dieu a dû m'entendre parce que le silence se fait. Ah, oui, il est 13 heures, Yvette veut écouter les infos. Gnagni gnagna politique étrangère… plan de lutte antiterroriste… colère des agriculteurs… Premier ministre… guerres par ici, guerres par-là… inondations dans le Sud-Est, ça les changera de la sécheresse, une piste dans l'assassinat du

petit Michaël Massenet, la police recherche un témoin…
Quoi !?

– Vous avez entendu, Elise ? s'exclame Yvette, tout agitée.

Index.

– Je vais téléphoner à Hélène. Elle est peut-être au courant.

J'écoute de toutes mes oreilles, mais on n'en dit pas plus. Météo : le soleil ne va pas durer, l'automne sera rude et l'hiver précoce, fini de rigoler, c'est bientôt la rentrée. Yvette revient :

– Elle a entendu elle aussi, mais elle n'est au courant de rien. Elle avait l'air bouleversé. Tout de même, le commissaire aurait pu lui en parler, ça la concerne, après tout… Surtout qu'avec son travail à mi-temps elle ne peut pas surveiller Virginie tout le temps.

Une piste… J'ai hâte de voir Yssart. Pauvre Hélène ! Elle est tellement discrète qu'on oublie souvent le drame qu'ils ont vécu. Ni elle ni Paul ne parlent jamais de Renaud et Yvette m'a dit qu'ils avaient donné toutes ses affaires au Secours catholique. Il paraît qu'il y a sa photo dans leur salle à manger. Un joli petit garçon aux cheveux bruns et aux yeux bleus, avec les oreilles décollées (d'après Yvette) et des taches de rousseur. Il ne ressemble pas du tout à Virginie, qui est effectivement blonde, avec des cheveux coupés au carré et des yeux bruns. Yvette dit qu'elle est ravissante, « une vraie petite poupée », mais je la soupçonne d'être partisane.

Yvette débarrasse la table sans cesser de maugréer contre les assassins, le temps à venir, les impôts, la dureté de la vie et la coupable indifférence de Dieu. Elle revient pour m'annoncer qu'il fait trop beau pour rester enfermé. Elle a téléphoné à Hélène et elle nous emmène promener, Virginie et moi. Hélène est d'accord, Yvette a même eu l'impression que ça l'arrangeait de rester seule un moment.

Virginie gambade à mes côtés. Yvette a préféré éviter le bois Vidal et nous déambulons le long de l'esplanade qui jouxte le centre commercial. Je me rappelle qu'il y a des bancs et des vendeurs de sandwichs. Roulement des patins des jeunes rollers et autres skate-boarders qui sillonnent l'esplanade à toute vitesse. Ailleurs, tap tap tap lancinant d'un ballon. Pépiements d'enfants surexcités, je me souviens qu'au centre de la place il y a un grand bassin carré agrémenté d'une fontaine en métal vrillé où les jeunes jettent des détritus plus ou moins flottants.

La fontaine est en action, j'entends le froufrou du jet d'eau. On s'arrête. Yvette pousse un soupir d'aise, je suppose qu'elle a dû s'asseoir.

– Virginie, tu ne t'éloignes pas !

– Non, non, je joue au bassin.

On reste un moment tranquilles, assises là toutes les deux, moi à écouter les sons des vivants et Yvette à rêver à je ne sais quoi. La petite voix de Virginie me tire de ma torpeur :

– Je peux aller avec lui acheter des malabars ?

– Les bonbons, ça fait mal aux dents.

– C'est pas des bonbons, c'est des chewing-gums.

– C'est pareil. Et comment tu t'appelles, toi, mon bonhomme ? Tu as perdu ta langue ?

– Maman, elle m'en achète toujours. Lui, il s'appelle Mathieu.

C'est pas vrai !

– Tiens, voilà cinq francs, ne les perds pas. Elle est où, ta maman, Mathieu ? s'enquiert Yvette.

– Elle est au salon, là-bas.

– Sa maman, elle est coiffeuse. Il est venu avec son grand frère, explique Virginie.

– Ah ! Bon, allez-y, mais revenez tout de suite et ne parlez à personne !

C'est lui, c'est Mathieu Golbert. Qu'est-ce que Virginie fout avec lui ? Oh, mon Dieu ! Est-ce qu'elle servirait de… de rabatteuse au meurtrier ? Non, il ne faut pas que j'aie de telles pensées. Est-ce qu'Yvette les surveille bien au moins ? Est-il normal qu'ils mettent si longtemps ?

79

J'entends un bruit de papier et en déduis qu'Yvette lit son journal. Ce n'est pas le moment de lire, Yvette !

– Je ne comprends pas qu'un garçon aussi séduisant que le prince Albert ne soit pas encore marié...

Yvette ! Laisse tomber Albert ! Surveille les mômes !

– Ce qu'ils nous enquiquinent avec leur sport, c'est pas croyable, on ne peut pas lire un journal sans tomber sur du sport, des pages et des pages de sport...

Yvette, gente Yvette, lève les yeux de dessus ce journal et regarde au loin, s'il te plaît !

– J'en ai eu cinq !

Virginie ! Ouf !

– Tu vas voir, tu auras plein de caries si tu continues à manger des bonbons comme ça.

– Le dentiste est très gentil.

– Ce n'est pas une raison. Ça coûte cher le dentiste. Et ton petit copain, où il est ?

– Il est allé rejoindre son frère. Il devait rentrer.

– Ah, bon ? Tiens, tu veux t'asseoir ? Je te donne la bande dessinée si tu veux.

– Oui, je veux bien.

Je ne peux m'empêcher de ressentir une angoisse sourde. La présence de Mathieu ici me fait l'effet d'une étrange coïncidence. Et sa soudaine absence encore plus.

– La place est libre ? demande poliment une voix de dame à l'accent du Nord.

– Bien sûr. Asseyez-vous. Pousse-toi un peu, Virj'.

Virginie se retrouve tout contre mon fauteuil. Yvette et la dame du Nord commencent à échanger des potins.

– Elise, tu m'entends ? chuchote soudain Virginie.

Index.

– J'ai peur pour Mathieu.

Moi aussi.

– Je crois qu'il va être mort.

Oh non, non ! Si je pouvais attraper cette gamine, la secouer, lui arracher ses secrets...

– Je l'ai vue, la Mort. Là-bas, vers le parking.

Une étrange sensation m'envahit, comme si on me ver-

80

sait du plomb dans l'estomac. Et mon visage idiot qui ne peut rien exprimer, ma bouche idiote qui ne peut pas crier ! Je dois avoir un drôle d'air car Yvette interrompt sa conversation :

– Vous avez l'air toute tourneboulée… Ça ne va pas ?

Index. Non, ça ne va pas.

– Vous voulez rentrer ?

Pas d'index.

– Vous voulez qu'on se promène un peu ?

Oui, c'est ça, promenons-nous, Mathieu refera peut-être surface. Je lève l'index.

– Bien, soupire Yvette, résignée, on y va. Au revoir, lance-t-elle à la dame du Nord que j'imagine les yeux rivés sur moi.

On s'ébranle. Virginie chantonne. Au bout d'un instant je prends conscience de ce qu'elle est en train de chanter. *Il était un petit navire.* Elle en est arrivée au passage où le mousse va se faire manger et ça me paraît de très mauvais augure.

On avance comme ça un petit bout de temps, je sens qu'Yvette est de mauvaise humeur à la façon dont elle pousse le fauteuil, sans douceur, avec des à-coups. Des gosses viennent parler à Virginie, on doit être tout près de la fontaine car le bruit de l'eau est beaucoup plus fort. Je commence à me dire que je souffre d'un trop-plein d'imagination. Yvette appelle soudain :

– Virginie ! Viens une minute !

– Quoi ?

– Qui est ce garçon qui vient de te parler ? Le grand avec la casquette rouge ?

– Quel grand ?

– Hé, jeune homme, jeune homme ! crie Yvette. Oui, vous ! Avec la casquette rouge !

Elle se penche vers moi et me dit à l'oreille :

– On ne sait jamais, si c'était un de ces dealers…

En d'autres circonstances, j'aurais envie de rire.

– Ouais ?

– Vous vouliez quelque chose ?

– Je voulais juste savoir si Virj' avait vu Mathieu, mon petit frère…

Je sens la catastrophe fondre sur nous.

– Mais il était avec vous ! s'étonne Yvette.

– Non, il est parti acheter des malabars avec elle et ça commence à faire long. Je sais pas ce qu'il fout, ce con-là, mais…

– Ecoutez, je ne voudrais pas vous alarmer, mais il a dit à Virginie qu'il retournait vous voir.

– Il t'a dit ça, Virj' ?

– Oui, il a dit qu'il voulait pas se faire engueuler.

– Merde… Putain, si je l'attrape…

– Monsieur l'agent ! glapit Yvette, monsieur l'agent !

– Non, c'est pas la peine, il doit être en train de faire le con dans un coin !

– Qu'est-ce qui se passe ? demande une voix à l'accent parisien prononcé.

Ce doit être celle du flic.

Un hurlement terrifiant. Là, derrière nous. Ça me vrille les tympans.

– Qu'est-ce que c'est ? s'écrie Yvette, interdite.

Mon cœur bat la chamade. Un deuxième hurlement. C'est une femme. Coup de sifflet strident, bruit de course précipitée.

– Virginie, reste là !

Mouvements de foule, exclamations étonnées.

– Non, tu restes là et tu me donnes la main ! tonne Yvette.

Des voix tout autour de nous, j'ai l'impression d'être prise dans un tourbillon de voix, de chavirer dans un océan de rumeurs. Coups de sifflet, sirène d'ambulance, sirène de police, mon cœur bat dans mes tempes.

– Dégagez ! Allons, laissez passer, s'il vous plaît…

– Qu'est-ce qu'il y a ?

– J'en sais pas plus que vous. Allez, poussez-vous.

Bavardages frissonnants :

– Il paraît qu'on a trouvé un mort.

– C'est dans le parking, là-bas.

– C'est une femme qui l'a trouvé.

– C'est pas un mort, c'est un môme.

– Pardon, monsieur, vous savez ce qui se passe ? demande Yvette, affolée.

– On a trouvé un enfant mort, dans le parking.

– Oh, mon Dieu ! Est-ce que vous savez… est-ce qu'on sait qui c'est ?

– Non, je crois pas.

Un cri déchirant s'élève au-dessus de la foule. Tout le monde se tait. La voix d'un adolescent terrorisé :

– Mathieu ! Non ! Mathieu ! Non, merde !

J'entends un drôle de petit bruit mouillé et je comprends que Virginie s'est mise à pleurer.

– Là, là, ne pleure pas, ma chérie ! Oh, mon Dieu, c'est horrible ! Oh, Elise, vous avez entendu ?

Index. J'ai tellement bien entendu que je crois que je vais dégueuler tripes et boyaux. Ça ne peut pas être vrai, c'est un rêve, une hallucination. Mathieu ne peut pas être mort.

– Ils font monter son frère dans le car de police, me lance Yvette. Le pauvre garçon, le pauvre garçon…

Une voix d'homme qui hurle, excédée :

– Mais écartez-vous, bon Dieu, y a rien à voir, on vous dit ! Laissez passer.

Ce brouhaha, cette agitation, on pourrait presque se croire dans une fête foraine. J'imagine un petit corps jeté sur une civière, un petit corps massacré… Virginie pleure toujours doucement.

– Il faut dire ce qu'on sait, décide Yvette.

En route. Nous heurtons des gens, Yvette s'excuse tout le temps, Virginie sanglote. Yvette avance obstinément, poussant mon fauteuil et tirant Virginie en pleurs, imperturbable sous les insultes et les quolibets.

– Monsieur l'agent, monsieur l'agent !

– Quoi ? Je suis occupé.

– La petite a joué avec lui, tout à l'heure.

– Qui, lui ?

– Eh bien, le… la victime !

– Comment savez-vous de qui il s'agit ?

– Je vous dis qu'on le connaît. Il s'appelle Mathieu. Son grand frère est dans le car.

– Venez avec moi. Poussez-vous, s'il vous plaît, laissez passer la dame. Non, monsieur, non, ça va bien comme ça, reculez immédiatement…

On avance.

– Cette dame dit que la petite a joué avec la victime tout à l'heure.

Une voix jeune et virile :

– Ah bon ? Attendez, venez par ici. Alors, petite, comment tu t'appelles ?

– Vir…gi…nie.

– Et pourquoi tu pleures ?

Elle balbutie :

– Maman…

– Je crois que c'est le choc, intervient Yvette.

– Tu as joué avec Mathieu tout à l'heure ?

– Ils sont allés acheter des bonbons ensemble et elle est revenue toute seule. Et son frère ne l'a pas revu depuis, ni nous, répond Yvette à la place de Virginie.

– Vous êtes allés acheter des bonbons ?

– Non, des malabars… hoquette Virginie.

– Et Mathieu, où il est allé après ? Il a parlé avec quelqu'un ?

– Je sais pas. Il a dit qu'il allait voir son grand frère.

– Tu n'as vu personne lui parler ? Une grande personne, je veux dire ?

– Non.

Sale petite menteuse. Tu as vu l'assassin, tu me l'as dit, tu l'as vu, mais tu te tais. Pourquoi, pourquoi ?!

– Bon, écoute… Si tu te souviens de quelque chose, tu le dis à ta mamie.

– C'est pas ma mamie, c'est la bonne d'Elise.

– Je suis la dame de compagnie de Mlle Andrioli, rectifie Yvette, froissée.

– Mlle Andrioli, c'est vous ? me demande l'inspecteur.

– Elle ne peut pas vous répondre, elle a été victime d'un très grave accident.

– Ah ? Excusez-moi. Bien. Je vais prendre vos coordonnées.

– Yvette Holzinski, 2 chemin des Carmes, à Boissy. Mlle Andrioli, Elise, habite au même endroit. La petite s'appelle Virginie Fansten, 14 avenue Charles-de-Gaulle, lotissement Les Merisiers.

– OK. Tenez, voici ma carte. Je suis l'inspecteur Gassin. Florent Gassin. Il faudra venir faire une déposition.

– Nous connaissons le commissaire Yssart.

– Ah ? Il est à Paris. Excusez-moi, il faut que j'y aille. Alors, tu as compris, Virginie ? Si tu te souviens de quelque chose, tu m'appelles. C'est très important...

Virginie renifle sans répondre. L'inspecteur Gassin prend congé. Yvette me remet en route et me chuchote :

– Ils ont emporté le corps sur une civière, dans un sac en plastique comme à la télé, c'était affreux, j'espère que Virginie ne l'a pas vu.

Le retour est morose. Nous avançons en silence. Je me sens triste, terriblement triste et complètement abasourdie. Dire qu'on aurait peut-être pu sauver Mathieu si seulement Virginie avait consenti à parler... Comme elle a pleuré ! La pauvre gosse doit se sentir complètement déboussolée. Tout à l'heure, j'étais terriblement en colère contre elle. Maintenant, je ne sais plus, elle me fait de la peine. Mathieu assassiné. Comme elle me l'avait dit. Et si elle avait tout bêtement un don de voyance ?

Il fait froid, au salon. L'air s'est rafraîchi avec le soir. Yvette a raccompagné Virginie à son domicile puis elle s'est mise à repasser en me faisant la conversation :

– Les pauvres Fansten, ça leur a fait un choc. Ils doivent se dire que le meurtrier de Renaud est tout près d'ici. Et Virginie qui n'arrêtait pas de pleurer ! C'était sinistre. J'aurais préféré que Paul soit là, mais il devait voir un client, ou je ne sais quoi. Et en revenant j'ai croisé Stéphane Migoin. Il n'a plus de pansement. Il vous donne le bonjour. Il était pressé, il devait se rendre sur un chantier.

C'est vrai, son entreprise en bâtiment. Autant que je me souvienne, il a connu Paul par l'intermédiaire de la banque. Oui, c'est ça, il est client de la banque et Paul, en tant que vice-directeur, s'est occupé personnellement de son compte. Et ils se sont découvert la même passion pour la course à pied. Leur rêve secret est de courir le marathon de New York. Ils s'entraînent comme des fous. Courir, moi, je n'ai jamais trop aimé, surtout sur du bitume. Ah ! Les infos… Toujours la même chose… Ah, voilà…

« *Meurtre odieux dans la grande banlieue parisienne. Un enfant de neuf ans, Mathieu Golbert, a été découvert assassiné cet après-midi dans le parking d'un centre commercial. Ce meurtre sauvage serait l'œuvre du même déséquilibré qui a étranglé voici deux mois le petit Michaël Massenet âgé de huit ans. La terreur règne aujourd'hui à Boissy-les-Colombes. Notre envoyé spécial, Michel Falcon, est sur place. A vous, Michel…*

*– Bonsoir. Ici Michel Falcon. Ce soir, la consternation règne à Boissy-les-Colombes, dans les Yvelines, où, en moins de trois mois, ont été assassinés deux enfants. L'hypothèse, qui tend à se confirmer aujourd'hui et selon laquelle ces meurtres seraient à relier à d'autres affaires non élucidées remontant jusqu'à cinq ans en arrière, n'est pas faite pour rassurer la paisible communauté qui réside ici. Ce soir, à Boissy-les-Colombes, la panique n'est pas loin et certains parlent déjà de constituer des milices. Le commissaire divisionnaire Yssart, responsable de l'enquête, se refuse pour l'instant à toute déclaration, mais, nous a-t-il confirmé, une piste se précise.* »

Maintenant, ils nous passent un bref rappel des autres meurtres, accompagné certainement des photos des gamins. Interview d'un retraité, d'une ménagère, d'un garagiste. Des cris, des pleurs, une porte qu'on claque, un homme qui crie « Foutez-nous la paix » : c'est la famille de Mathieu, « *qui, encore sous le choc, ne semble pas en état ce soir de recevoir notre équipe* ».

Téléphone. Yvette se lève en maugréant. Le speaker enchaîne sur la course de voiliers qui se déroule en Méditerranée.

– Allô ? Ah, c'est vous, Jean. Bonsoir… Oui, c'est terrible, n'est-ce pas ? Nous sommes bouleversées. Non, ne vous dérangez pas. C'est gentil, merci… Demain, oui, toujours d'accord. Le pire, c'est que nous y étions, au centre commercial… Oui, Virginie jouait avec le petit juste avant qu'il disparaisse, rendez-vous compte !… Comme vous dites…

Difficile de suivre à la fois la conversation d'Yvette avec Jean Guillaume et les infos. Nouvelle sonnerie, c'est la porte d'entrée. Décidément ça se bouscule. Yvette s'excuse, raccroche, court ouvrir.

– Mlle Andrioli est là ?

Yssart ! Il a dû rappliquer de Paris en vitesse.

– Par ici. Nous étions à table.

– Désolé. Bon appétit. Bonsoir, mademoiselle.

Index.

– Je suis rentré dès que j'ai su ce qui s'était passé. Si vous permettez, j'aurais un mot à dire à Mlle Andrioli en particulier.

Et hop, il me roule dans le vestibule – je sens l'odeur de l'encaustique qu'Yvette a passé ce matin – et démarre sur les chapeaux de roue :

– Etrange coïncidence, n'est-ce pas ? que votre présence et celle de la petite Virginie sur les lieux du meurtre. Savez-vous que je commence à trouver cette succession de coïncidences particulièrement déplaisantes ? En ce qui concerne Mathieu Golbert, le meurtrier lui a pratiqué une incision dans le thorax et retiré le cœur. Après sa mort, bien sûr.

Bien sûr. Est-ce que je vais vomir ?

– Le corps gisait entre deux voitures. Il a fallu à l'assassin une sacrée dose d'inconscience pour opérer ainsi en plein jour dans un parking fréquenté, mais il est vrai qu'accroupi entre les véhicules on est invisible pour les caméras de surveillance, j'ai fait l'essai… Difficile de penser que le meurtrier se serait enfui avec le cœur de la victime dans sa poche. Vous savez ce que j'aurais tendance à croire ? Qu'il est venu en voiture et reparti de même. Le problème dans ces parkings automatiques, c'est que l'employé ne fait généralement pas attention aux véhicules qui passent, mais on ne sait jamais. Vous voyez, je joue franc-jeu avec vous. Est-ce que Virginie sait quelque chose ?

Ce type m'étourdit. Il parle à toute allure et me lance cinquante informations à la fois. Est-ce que Virginie sait quelque chose ? Je n'en sais rien. Je lève l'index à tout hasard.

– A-t-elle vu Mathieu partir avec quelqu'un ?

Demi-index. C'est-à-dire que je lève l'index replié en crochet.

– Elle a vu quelqu'un qu'elle connaissait ?

Index.

– Qui ? Le savez-vous ?

Pas d'index. Il soupire.

– Tout meurtrier a un mobile. Attention, je ne veux pas dire un mobile qui nous semble valable. Non, un mobile qui lui est personnel. Un meurtrier a pu décider, par exemple, de faire une collection d'oreilles. Ou de supprimer toute personne mesurant 1,82 mètre et portant des mocassins jaunes. Ou, comme ce tueur anglais, d'étrangler ses amants pendant leur sommeil et de les garder morts auprès de lui pour regarder la télé. Vous voyez ce que je veux dire ? Si on cherche à épingler un maniaque en lui imaginant un mobile « raisonnable », on fait fausse route. Mais si l'on croit qu'il agit au hasard, pour le simple plaisir de tuer, on fait encore fausse route. S'il était irrationnel, ses victimes seraient diverses. Or c'est très rare. Dans 99 % des cas, le tueur psychopathe s'attaque toujours au même genre de victimes. Il poursuit obstinément un but et ne se sent gratifié qu'en tuant certaines personnes d'une certaine manière. Mais je vous ennuie avec mes discours. J'étais en route pour me rendre chez les Fansten et je me suis arrêté chez vous à tout hasard. C'est toujours agréable de discuter avec vous. Bien, je vous laisse, chère mademoiselle. Et ne vous surmenez pas, votre vie me semble passablement agitée ces temps-ci.

Salaud ! Il me ramène dans le salon et il fout le camp avant même qu'Yvette ait pu dire bonsoir. Ce mec est impossible. Un tueur se balade impunément sous notre nez à tous et pendant ce temps-là un commissaire à tête de clown me fait des cours sur la psychologie des meurtriers. Yvette empile des assiettes en maugréant.

Je repense à Mathieu. Pauvre petit gamin. Ça me fait frissonner. A l'hôpital, quand j'ai compris que Benoît était mort, j'ai eu envie de hurler comme une louve. Et pendant des jours et des jours je ne suis pas arrivée à croire qu'il ne me parlerait plus jamais, qu'il ne serait plus jamais près de moi, qu'il ne me ferait plus jamais rire. Ce soir, la mère de Mathieu doit avoir envie de hurler. Et Hélène, la calme et souriante Hélène, comme elle doit avoir peur pour Virginie ! Encore que Virginie soit une fille. Parce que, c'est vrai, en y réfléchissant, toutes les victimes sont de sexe masculin. Le tueur a peut-être une attirance particulière pour les petits garçons. « Toujours la même sorte de victime », comme dit Bonzo le clown. Je voudrais me sortir tout ça de la tête. Mais je ne peux pas, je ne peux pas me dire tout simplement « n'y pensons plus ». Si seulement je n'avais pas entendu la voix de Mathieu, si seulement ce n'était qu'un nom inconnu à la télé. Moi qui étais si contente de faire la connaissance des Fansten, et maintenant tout ce gâchis...

# 6

L'enterrement de Mathieu Golbert a lieu ce matin. Tout le monde y va, les Mondini, les Quinson, les Migoin. Yvette est partie avec Paul il y a une demi-heure. Hélène a refusé de s'y rendre. Je l'entends qui tourne les pages d'un magazine, nerveusement, comme dans la salle d'attente d'un médecin. En apprenant qu'elle ne voulait pas y aller, Yvette a eu la bonne idée de lui proposer de venir me tenir compagnie pendant qu'elle-même se rendrait à l'enterrement. « Ça lui évitera de broyer du noir toute seule chez elle », a-t-elle précisé. Virginie joue dehors, avec ses poupées. Il y en a une qui est en train de recevoir une fessée magistrale : « Tiens, tiens, vilaine, c'est bien fait pour toi », et pan et pan, je ne sais pas quels comptes elle règle, mais elle y va de bon cœur.

Il paraît qu'il fait très beau : ciel bleu et pur sans un brin de vent. J'imagine la sinistre procession en train d'avancer sous le soleil, le long des champs jaunis. Dire que Benoît repose dans ce cimetière. Ils l'ont créé en 1976, autant que je me souvienne, quasi neuf donc, pour un cimetière, dans un site verdoyant. Je n'ai même pas pu aller me recueillir sur la tombe de Benoît. Yvette m'a dit que Renaud est enseveli là, lui aussi. Je comprends que ce soit au-dessus des forces d'Hélène d'assister aux funérailles d'un petit garçon à côté de celui de son mari. L'assassin s'est-il rendu à l'enterrement ? Dans les films, ça se fait beaucoup.

Hélène ne me parle presque pas. Quelques mots sur le temps, sur l'heure, elle vient de craquer une allumette, l'odeur de la fumée se répand dans la pièce. Froissement de pages hâtivement tournées. Sa respiration rapide. Trop rapide.

– Le pire, c'est de savoir qu'il est allongé dans cette petite boîte. Que votre enfant est dans une boîte. Comme… comme un paquet. Pas beaucoup plus grand que… qu'une caisse de vins par exemple. C'est amusant, non ?

Elle va mal. J'avale ma salive avec difficulté. Sa voix tremble. Pourvu qu'elle ne se mette pas à pleurer. Je ne sais jamais quoi faire quand les gens pleurent.

– Paul a voulu aller à l'enterrement. Je ne vois pas pourquoi, nous ne les connaissions pas, ces gens, mais il a voulu y aller, par solidarité. Un bien grand mot. Ça ne leur rendra pas leur fils. Je ne voulais pas qu'il y aille, mais quand il a décidé quelque chose… Je ne voulais pas rester seule, pas un jour comme aujourd'hui. Excusez-moi, Elise, je vous saoule avec mes bavardages.

Mais non, pas du tout, mais, Hélène, comment vous le dire ? Comment vous dire que je comprends votre chagrin ? Saleté de corps qui me refuse ses services. Mince, voilà Virginie.

– Je peux avoir de l'eau ? Maman ? Qu'est-ce que tu as, Maman ?

– Rien, ma chérie, rien. Va prendre de l'eau à la cuisine.

– C'est à cause de Mathieu que tu es triste ?

– Oui, un peu.

– C'est pas grave, Mathieu, il est sûrement content d'aller au paradis.

– Bien sûr. Va vite boire.

Petite course rapide.

– Ce que je m'énerve quand je suis comme ça. C'est ridicule. Heureusement que Paul ne me voit pas, il ne supporte pas mes crises.

Décidément, ce brave Paul a l'air d'un modèle de patience. Je comprends mieux pourquoi Hélène paraît toujours si détachée et si triste. Virginie repasse en trombe et sort dans le jardin en hurlant. Elle ne semble absolument pas touchée par la mort de son camarade. Quand je pense combien elle a pleuré l'autre jour, c'est étrange. Elle a dû remiser tout ça dans un coin de sa tête, et refuser d'y penser.

Quelle heure peut-il bien être ? Hélène a repris son simulacre de lecture. Je me sens tendue comme une corde à violon dans cette ambiance morbide.

– Je n'aurais jamais dû permettre à Renaud d'aller jouer dehors ce jour-là. C'était fatal que ça arrive. Fatal.

Elle va piquer une crise d'hystérie, je le sens, et qu'est-ce que je vais faire, moi ? Je lève un index à tout hasard.

– Non, je sais que c'est ma faute, je le sais, Elise, vous ne pouvez pas me dire le contraire.

Index.

– Je savais que ça allait se produire, je le savais, je le sentais, et je n'ai rien fait, rien. C'est Virginie qui l'a trouvé. Elle m'a appelée, il était à plat ventre, et tout ce sang ! J'ai pris Virginie dans mes bras et j'ai couru à la maison pour appeler le Samu. Je ne voulais pas que Virginie le voie, je suis retournée là-bas avec une serviette de bain et je l'ai jetée sur lui, elle est devenue toute rouge… je déteste le rouge. Je n'en porte jamais.

Sa voix monte dangereusement. On sonne au portail. Ouf.

– Bonjour, ma Virginie chérie, ça va ?

Yvette. Elle entre.

– Tout s'est bien passé, Hélène ? Nous n'avons pas été trop longs ? Paul vous attend dans la voiture, il est pressé. Hélène ?

– J'arrive. Je cherchais un mouchoir dans mon sac, j'ai un de ces rhumes.

– Un rhume ? Ce doit être un rhume des foins, il fait tellement chaud.

– Certainement. Bien, je me sauve. Au revoir, Elise, au revoir, Yvette, à bientôt. Virginie, on y va !

– Au revoir.

– Au revoir, ma puce !

La porte se referme.

– Oh là là, c'était épouvantable, s'exclame Yvette en commençant à mettre le couvert. Si vous aviez vu ça ! On a dû retenir la mère qui voulait se jeter sur le cercueil. Paul était tout pâle. Claude Mondini a éclaté en sanglots et son mari a bien failli en faire autant. Quant aux Quinson, il a fallu qu'ils se fassent remarquer. Betty avec une voilette, complètement ridicule, et Manuel en costume blanc. On n'est pas en Chine pour venir en blanc à un enterrement ! Le commissaire Yssart n'était pas là, mais il y avait ce jeune inspecteur, Florent Gassin, un garçon sympathique, l'air sérieux, il ressemble un peu à Patrick Bruel, vous voyez ?

Encore un beau mec dans mon entourage. N'en jetez plus, je ne sais plus quoi en faire !

– Stéphane était là aussi, avec sa femme. Quelle pimbêche, celle-là ! Il a la moitié de la figure toute bleue, et tout enflée. Où est-ce que j'ai mis ce beurrier ? Ah, le voilà ! Avec ça, une chaleur étouffante, tout le monde ruisselait. Et le curé, un jeune, avec un accent du Midi ou je ne sais trop quoi, on n'y comprenait rien, et des paroles de consolation à la pelle, j'aurais donné n'importe quoi pour être ailleurs. Dès que ça a été fini, Paul m'a fait signe et nous sommes partis.

Je n'imagine que trop l'horreur de cet enterrement. Est-ce que Paul est passé devant la tombe de son propre fils ? Yvette fait couler de l'eau dans la cuisine. Sa voix me parvient, lointaine :

– Jean n'avait pas voulu venir. Il trouve ça morbide.

Jean ? Ah oui, Jean Guillaume. On en est déjà aux prénoms… Morbide, c'est sûr. Un enterrement… L'idéal, ce serait des enterrements sans mort, mais voilà, c'est rare.

– Voilà, c'est prêt !

Elle roule mon fauteuil près de la table. Je sens une odeur de… voyons… maïs ? Gagné. Mes perceptions s'améliorent. Je mâche du mieux que je peux. Une main sur mon poignet, je m'immobilise.

– J'espère que la police va bientôt coincer ce monstre, c'est vraiment trop horrible. Tenez, je n'ai même pas faim.

Je déglutis un peu plus péniblement que d'habitude. Moi, j'ai faim. C'est peut-être monstrueux, mais j'ai faim. Hélas, Yvette débarrasse rageusement. Un dessert, peut-être ? Non, pas de dessert. Je l'entends qui se sert du café. L'arôme du café me chatouille les narines. Un bon café bien serré à planter la cuillère droit dedans… mais, évidemment, je n'y ai pas droit. Je reste tassée dans mon fauteuil avec mon estomac qui gargouille. Le reste de la journée se déroule dans cette ambiance morose, en compagnie d'une Yvette « tourneboulée ». Je repasse sans arrêt le film des événements dans ma tête :

1) Je rencontre Virginie, qui me raconte qu'elle sait des choses sur un assassin d'enfants.

2) Son récit est confirmé par la découverte du petit Michaël Massenet.

3) Je fais la connaissance de ses parents, Paul et Hélène Fansten, et de leurs amis : Stéphane et Sophie Migoin, Manuel et Betty Quinson, Jean-Mi et Claude Mondini.

4) On essaye de me tuer, moi !

5) Virginie me prédit la mort de Mathieu.

6) Mathieu est assassiné.

Conclusion ?

Virginie est au cœur de cette affaire. Mais quel est mon rôle ?

Comment puis-je même jouer un rôle dans cette farce sinistre, handicapée comme je le suis ?

On dirait que le temps a tourné à la pluie. Le ciel est comme moi, indécis, grognon, tourmenté.

C'est l'après-midi. Je suis assise au salon et j'écoute *La Chèvre de M. Seguin*. Non pas que je sois retombée en enfance, mais Virginie est là et elle a apporté des cassettes.

– Dans *Jurassic Park* aussi, ils se servent d'une chèvre comme appât, m'apprend-elle soudain.

Et à Boissy-les-Colombes, c'est de moi qu'on se sert comme chèvre, ai-je envie de lui répondre.

– Les loups, c'est pas leur faute s'ils tuent des moutons. Ils sont bien obligés de manger.

Exact. Je te sens venir, continue.

– Et des fois, les gens, c'est pareil. Ils font des choses parce qu'ils sont obligés. Même si c'est mal.

Virginie, mon ange, tu viens de poser le problème du libre arbitre et je ne peux malheureusement pas t'aider à le résoudre, d'une part parce que je suis muette, d'autre part parce que je n'ai pas de réponse.

– Mais oui, elle entend.

Quoi ? Je n'ai pas bien compris ce qu'elle vient de dire. « Oui, elle entend » ? Qui entend ? Moi ? A qui est-ce qu'elle parle ? A Yvette ? Mais Yvette a justement profité de ce que Virginie était là pour faire un saut à la droguerie. Elle a même fermé les fenêtres et verrouillé la porte.

– Non, je te dis, elle entend, mais elle ne parle pas !

A quoi est-ce qu'elle joue ? *La Chèvre de M. Seguin* s'arrête. Virginie doit enclencher une autre cassette car je l'entends manipuler l'appareil. Ah, *Pierre et le Loup* de Prokofiev, la musique se déverse dans le salon et je tends l'oreille pour entendre « par-dessus ».

– Elle est très gentille. Il ne faut pas lui faire de mal !

Virginie ? Virginie, ma chérie, qu'est-ce que tu racontes ? Je lève l'index.

– Ne t'inquiète pas, Elise, je lui ai expliqué.

Expliqué quoi ? A qui ? Je commence à me sentir légèrement tendue. Et si elle ne jouait pas ? Si elle parlait vraiment avec quelqu'un ?

– Il te trouve très jolie.

Oh non ! J'essaye d'écouter de toutes mes forces pour percevoir le moindre souffle, le moindre mouvement, mais cette satanée musique couvre tout.

– Il vient souvent me voir. Il a peur, tu comprends ?…

Mais qui ? Qui, nom de Dieu ?!

– Arrête ! Je t'ai dit que tu ne dois pas la toucher !

Elle ne joue pas. Cette gamine ne joue pas. Elle est en

95

train de parler à quelqu'un. Quelqu'un qui est dans mon salon et qui me regarde. Quelqu'un qui ne dit rien. Qui me trouve jolie. Qui veut me toucher. Stop ! Je sens une sueur glacée couler le long de mes flancs. Est-ce qu'elle est là avec « lui », le tueur ? Je suis tellement crispée que j'ai l'impression que je vais voler en éclats. Mais parle, espèce de salaud, parle !

– Maman ne veut pas que je cause avec lui. Elle dit que c'est mal.

Comment ? Hélène le connaît aussi ? Un craquement sur ma droite… c'est quoi ? c'est quoi ? Quelqu'un qui avance vers moi ?

– Mais moi je sais qu'il a peur, tout seul là-bas, dans le noir. Alors, je lui permets de venir.

Est-ce que j'ai entendu un soupir ? Est-ce que je viens d'entendre un soupir tout près de moi ? Virginie, arrête ça, je t'en supplie. Emmène ce type dehors, dehors ! Je lève l'index plusieurs fois d'affilée.

– Toi non plus, tu me crois pas ? Personne me croit, mais c'est vrai, Renaud est là, il vient me voir.

Renaud ? Je ne comprends pas. Renaud ? Est-ce que… mon Dieu, est-ce qu'elle croit que son frère est là ?

– Il a peur dans son cercueil, alors, il vient me voir quand je suis toute seule. Et avec toi, c'est comme si j'étais toute seule parce que tu ne vois rien.

Elle croit que son frère mort vient lui rendre visite. Elle est complètement perturbée, Yssart avait raison. Pauvre gosse, je voudrais la prendre dans mes bras et… et surtout je suis affreusement soulagée. D'accord, c'est dégueulasse d'être contente de savoir que Virginie est malade, mais, franchement, je préfère ça à la présence du tueur dans mon salon. Je me sens toute molle : la réaction.

– Il dit que, s'il avait su que c'était comme ça, il se serait pas laissé être mort.

Cette petite voix si calme. Je me demande comment elle le voit, son frère. Comme un zombie dans un film ? Image déplaisante que je voudrais ne pas avoir évoquée, parce que j'ai vu assez de films d'horreur pour le « voir » moi aussi, à moitié décomposé, debout à côté de mon fauteuil, avec un sourire aussi fixe et large que si on lui en avait cousu les extrémités à chaque oreille…

– Virginie ! Baisse la musique, voyons ! Tu vas devenir sourde ! J'ai été longue, il y avait un monde !

Ah ! Si je pouvais sursauter, j'aurais cogné le plafond avec ma tête. Yvette ! Mon sauveur attitré ! Ses pas sur le parquet.

– Je t'avais dit de ne pas ouvrir la porte.

Pourquoi cette remarque ? Personne n'a ouvert la porte.

– Virginie, laisse ce livre et réponds-moi, reprend Yvette. Pourquoi est-ce que tu as ouvert la porte ?

– J'avais oublié Bilou dans le jardin.

Bilou, c'est sa poupée. Le problème, c'est que je ne me souviens pas de l'avoir entendue sortir. Elle ne m'a laissée que pour aller faire pipi. Est-ce qu'elle en a profité pour passer dans le jardin ? Faire entrer quelqu'un ? Non, les fantômes ne passent pas par les portes. A moins que ce ne soit pas un fantôme. Qu'est-ce que je raconte ? Je perds la boule. A moins que ce ne soit un être en chair et en os à qui elle a ouvert… hou là là, danger, les mecs ! Elise Andrioli est au bord de l'éclatement cérébral, allô, allô, docteur Raybaud, il faudrait immédiatement placer votre patiente (d'une patience à toute épreuve) dans un établissement de cure bien tranquille et, surtout, très loin de Boissy-les-Colombes.

– Allez, viens goûter. Je vous prépare une tisane, Elise.

Virginie se lève et suit docilement Yvette. Mais, juste avant de s'éloigner, elle me chuchote :

– J'ai dû lui ouvrir. Il ne sait pas encore traverser les murs. C'est trop dur, tu vois…

Evidemment, s'il ne sait pas encore traverser les murs… Elle s'en va. Et moi, je reste là, avec un écureuil qui me tourne dans la tête, krouiiik, krouiiik, c'est quoi ce bordel ? krouiik, krouiik…, à essayer de comprendre.

Tisane trop chaude, écœurante, genre tilleul, je ne veux pas de la tisane, je veux du calva, un calva bien dosé, qui vous troue l'estomac. La tisane, ça me fait gerber. J'avale ma tisane bien sagement. Virginie colorie je ne sais quoi, j'entends les crayons courir sur le papier.

– Qu'est-ce que tu dessines, ma poupée ? Un épouvantail ?

Voix d'Yvette pleine de sollicitude, mais perplexe.

– Mais non, c'est un petit garçon !

– Il est bizarre, ton petit garçon. Il est tout raide, avec les bras écartés, et il est tout vert…

– Il est comme ça !

– Oh là là, pas la peine de te fâcher ! Moi, ce que j'en dis, c'est pour toi, après tout je m'en moque… Encore un peu de tisane ?

Pas d'index.

– Tant pis. Tu m'aides à faire la vaisselle, Virginie ?

– D'accord !

Je donnerais cher pour le voir, ce dessin : un petit garçon verdâtre et tout raide ! Je crains fort que Virginie n'ait basculé dans un autre univers. Entre la mort de son frère et les récents événements… Et Yssart qui ne fait rien !

Sonnette.

C'est le jeune inspecteur, Florent Gassin. Il sent le cuir, le tabac et l'eau de toilette. Je l'imagine avec un blouson style pilote de la RAF et des jeans délavés.

– J'espère que je ne vous dérange pas trop… Voilà. Le commissaire Yssart m'a demandé de passer. Il voudrait quelques précisions sur les circonstances de votre agression, l'autre jour.

Index. Il doit se dandiner d'un pied sur l'autre, mal à l'aise. Le parquet craque.

– Est-ce que quelqu'un savait que vous alliez passer par le bois ?

Pas d'index. Pourquoi me demander ça, à moi ? Est-ce qu'il a déjà posé les mêmes questions à Stéphane ?

– Est-ce l'itinéraire que vous empruntez habituellement ?

Tu veux dire l'itinéraire qu'empruntent mes pousseurs de fauteuil, mon joli ? Oui, en général. Donc, index.

– Est-ce que vous avez perdu conscience ?

Index.

– Quand vous êtes revenue à vous, Jean Guillaume était-il là ?

Index. Dieu, que c'est monotone !

– Est-ce qu'il pleuvait quand l'accident est arrivé ?

Index. Que vient faire la pluie là-dedans ?

– Bien, je vous remercie.

Bruit de calepin qu'on referme. Yvette surgit :

– Vous voulez boire quelque chose ?

– Euh… non merci, je suis pressé. Au fait, c'est vrai ce qu'on dit, que Stéphane Migoin et sa femme vont divorcer ?

– Ah ça, je n'en sais rien ! Je n'écoute pas les ragots, lui rétorque Yvette, très digne. Vous avez terminé ?

– Oui, je vous laisse. Il paraît que sa femme est d'une jalousie féroce. Enfin, c'est ce qu'on dit. Allez, au revoir, mesdames.

Si je comprends bien, on soupçonnerait cette mégère de Sophie d'avoir assommé son mari et de m'avoir jetée à l'eau par jalousie… Pourquoi pas ? Au point où on en est, toutes les théories se valent.

– Il est mignon comme tout, cet inspecteur-là, me lance Yvette en rangeant je ne sais quoi. Pas comme son patron, l'autre malpoli… mais je n'ai pas bien saisi où il voulait en venir avec toutes ces questions. Enfin… Virginie, ma puce, c'est l'heure de rentrer chez toi. Prépare-toi, Papa va arriver.

Sonnette. Papa est là.

– Bonjour, Yvette, bonjour, Lise. Le temps s'est drôlement rafraîchi. Tu es prête, Virj' ?

– Entrez, Paul. Excusez-moi, j'ai quelque chose sur le feu…

Yvette s'éclipse.

– Papa, tu veux voir mon dessin ?

– Oui, mais vite. Tout va bien, Lise ?

Index. Il a la voix fatiguée.

Trottinements de Virginie.

– Regarde.

Le bruit vif d'une claque. Qu'est-ce qui se passe ?

– Ne recommence jamais ça, tu entends, Virginie ? Jamais !

Il a parlé d'une voix basse, sourde, il doit être vraiment furieux. Crac, papier qu'on déchire. Reniflements de Virginie.

– Allez, on y va. Au revoir, Lise. Au revoir, Yvette.

Le tout avec la chaleur d'un congélateur trois étoiles. J'en reste sur le cul. Paul qui est toujours si cool... Evidemment, si Virginie lui a fourré sous le nez le portrait de Renaud en zombie... mais ce n'est quand même pas sa faute si elle est traumatisée, la pauvre gamine. On dirait que personne ne s'en rend compte dans cette famille. Bientôt on va la frapper parce qu'elle aura des cauchemars. En tout cas, j'en vis un, moi, de cauchemar. Comme si je n'avais pas assez d'emmerdements, comme si je n'étais pas assez malheureuse... Non, ne pas s'apitoyer sur soi-même. Et dire que je ne peux même pas décider de me saouler pour tout oublier.

L'enquête piétine. Le temps est maussade. Moi aussi. Il fait frais, il bruine. Yvette a commencé à ranger les affaires d'été et à trier celles d'hiver. La Grande Catherine vient de partir après la séance quotidienne de bavardo-massage. Elle nous a confirmé que les Migoin vont vraiment se séparer. Stéphane le lui a confié sur le court de tennis. Et il semblerait qu'entre Paul et Hélène ce ne soit pas au beau fixe non plus. Est-ce le changement de saison qui veut ça ? Hier, quand Hélène est venue me voir, j'ai eu l'impression qu'elle pleurait. Les seuls qui ont l'air en forme sont Jean Guillaume et mon Yvette. Ils sont allés au cinéma hier soir, c'est pour ça qu'Hélène est venue. Ils ont vu le dernier film de Clint Eastwood. J'aimais tellement le ciné. Et merde. Merde à la vie, merde à la mort, merde au monde entier.

# 7

Balade en voiture. C'est dimanche. Paul nous a emme-
nées faire un tour dans l'Essonne, « c'est si beau à la fin
de l'été ». Je suis assise à l'avant, attachée avec la ceinture
de sécurité. Derrière, il y a Hélène et Virginie. Yvette en
a profité pour aller rendre visite à une vague cousine à
elle, accompagnée par Jean Guillaume, of course. La vitre
est entrouverte, ça sent la campagne, l'herbe humide. Personne ne parle. De temps en temps, Paul lance : « Tu as
vu cette église ? elle est superbe », ou, variante : « Tu as
vu cette vieille ferme ? un sacré bâtiment », et Hélène
répond : « Oui, c'est très beau. » Virginie lit son Club des
Cinq sans s'occuper de personne.

– Vous n'avez pas froid, Lise ? s'enquiert Paul, pré-
venant.

Pas d'index. Je crève de chaud, Yvette m'a habillée
comme pour une expédition polaire.

– Tu crois qu'elle a froid ? demande Paul à Hélène.

– Si elle avait froid, elle t'aurait répondu, non ? lui
rétorque celle-ci.

Je sens la scène de ménage se profiler à l'horizon. On
prend un tournant à gauche et je bascule sur le côté.

– Tu pourrais faire attention ! Tu conduis comme un
dingue ! s'écrie Hélène.

Gagné, ça y est !

– Oh, arrête ! Comme si ça ne t'arrivait jamais ! Tu n'as
pas vu comme il était serré ?

– Evidemment, tu as toujours une bonne excuse !

Hou hou ! Je suis complètement tassée sur le côté, moi.

– Ce que tu peux être gonflante quand tu t'y mets.

– Et toi, ce que tu peux être de mauvaise foi ! De toute façon, je le savais bien que ça allait finir comme ça, tu faisais déjà la gueule quand on est partis !

– Quoi ?! C'est toi qui faisais la gueule, tu n'as pas décroché un mot de l'après-midi !

– Et qu'est-ce que tu veux que je dise ? Que je m'extasie sur chaque tas de vieilles pierres qu'on croise ? Excuse-moi, mais il y a des manières de passer son temps plus palpitantes que de rouler sous la pluie comme des vieux.

– C'est ça ! Il faut toujours que tu dénigres tout ! Merde, tiens !

Coup de frein brutal, je bascule en avant. Une portière claque.

– Où i'va, Papa ?

– Faire pipi.

– Moi aussi !

Une autre portière claque.

– Sale con, marmonne Hélène derrière moi.

Je suis complètement déportée sur la droite, mais personne ne s'en rend compte. Dommage, parce que, si on continue à rouler comme ça, je vais finir par dégueuler. La portière avant s'ouvre.

– Alors, monsieur s'est calmé ?

– Ecoute, tu arrêtes, OK ? C'est pas le moment, Hélène, vraiment pas, d'accord ?

– Et pourquoi pas ?

– T'as de la chance d'être une femme, parce qu'il y a des moments...

– Tu la ramenais moins l'autre fois, hein ? Quand t'avais besoin de moi !

– Espèce de... !

Plaf. Décidément, il a la main leste, Paul, en ce moment.

– Comment oses-tu !? Tu perds la tête ou quoi !

Portière qui claque. Cris divers.

– Maman, Papa, arrêtez ! Arrêtez !

J'aimerais bien pouvoir relever la tête. J'aimerais bien être ailleurs. J'ai horreur de ce genre de situations. Clac,

clac, clac, tout le monde remonte en voiture. Silence de mort. Paul allume la radio et Beethoven se déverse à flots dans l'habitacle. Redémarrage un peu nerveux. On roule. Je pendouille comme un vieux sac accroché à un clou. Super, la promenade. Qu'est-ce qu'elle a voulu dire en lui balançant « quand t'avais besoin de moi » ? Oh, et puis ça ne me regarde pas, mais c'est vrai qu'au fond je ne sais rien sur eux. Je me demande même pourquoi ils s'intéressent tant à moi. Après tout, je ne suis pas vraiment d'une compagnie très agréable, c'est plutôt l'auberge espagnole, on y trouve ce qu'on y apporte. Enfin… Virginie a l'air de s'être replongée dans son bouquin. Si, en plus de tout, ses parents se disputent, ça ne va pas arranger ses problèmes. Je comprends pourquoi elle invente que son frère est toujours « vivant ». Brrr.

Beethoven s'interrompt pour laisser place aux infos. Bla bla bla. *« Appel à témoins : dans le cadre de l'enquête menée sur l'odieux assassinat du petit Michaël Massenet à Boissy-les-Colombes, un appel à témoins est lancé à toute personne ayant aperçu une voiture blanche ou crème de type break le samedi 28 mai à 13 heures sur la D91, au lieu-dit La Furetière. Sarajevo : nouveaux tirs de l'artillerie serbe… »*

Changement de poste, du rock.

– Un break, c'est comme nous ?

– Oui.

– Et nous aussi, elle est blanche, la voiture, poursuit Virginie.

– Merci, on ne s'en était jamais aperçus, grommelle Paul.

– Il y en a des tas, de voitures comme la nôtre, explique Hélène. La voiture de M. Guillaume aussi, c'est un break blanc.

Ça turbine dans ma petite tête. Yssart m'avait dit que la piste était bidon. Il faut croire que non. Un break blanc ou crème. Comme le leur ou comme celui de Jean Guillaume. Ça m'ouvre des perspectives. Après tout, Guillaume est le premier qui soit arrivé sur les lieux lors de ma noyade. Et qui était mieux placé pour être le premier, sinon celui qui m'a poussée à l'eau ? Non, je débloque : ce pauvre Jean n'a rien d'un assassin. Et puis, si c'était lui, pourquoi me sauver ? Pour s'introduire dans mon intimité et surveiller Virginie de près… Non, non, non, ça suffit avec ce délire.

Paul conduit toujours aussi nerveusement et je suis ballottée dans tous les sens, style autotamponneuses. J'entends mon estomac qui proteste. Enfin on freine.

– Regarde-moi tous ces cons qui sont allés à la campagne, marmonne Paul en allumant une cigarette.

– Pourquoi on est arrêtés ?

– Parce que Papa nous a coincés dans un embouteillage… C'est étouffant, cette fumée…

– T'as qu'à ouvrir ta vitre.

Sympa, l'ambiance. Je m'en souviendrai, de la balade. On avance au pas pendant un long moment sans que personne dise mot. Puis Hélène pousse une exclamation :

– Oh, regarde, c'est Steph ! Dans la CX blanche… là !

– Il a pas une CX, il a une BMW.

– Je te dis que c'est lui. Je le connais, Steph, quand même !

– Ça, je sais. Excuse-moi, mais je ne vois aucune CX.

– Évidemment, il vient de tourner à droite. Ça doit être un raccourci. Il connaît les routes, lui. Pas assez bête pour se laisser coincer pendant des heures dans un embouteillage merdique.

Paul monte le son de la radio, décibels de rock dans les oreilles. Enfin ça se décoince et on repart. J'imagine des centaines de familles entassées dans ces voitures à la queue leu leu, toutes en train de s'engueuler dans le braillement des radios et les coups de klaxon. Brrr.

Terminus ! Tout le monde descend ! Yvette aide Paul à m'extraire du véhicule et à me poser sur mon fauteuil.

– Alors, c'était bien la petite promenade ? s'enquiert Yvette.

– Très bien, très bien. Bon, excusez-nous, on a un tas de trucs à faire. A demain ! lance Paul en redémarrant.

104

– Eh bien, on dirait qu'il a avalé un chardon, celui-là, s'étonne Yvette en me roulant à l'intérieur.

Un chardon ? Un plein bouquet, tu veux dire, et j'ai dans l'idée que ce n'est pas fini : Hélène m'a l'air bien remontée !

Pluie, pluie et repluie. A vrai dire, j'aime bien écouter la pluie, ça m'occupe. Mais, autour de moi, tout le monde peste. Yvette, pour commencer, qui se plaint de ses rhumatismes.

Odeur de café. Yvette s'assoit près de moi, déplie son journal. La pluie tombe plus fort.

– Ecoutez ça ! « Rebondissement dans l'affaire du sadique de Boissy-les-Colombes. En effet, un correspondant anonyme a téléphoné hier au poste de gendarmerie de Saint-Quentin pour leur conseiller d'aller jeter un coup d'œil au bois Vilmorin, dans la cabane forestière à l'intersection des allées G7 et C9. Dans cette cabane, qui sert habituellement à entreposer les outils des services forestiers, les enquêteurs ont trouvé des vêtements d'homme tachés de sang. Les résultats de l'analyse pratiquée dans la nuit n'ont pas encore été communiqués. » Vous vous rendez compte, Lise ? Mais pourquoi l'assassin aurait-il caché ses vêtements dans cette cabane au lieu de les brûler ou de les jeter dans la rivière ? Ça ne tient pas debout.

D'accord avec toi, Yvette. Cependant, il y a bien une raison. Attendons le résultat des analyses.

Sonnerie du téléphone. Yvette se lève pesamment.

– Allô ? Ah, bonjour, Stéphane. Oui, elle est là. Oui, je vous la passe. C'est Stéphane, il veut vous dire un mot.

Hop hop, téléphone.

– Allô, Lise ?

Comme je ne réponds évidemment pas, il enchaîne.

– Je voulais vous dire… Ne croyez pas tout ce qu'on vous dira sur moi. Ecoutez, je ne peux pas vous expliquer, mais j'ai des ennemis, il faut que je parte. Je vous embrasse. Je vous… je vous aime, Lise. Adieu.

Il a raccroché.

105

– Il a raccroché ? s'enquiert Yvette, qui s'abstient vertueusement d'utiliser l'écouteur.

Index.

– Tout va bien ?

Index. Mais non, tout ne va pas bien, qu'est-ce qu'il a voulu dire ? Je n'y comprends rien. Et l'idée que ce cinglé est amoureux de moi ne m'apporte aucun réconfort.

J'ai mal dormi. Le vent s'est levé, un vent violent, brutal, qui fait un raffut de tous les diables. J'ai passé la nuit à ressasser les faits dans tous les sens sans autre résultat que d'attraper une bonne migraine.

Comment dire « j'ai mal à la tête » en levant un index ? On ne peut pas. Donc, pas d'aspirine. Donc, douleur sourde au-dessus des sourcils, flic floc de la pluie, ululements du vent, super ambiance de film sinistre. Porte d'entrée.

– Quel temps affreux ! Je suis trempée ! Je vais nous faire une bonne tisane bien chaude.

Berk.

– Une bonne verveine… Ça va nous requinquer.

Berk, berk. Un calva, un calva !

– J'ai acheté le journal pour voir s'il y avait du nouveau. A la télé, ils ne donnent jamais les détails.

Ah, bien ! Je suis tout ouïe.

– Voilà, j'ai mis l'eau à chauffer. Alors, voyons… où sont mes lunettes ?

Je suis sûre que tu les as autour du cou, comme d'habitude.

– Que je suis bête ! Elles sont autour de mon cou.

Gagné. Elle commence à lire, en tournant les pages :

– Les inondations… les Serbes bosniaques… le match France-Bulgarie… le plan Vigipirate… la réfection de la cathédrale… ah, voilà ! « Michaël Massenet a-t-il été assassiné dans la cabane forestière ? On peut se poser la question. Les analyses effectuées en urgence ont en effet révélé que le sang qui tachait les vêtements d'homme découverts dans la cabane – voir notre édition d'hier –

était celui du petit Michaël. Quant aux vêtements eux-mêmes (un chandail en laine grise, une paire de jeans, des gants de cuir noir), ils conviendraient à un homme d'environ 1,85 mètre, taille 46, grandes mains. "Tout ce que je peux vous dire, a déclaré le commissaire Yssart, c'est que l'enquête vient de faire un pas de géant." » Eh bien, avec ça, poursuit Yvette, ils devraient pouvoir le retrouver. Surtout qu'ils vont certainement trouver des cheveux ou des poils sur le chandail, maintenant ils ont des appareils de précision dans leurs laboratoires, et avec un cheveu, un seul, on peut savoir plein de choses, l'âge du bonhomme, sa couleur, des tas de trucs, oh, j'espère qu'ils vont le coincer ! 1,85 mètre, ça fait quoi, ça ? A peu près la taille de M. Stéphane. Oui. Bien plus grand que Jean et une bonne demi-tête de plus que Paul, aussi. Je vous lis la suite : « Ces éléments nouveaux vont-ils enfin permettre de faire la lumière sur les odieux assassinats perpétrés à Boissy-les-Colombes et restés impunis à ce jour ? 11 juin 1991 : Victor Legendre. 13 août 1992 : Charles-Eric Galliano. 15 avril 1993 : Renaud Fansten. 28 mai 1995 : Michaël Massenet. Et, le 22 juillet dernier, Mathieu Golbert était à son tour cruellement ravi à l'affection des siens. Une sinistre série à laquelle les enquêteurs espèrent aujourd'hui pouvoir mettre rapidement un terme. » J'espère qu'il y aura d'autres détails dans le journal de demain. Je vais appeler Hélène au cas où la police l'aurait contactée.

Elle s'affaire au téléphone. Pauvre Hélène ! Ces nouveaux meurtres et toute l'agitation qui les accompagne doivent lui faire revivre sans cesse la mort de Renaud. C'est comme un cauchemar à répétition. Et ce doit être pareil pour les autres parents mêlés à cette sinistre histoire. Le pire est qu'il y a bien quelqu'un qui a commis ces meurtres. Derrière l'étiquette « sadique », il y a quelqu'un qui parle, qui mange, qui plaisante, qui travaille comme si de rien n'était. Un être humain capable d'étrangler un enfant et de lui arracher les yeux ou le cœur ! Pourquoi Yssart m'a-t-il raconté ça ? Je m'en serais bien passée !

– L'inspecteur Gassin leur a rendu visite. Il leur a demandé de passer demain voir les vêtements au cas où ils les reconnaîtraient. Les parents de toutes les victimes sont convoqués chez le juge d'instruction, Mme Blanchard. Et il leur a demandé les noms de tous leurs amis pouvant répondre au signalement donné dans le journal. Ils ont été bien obligés de citer Stéphane. Hélène avait l'air épuisé. Elle m'a dit qu'elle avait hâte que tout ça soit fini. Remarquez, je la comprends.

Cinq meurtres en cinq ans. Victor, Charles-Eric, Renaud, Michaël, Mathieu. Sur les cinq, quatre petits garçons horriblement mutilés. De longs intervalles entre les meurtres, jusqu'à ces derniers temps. De 93 à 95, rien, et puis soudain... Qu'est-ce qui s'est passé ces six derniers mois ? La machine à tuer s'est détraquée, emballée. Pourquoi ? Est-ce à cause de ma rencontre avec Virginie ? Oui, Virginie est une clé, mais je ne sais pas dans quelle serrure l'introduire. Et ces vêtements d'homme abandonnés dans la cabane forestière... L'assassin devait bien se douter qu'on allait les y trouver. Et qui a téléphoné à la police ? Ce fameux appel anonyme... De qui peut-il provenir ? D'un témoin qui a vu l'assassin entrer dans la cabane ? De quelqu'un qui aurait découvert les vêtements par hasard et ne souhaiterait pas être mêlé à une affaire criminelle ? C'est exaspérant de ne pas pouvoir poser de questions. J'ai hâte d'être à demain soir pour savoir ce que voulait le juge.

Cette journée ne finira donc jamais ! Je ronge mon frein. Il ne pleut même pas. Jean Guillaume est venu apporter à Yvette deux belles truites qu'il a pêchées lui-même et maintenant ils font une belote. Je les entends rire. Yvette m'a dit que Jean ressemblait à son cousin Léon. Je me souviens du cousin Léon, un routier plein de biceps avec une belle tête de Français 1900. Il était sur toutes les photos familiales d'Yvette jusqu'à ce qu'il soit tué dans une collision sur l'autoroute, vers Liège. J'ai toujours soupçonné Yvette d'avoir un faible pour le cousin Léon, un blagueur endiablé. Je sais que Jean Guillaume est petit, Yvette me l'a dit. Je colle la tête du cousin Léon sur un petit corps d'haltérophile et le tour est joué. Je guette la sonnerie du téléphone, en espérant qu'Hélène nous appelle.

Yvette :
– Quelle heure est-il ?
Jean Guillaume :
– 4 heures…
– Je dois aller chercher Virginie à l'école s'ils ne sont pas rentrés à temps.
– J'aimerais pas être à leur place. Le pli est pour moi. Je me demande pourquoi le juge a convoqué tout le monde… I'vous a rien dit, le commissaire ?
– On l'a plus vu, celui-là ! Attention, je coupe !
– Un qui risque d'avoir des ennuis, c'est le gars Migoin. Il a la bonne taille, il est costaud, avec des battes à la place des mains, et il était là quand Elise s'est fait jeter à la flotte… J'aimerais pas être dans ses pompes en ce moment.
– Stéphane ? Vous plaisantez ? Mais pourquoi Stéphane ? Et puis, il ne connaissait pas les autres enfants…
– Un type qui fait des chantiers, ça va partout. Moi, on m'a dit que c'était lui qui s'était occupé de la maison des Golbert, par exemple. Parce que, faut pas croire, les ragots ça circule en ce moment. Le voilà, l'as, vous êtes terrible !
– Ils ont dit à la radio qu'ils recherchaient un break blanc ou crème, et Stéphane a une BMW bleu nuit.
– Ouais, je sais, mais les voitures, ça se change.

Flash-back : « Oh, regarde, Stéphane, là, dans la CX blanche ! – Il a pas une CX, il a une BM. » Stéphane… qui me téléphone qu'il a des ennemis et qu'on va certainement dire des « choses » sur lui. Stéphane… que je ne sens pas « net » depuis le début. Fiez-vous à vos intuitions, disent les psy. Je me fie, je me fie, je me méfie.

Yvette est partie chercher Virginie. Jean s'assoit près de moi sur le canapé. Il soupire.

– Tout ce merdier, quand même... Et vous, ma pauvre Elise, ça va ?

Index.

– Tiens, j'ai pensé à vous hier, en passant devant chez Romero.

Romero, c'est le vendeur de matériel pour ambulances, handicapés, etc.

– Ils ont un fauteuil électrique en solde. Maintenant que vous pouvez vous servir de votre doigt, vous pourriez peut-être l'actionner toute seule, il suffirait de bricoler un interrupteur. Vous voulez que j'en parle à Yvette pour qu'elle en cause à votre oncle ?

Un fauteuil électrique ? Mais je me cognerais partout ! Sauf si j'apprends à m'en servir dans la maison... Mon Dieu, ce serait, ce serait... une révolution !

Index.

– Vous avez raison. Vous pouvez pas rester comme ça, comme une poupée en chiffon, à attendre de guérir... Je suis sûr qu'on peut vous bricoler plein de trucs pour vous faciliter la vie.

Merveilleux Jean Guillaume à tête de cousin Léon ! Et moi qui t'ai soupçonné un instant d'être l'assassin ! Vas-y, mon vieux ! Bricole, bricole, sors-moi de ce tunnel noir où je croupis !

Virginie regarde la télévision. J'entends des glapissements, des cris, des bruits de batailles intersidérales. *« Il ne faut pas qu'ils nous échappent. – Capitaine, nous ne pouvons pas augmenter le degré de fusion du neutroglycéron, ou nous allons sauter ! »*

Big, bang, pioooouff, Jean aide Yvette à vider les truites. Quelle heure peut-il bien être ?

On sonne. Enfin !

– Voilà, voilà, j'arrive ! Ah, bonjour, Hélène, bonjour, Paul ! Entrez, Virginie est en train de regarder *Intergalac-*

*tis*. Alors, comment ça s'est passé ? Vous voulez boire quelque chose ?

– Je veux bien une bière, si vous en avez. Je crève de soif, répond Paul.

– C'était long, mais long… mais enfin la juge a l'air très bien… Pour moi, juste un verre d'eau s'il vous plaît, dit Hélène.

– Asseyez-vous, j'arrive. Jean est en train de s'occuper des truites, il nous en a apporté deux magnifiques.

– Bonsoir, Elise.

– Salut, Lise.

Index.

Ils s'assoient. Paul soupire. Quelqu'un fait craquer ses doigts.

– Voilà, voilà. J'espère que la bière est assez fraîche. Alors ?

Je ne suis plus qu'une oreille géante. Paul doit boire une gorgée, j'entends déglutir, puis il répond :

– Alors, le juge va ordonner, hmm… l'exhumation… hmm… des corps. Elle pense que, comme à l'époque on n'avait pas songé à relier les meurtres entre eux, il faut refaire les autopsies en ce sens. Personne n'était très chaud, bien sûr, mais que faire ?

– L'exhumation ? Oh… Eh bien, évidemment…

– Ils pensent, coupe Hélène, que Michaël a été assassiné près de la rivière et que l'assassin est allé se changer dans la cabane forestière. Elle est inutilisée à cette période de l'année.

– Mais… mais comment quelqu'un a-t-il pu le savoir ? demande Yvette avec à-propos.

– Parce que quelqu'un l'a vu. Quelqu'un qui a peur et qui se tait, voilà pourquoi, dit Paul en vidant sa bière.

Virginie ? Mais non, les gendarmes auraient fait la différence entre une voix d'enfant et une voix d'adulte… Quelqu'un d'autre serait donc au courant ?

– Remarquez bien que ça peut être un vagabond qui aurait cherché à s'abriter dans la cabane et aurait découvert les vêtements, lance Jean Guillaume dans un bruit de friture.

– Un vagabond n'aurait pas prévenu les gendarmes, tranche Hélène d'une voix fatiguée.

Bref, on tourne en rond. Si seulement cet enfoiré d'Yssart pouvait venir me rendre visite, lui qui m'est si souvent tombé dessus quand je ne le souhaitais pas…

Exhumation… Ça fait froid dans le dos. Petits matins blêmes, cercueils recouverts de terre humide, corps décomposés, lambeaux de vêtements, mèches de cheveux sur des faces décharnées où luisent les os… Stop, Elise, on ne pense pas à ça. On ne pense plus.

– C'est bien malheureux tout ça. J'espère qu'on va l'arrêter bientôt, soupire Yvette.

– Dommage qu'on ne l'ait pas arrêté avant, grince Paul. Bon, on va y aller, j'ai du boulot en retard…

– Mais bien sûr, ne vous retardez pas… Et c'est pour quand ? enfin, je veux dire…

– L'exhumation ? Après-demain matin, répond Hélène. Allez, Virginie, tu viens, on s'en va…

– Déjà ? Mais c'est pas fini…

– Dépêche-toi et ne discute pas !

– Au revoir Elise, au revoir Yvette, au revoir Tonton Jean.

Allez savoir pourquoi, elle a surnommé Jean Guillaume « Tonton Jean ». Tout le monde se dit au revoir. Le sac de patates reste à sa place, songeur. Rien ne tourne rond dans cette histoire. Rien ne s'emboîte. Comme si quelqu'un brouillait les pistes. Quelqu'un qui aurait une vision globale du puzzle et scierait les pièces pour qu'on ne puisse pas les ajuster.

– Ce pauvre Paul ! Je n'aimerais pas être à sa place. Savoir qu'on va déterrer mon gamin… lance Jean de la cuisine.

– Taisez-vous, ça me donne des frissons. Vous vous rendez compte, Elise ?

Index.

– Il n'y a pas à dire, il y en a qui ont plus que leur part de malheur sur cette terre, poursuit Yvette.

Je ne peux que souscrire.

– Il a le visage ravagé, cet homme-là, répond Guillaume. Par moments, il vieillit de dix ans d'un coup.

Je ne peux m'empêcher de me demander ce que j'éprouverais si l'on me disait qu'on va déterrer Benoît. Benoît que je n'ai pas vu mort, Benoît qu'on a enterré sans moi… Benoît qui s'est figé pour toujours en un homme souriant sous le ciel nuageux d'Irlande. Et qui doit être aujourd'hui un corps décharné où les vers ont fait leur œuvre. C'est trop injuste, parfois on voudrait briser le monde entre ses mains comme un verre, à se faire saigner.

– Elle mange de la truite, Elise ?

– Je vais lui en écraser un peu avec une pomme de terre…

Ben tiens, la pâtée pour les cochons. J'ai comme l'impression d'être d'une humeur exécrable, ce soir !

Et voilà, je l'ai ! Le nouveau fauteuil électrique. Je trône dessus comme une impératrice. Yvette a appelé mon oncle hier matin et l'après-midi même on nous a livré l'engin. Jean s'est mis au travail et depuis ce matin il est à moi ! Un fauteuil qui roule tout seul. Et, miracle des miracles, que je peux actionner sans rien demander à personne, en pressant un bouton-poussoir avec l'index. Jean a groupé quatre petits boutons en croix, avant, arrière, droite, gauche. Pour l'instant, j'arrive à appuyer sur avant et arrière, mais droite et gauche, j'ai du mal. Raybaud, consulté, a trouvé que ce dispositif ne pouvait que favoriser ma motricité manuelle et m'a vivement encouragée à persévérer. Comme si je le faisais pour lui être agréable ! Enfin… Donc j'actionne, j'avance et je recule dans le salon (Yvette a rangé les meubles contre le mur) et je dois dire que, quand on dépend de la bonne volonté des autres depuis des mois, c'est assez génial de pouvoir se déplacer à volonté, même si c'est pour faire trois mètres sur du parquet.

A part ça, pendant que je m'amuse avec mon nouveau jouet, les flics sont en train d'exhumer les corps des gamins. En présence d'un membre de la famille. C'est Paul qui a dû y aller, je suppose. Et les autres pères. Un cercle d'hommes aux yeux secs et à la gorge nouée, debout dans le vent froid, à regarder les fossoyeurs pelleter la terre. Merde, tiens. D'après Yvette, il fait beau. Elle a laissé les fenêtres ouvertes, ça sent la terre humide d'automne. Il paraît que les hommes qui ouvrent les cercueils portent des masques, comme les chirurgiens, pas tant à cause de l'odeur qu'à cause des miasmes. Ça fermente dans les cercueils. Parfois, il y en a qui explosent. Mais pourquoi je me laisse toujours entraîner à avoir ce genre de pensées ! Avant, arrière, arrière, avant, je ne veux pas m'imaginer ce cimetière, je ne veux pas penser à ces corps d'enfants ratatinés, avant, arrière.

– Vous allez finir par creuser un sillon !

Eh oui, ma bonne Yvette, arrière, avant, un sillon, une tranchée, une fosse, une tombe, stop !

Téléphone.

– Allô ? Ah, bonjour, Catherine. Pardon ? Non, non, ça ne fait rien, vous viendrez demain, oui, je comprends… si vous devez aller chez le dentiste… Quoi ?… Qu'est-ce que vous dites ?… Mais c'est impossible !… Comment l'avez-vous su ? Ah… Et lui, qu'est-ce qu'il dit ?… Quoi ? Mais enfin, c'est insensé !… Mais pourquoi ?… Ce n'est quand même pas une raison… Oui, je comprends, merci, à demain… Elise, c'est affreux, la femme de Stéphane… Elle, elle s'est suicidée ! Catherine était à l'hôpital quand ils l'ont amenée…

Quoi ? Qu'est-ce que c'est que ça encore ?

– Elle a avalé un tube de barbituriques, c'est leur femme de ménage qui l'a trouvée étendue par terre… Elle est morte, Elise !

Morte ? La femme de Steph ? Suicidée ? Mais pourquoi diable… ?

– Catherine pense que c'est parce qu'il voulait la quitter… Tout de même, se tuer pour ça… Et lui, on ne sait pas où il est, on n'a pas réussi à le joindre… vous vous rendez compte que sa femme est morte et qu'il ne le sait même pas ? Ils ont essayé d'appeler parce qu'il a le téléphone dans sa voiture, mais il ne répond pas. Oh là là, c'est vraiment terrible en ce moment, je ne sais pas ce qui se passe, mais alors, ça n'arrête pas !

Tu l'as dit ! Sophie morte ! Moi qui croyais qu'on se ratait toujours avec les barbituriques. Et Steph, où est-il ? J'ai le sentiment qu'il va avoir des ennuis, de gros ennuis. Qu'est-ce que ça voulait dire son coup de fil l'autre jour : « j'ai des ennemis », tout ça… comme s'il avait prévu ce qui allait se passer… Steph qui conduit des breaks blancs inconnus… dont la femme décède fort opportunément… et qui se prétend amoureux de moi. Un type qui tombe amoureux d'un sac de patates est forcément un peu déséquilibré.

Téléphone. Ça y est, le cirque recommence.

– Allô ? Bonjour Hélène… Oui, je sais, Catherine me l'a dit, c'est affreux… comment ?… mais je ne comprends pas pourquoi… Ah oui, bien sûr… Et pour vous, ça va ?… Oui, je m'en doute… Vous savez que vous pouvez venir à la maison, si vous vous sentez trop seule… Venez prendre le café… D'accord, à tout à l'heure. C'était Hélène. Elle a reçu la visite de l'inspecteur Gassin. Il voulait savoir si elle savait où se trouvait Stéphane. Ils le cherchent. Elle a dit qu'elle n'en savait rien, sûrement sur un chantier. Elle avait l'air très déprimé, elle connaissait bien la pauvre Sophie et apprendre ça justement ce matin… Paul est à l'exhumation, Virginie est à l'école, elle est toute seule, je lui ai proposé de venir prendre le café. Elle a dit oui, elle ne travaille pas aujourd'hui. C'est vraiment moche tout ça !

Sonnette.

– Décidément… Qu'est-ce que c'est encore ?

Porte d'entrée.

– Ah ! bonjour, inspecteur, entrez. Il n'est pas ici !

– Je vois que les nouvelles vont vite. Excusez-moi… Bonjour, madame.

115

C'est sans doute pour moi. Index.

– Vous savez donc que Mme Migoin est décédée ?

– Oui, nous l'avons appris à l'instant par Catherine Rimiez, la kinésithérapeute d'Elise.

– Nous cherchons à joindre M. Migoin. Vous ne sauriez pas où on peut le trouver, par hasard ?

– M. Migoin n'a pas l'habitude de nous confier son emploi du temps, c'est juste une connaissance...

– Je sais, mais il faut bien que j'essaye toutes les portes.

– De toute façon, il rentrera bien chez lui. Pourquoi vous donner tout ce mal ?

– Je suis désolé de vous avoir dérangé pour rien... au revoir, mesdames.

Porte d'entrée. Oui, pourquoi se donner tout ce mal ? On ne dérange pas un inspecteur pour aller à la chasse aux veufs... on envoie un agent... Décidément, j'avais raison : ça chauffe pour Stéphane...

– Je me demande pourquoi ils sont agités comme ça, à la police, commente Yvette. Je vais préparer le café.

Avant, arrière, si je pouvais déplacer ce satané doigt d'un millimètre sur le côté, si je pouvais... Je le sens qui vibre et qui tremble, j'y arriverai !

– Vous savez à quoi je pense, Elise ? Je me dis qu'elle a dû les prendre cette nuit, ces cachets, sinon la femme de ménage serait arrivée à temps. Elle a dû les prendre pendant qu'il dormait. C'est terrible, non, d'imaginer qu'il dormait à côté de sa femme qui était en train de mourir !

Et il ne s'est pas rendu compte de son état en se réveillant ? Il a cru qu'elle faisait la grasse matinée et il s'est éclipsé sur la pointe des pieds ? Pourquoi pas ? Et pourquoi est-elle tombée par terre ? Dans un dernier sursaut de conscience ? On le saura si on lui met la main dessus. Parce que, moi, j'ai bien l'impression que le petit père Stéphane s'est fait la malle. C'est marrant... enfin, si je peux dire, je ne pensais pas du tout que Sophie était le genre de femme à se suicider. Avec son caractère... Comme quoi, on se trompe parfois complètement sur les gens.

116

Hélène est là. On boit le café. Non, elles boivent le café. Moi, on me fait boire une bonne tisane digestive. Je sens la délicieuse odeur du café. Je crève d'envie de boire un bon café serré plein de sucre, j'avale la tisane trop chaude au goût mollasson en maudissant Yvette.

Hélène a sa voix altérée des mauvais jours. Elle a l'air épuisé. Parfois, je me demande si elle ne va pas finir par faire une vraie dépression nerveuse. Je la trouve de plus en plus triste.

– Ils n'ont toujours pas trouvé Stéphane. Ils ont fait tous ses chantiers, personne ne l'a vu. Vous trouvez ça normal, vous ? Et Sophie qui se suicide... Steph et elle ne s'aimaient plus depuis longtemps, pourquoi ne pas divorcer tranquillement ? Je la connaissais depuis cinq ans, elle m'avait beaucoup aidée quand... enfin, quand Renaud... quand je pense à ce qu'ils sont en train de faire à Renaud... Ça rend Paul complètement fou...

Reniflements. Consolations d'Yvette. Parfois, c'est bien de ne rien voir.

– Et Virginie qui fait sa crise ! Elle choisit mal son moment. Je sais bien que ce n'est pas de sa faute, mais je ne sais plus quoi faire avec elle, elle est tellement renfermée... elle a l'air d'obéir, mais elle n'en fait qu'à sa tête. Ses résultats à l'école n'arrêtent pas de baisser, mais elle refuse de parler de ça. Parfois, on dirait qu'elle n'est pas là, qu'elle ne nous entend pas, tout simplement. Elle dit oui, elle sourit, mais on dirait qu'elle est vide. Je l'ai emmenée voir le psychologue de l'école, il dit que c'est normal, qu'elle a vécu un grand choc affectif, que les assassinats de Michaël et de Mathieu ont réactivé la perte de son frère... qu'il faut du temps. Je ne peux pas rester à attendre comme ça, je n'en peux plus d'attendre, on vous dit toujours d'attendre, que tout ira mieux, mais c'est faux, voilà la vérité. Ça ne va pas mieux, ça peut même aller pire !

– Ne dites pas ça, Hélène. Vous êtes fatiguée en ce moment, vous traversez des heures douloureuses, mais vous verrez... un jour, ce sera loin derrière vous, tout ça. Vous regarderez de nouveau l'avenir avec confiance...

A mon avis, t'en fais un peu trop, Yvette... mais enfin ça part d'un bon sentiment. Et, de toute façon, quoi lui dire ? Oui, votre fille est cinglée, votre mari a l'air de ne plus pouvoir vous supporter, votre meilleure amie vient de se foutre en l'air et son mari est peut-être bien le type qui a assassiné votre beau-fils, tout va très bien, madame la marquise... ?

— Oui, vous avez peut-être raison... On verra bien, répond Hélène sans enthousiasme. Et vous, Elise, ça va ?

Index.

— Elise a un nouveau fauteuil.

— Ah, mais oui ! Je n'avais pas remarqué. Excusez-moi, mais en ce moment...

Ce qu'elle doit s'en tamponner l'œil de mon fauteuil !

— C'est un fauteuil électrique. On peut le pousser, mais elle peut aussi l'actionner toute seule.

— Mais c'est formidable ! Faites voir !

Je n'ai jamais entendu personne dire « formidable » avec un tel désespoir dans la voix. Enfin, bon, je m'exécute : avant, arrière...

— Oh ! Elise ! C'est génial ! Vous allez pouvoir faire plein de choses !

Oui, aller d'un mur à l'autre.

— C'est Jean Guillaume qui l'a vu dans la vitrine de Romero et ça lui a donné l'idée de le bricoler pour Elise.

— Dites-moi, Yvette, vous semblez bien intéressée par ce M. Guillaume, tente de plaisanter Hélène d'une petite voix chiffonnée.

— Je dois reconnaître qu'il est bien sympathique, et puis, un homme, c'est toujours utile. Vous reprendrez un peu de café ?

— Non, merci, je suis déjà assez énervée. Paul n'a pas appelé ?

— Paul ? Non...

— Non, parce qu'il avait dit qu'il appellerait à la maison

et, comme je suis partie, je pensais qu'il avait peut-être appelé ici entre-temps…

– Il doit avoir beaucoup de travail…

– Oui, il est surchargé en ce moment. Je l'ai appelé pour lui dire que Sophie… Il était en rendez-vous, mais la police était déjà venue : ce jeune inspecteur, Gassin, et donc il a dit qu'il me rappellerait… Il fait vraiment beau aujourd'hui !

– Vous voulez que nous allions nous promener un peu ?

– Pourquoi pas ? Après j'irai chercher Virginie.

– Je vais prendre le plaid pour Elise.

Comme ça, je vais crever de chaud. Hélène est près de moi, je sens son parfum.

– Stéphane n'a pas tué sa femme, me chuchote-t-elle rapidement.

Eh bien tant mieux, mais à vrai dire je ne pensais pas…

– Vous savez la vérité, n'est-ce pas ?

Quelle vérité ? De quoi parle-t-elle ?

– On y va ? l'interrompt Yvette en me déposant un plaid de cent kilos sur les genoux.

La vérité… j'aimerais bien la savoir… Dehors, il fait chaud, l'air sent bon, Hélène doit penser à Renaud qu'on charcute dans l'odeur du formol, à Sophie qui repose à la morgue de l'hôpital. « Stéphane n'a pas tué sa femme… » Cela veut-il dire qu'on l'a tuée ? Est-ce que ce serait un meurtre maquillé ?… Mais non, qu'est-ce que je vais encore chercher ! Profite de la promenade, ma fille, et ne pense plus à rien !

La vérité… pourquoi la saurais-je ? Et Hélène, elle, la connaît-elle ? Hélène pense-t-elle que Virginie sait quelque chose ? Que Virginie m'aurait confié quelque chose ? Elise, arrête avec ça : tu vas te rendre folle. Bon, d'accord.

Ils n'ont toujours pas retrouvé Stéphane. Ça fait trois jours maintenant. L'enterrement de Sophie est prévu pour demain. Evidemment, Paul veut y aller et Hélène ne veut pas. D'après l'inspecteur Gassin, Sophie se serait tuée parce que son mari venait de partir. De la quitter. De foutre le camp définitivement. Il a vidé ses comptes en banque, il a mis ses affaires en ordre et, hop, en route pour une nouvelle vie. Un départ prémédité en quelque sorte. Je me demande s'il va réagir à l'appel radio que les flics ont fait diffuser pour lui demander de se mettre en rapport avec eux. A mon avis, il n'a aucune envie de savoir ce qui a pu arriver à sa femme. Et d'ailleurs, ils n'ont aucune charge contre lui : ce n'est pas de sa faute si elle s'est tuée. Mais j'ai dans l'idée qu'ils ont un tas de questions à lui poser et que la mort de sa femme n'est qu'un prétexte. Autre hypothèse : que feriez-vous si vous découvriez que votre mari est un assassin ? si vous le reconnaissiez dans la description de certains vêtements ? Peut-on se suicider pour ça ?

Sonnette. Yvette se précipite.

– Oh, bonjour…

Ton désappointé.

– Bonjour, madame Holzinski. Je suppose que Mlle Andrioli est ici ?

– Et où voulez-vous qu'elle soit ? Elle est au salon. Vous connaissez le chemin.

– Oui, merci.

Yssart ! Son pas tranquille sur le parquet. Je me demande comment il est habillé. Impeccable costume trois-pièces ? Il sent l'eau de Cologne.

– Bonjour, mademoiselle.

Index.

– Je me suis permis de vous rendre visite en passant. Ne vous inquiétez pas, je n'ai rien à vous demander. Non, je suis venu vous informer, voyez-vous. Car je suis persuadé que vous prenez grand intérêt à toute cette triste affaire. L'examen du laboratoire a mis en évidence la présence de cheveux sur le col du chandail retrouvé dans la cabane forestière. Des cheveux clairs. Appartenant à Stéphane Migoin. Nous avons comparé avec un échantillon prélevé sur une brosse à cheveux chez lui. Voilà ce que je voulais vous dire.

C'était donc vrai !?

120

– De plus, il semblerait que le décès de Mme Migoin ne soit pas forcément accidentel. A mon sens, on a très bien pu lui faire absorber ces cachets de force. Elle porte une ecchymose à la mâchoire qui accréditerait bien cette thèse, encore qu'elle ait pu se la faire en chutant de son lit, bien évidemment. On me dit que M. Migoin s'intéressait à vous.

Une pause. J'attends. Il doit m'observer. Il reprend :

– On me dit aussi qu'on l'aurait vu au volant d'une CX break blanche.

Paul et Hélène ! Ils l'ont donné !

– On me dit tant de choses que je suis obligé de lancer un mandat d'arrêt contre lui. Alors, au cas où vous auriez une idée de l'endroit où il peut se trouver, je vous serais très obligé de bien vouloir m'en informer. Cela ferait gagner du temps à tout le monde.

Encore ! Ce type croit décidément que j'ai les confidences de toute la ville ! Si je savais où est Stéphane, je serais la première à le dire. Enfin, à essayer de le leur faire comprendre.

– Savez-vous quelque chose à ce sujet ?

Pas d'index.

– Pensez-vous que la petite Virginie ait pu être attachée à M. Migoin au point de ne pas révéler ce qu'elle aurait pu savoir à son sujet ?

Virginie ? Attachée à Stéphane ? Le voyant assassiner son frère sans rien dire ? Non, impossible, à moins… à moins que… mon Dieu, mais oui ! A moins que Stéphane n'ait été l'amant d'Hélène ! Dans ce cas, Virginie n'aurait pas osé parler ! Mais Hélène aime Paul. Pourquoi diable serait-elle allée coucher avec Stéphane ? Et Stéphane m'aime. Hou là, j'ai perdu le fil…

– Est-ce que vous comprenez que Stéphane Migoin va être accusé du meurtre du petit Massenet ?

Index.

– Pensez-vous qu'il soit l'auteur de ce crime ?

Mais qu'est-ce qu'il croit ? Que je suis l'Oracle de

Delphes ? Depuis quand les flics s'inquiètent-ils de savoir ce que pensent les paralytiques ?

Et qu'est-ce que je pense, d'ailleurs ? Je ne peux me résoudre à lever l'index. Je me rends compte que je ne peux pas croire que Stéphane ait tué ces enfants. Je peux le *penser*, mais pas le *croire*.

– Merci. Je tenais à connaître votre sentiment. Voyez-vous, mademoiselle Andrioli, contrairement à ce que vous pouvez penser, je me fie énormément à votre jugement.

Alors là, il me la coupe ! Je n'ai jamais dit un mot, mais il se fie à mon jugement ! On croit rêver ! Ce flic est cinglé lui aussi ! Je suis entourée de cinglés. Peut-être que je suis dans un asile et que personne ne me l'a dit.

– Je vais prendre congé. Portez-vous bien.

Comme un charme. Merci, et bien le bonjour chez vous. Faites entrer le suivant ! L'asile reçoit tous les jours ! Je l'entends qui s'éloigne de son pas tranquille. Je suis sûre qu'il porte des chaussures en cuir cousues main.

– Il est parti ? s'enquiert Yvette d'un ton rogue.

Index.

– Prétentieux, va ! lance-t-elle encore avant de retourner à sa cuisine.

Avant, arrière, je réfléchis. Je n'ai jamais autant réfléchi de ma vie. Avant, tout était simple. Je me plaignais, comme tout le monde, mais quand je songe à combien tout était facile par rapport à maintenant... Avant, arrière... Et si je m'écrase contre un mur ? « Une tétra-plégique fonce dans le mur de son salon à 250 km/h et se défonce le crâne ! » Avant, arrière, attention, mesdames et messieurs, voici le grand rodéo de Boissy-les-Colombes, avec en vedette l'incomparable Elise Andrioli. On l'applaudit bien fort ! Heureusement que personne ne sait ce que je pense, j'aurais honte. Mon pauvre père se demandait toujours comment je pouvais rire de tout, même dans la pire des situations. Faut croire que c'est un don. L'autre hypothèse étant que je suis atteinte de connerie intégrale. Soyons sérieux : où peut donc être Stéphane ? Pourquoi s'est-il enfui ? Pourquoi avait-il décidé de partir, de vider ses comptes, etc. ? Et, surtout, est-il assez bête pour avoir laissé son chandail plein du sang de Michaël dans cette cabane ? Ce n'est peut-être pas Einstein, mais quand même...

# 8

Encore un enterrement. Mais cette fois j'y participe. Comme il fait beau, Yvette a décidé d'y aller et de m'y rouler. Nous faisons le chemin à pied, tranquillement. Paul et Hélène, qui s'y sont rendus en voiture, avaient proposé de nous déposer, mais Yvette a préféré marcher. Elle dit que ce sera bientôt l'hiver et qu'il faut en profiter. On profite.

Quand la route est droite et vide, Yvette me laisse appuyer sur le bouton et rouler toute seule. Vrroouum vrooum… Et le pire, c'est que ça me ravit. Le chuintement des roues sur l'asphalte, le bruissement des feuilles, la chaleur du soleil sur mes bras, et avancer doucement comme ça, c'est agréable, j'en oublierais presque le but de la promenade.

Aux abords du cimetière, Yvette reprend les commandes en me lançant un bref « On arrive ». Fin de l'intermède bucolique.

– Le cimetière est rempli de monde, me glisse Yvette.

Toute la ville est là, les ragots circulent à fond la caisse. Comme Sophie n'avait plus de famille, c'est le maire qui s'occupe de tout. Ce bon Ferber – pour qui je n'ai pas voté – court à droite et à gauche, serre les mains, vérifie les gerbes… Faut dire qu'il a du boulot s'il veut redorer le blason de la commune…

Il paraît que l'inspecteur Gassin est présent, avec deux agents. Ils espèrent sans doute l'apparition du veuf aux obsèques. Paul nous a confié que le domicile des parents de Stéphane, de vieux fermiers qui vivent dans l'Eure, était sous surveillance constante.

– Bonjour, ça va ? nous chuchote Hélène. Paul est là-bas avec Ferber. Ni les parents de Michaël ni ceux de Mathieu ne sont venus. Ils connaissaient bien Sophie, mais avec ce qu'on raconte aujourd'hui sur Stéphane…

La cérémonie commence. Le vent s'est levé. Un petit vent aigre d'automne. Je le sens qui me rase la nuque, les joues. Pour une fois, je remercie Yvette de m'avoir emballée comme un nourrisson. On distingue mal la voix du prêtre, qui récite de vagues paroles sans conviction. Heureusement qu'il y a le vent pour tenir l'assistance éveillée.

J'entends le bruit mat de la terre qui tombe sur le cercueil. Raclement de semelles, mouvements, toussotements, bref défilé dans le silence, les gens s'agitent, voilà, c'est fini : Sophie Migoin repose définitivement sous terre.

La grosse voix joviale de Ferber :

– Ah, notre Elise ! Comment va-t-elle ? Vous avez l'air en pleine forme !

Non, quand même pas, excuse-moi, Ferber, mais si tu crois que ça va me faire voter pour toi…

– Mademoiselle Andrioli a fait de grands progrès.

Tiens, Raybaud ! Tout fier de son élève.

Ils commencent à discuter ensemble sans plus s'occuper de moi. Tant mieux. J'écoute les rumeurs qui courent, le bourdonnement affairé des vivants. Le nom de Stéphane revient sans cesse, accompagné de mille hypothèses. On évoque pêle-mêle une maîtresse, une faillite, les assassinats, la drogue, à cette allure-là il sera bientôt chef mafieux et terroriste. On me tapote l'épaule.

– Mademoiselle Andrioli, c'est Florent Gassin. Toujours pas de nouvelles de notre ami ?

Pas d'index. Décidément, ça tourne à l'idée fixe chez eux.

– Tant pis. Excusez-moi.

Les gens commencent à se disperser, le vent froid et

125

coupant ne pousse pas à discuter longtemps. Yvette empoigne le fauteuil.

– Cette pauvre Sophie… Dire que lundi encore je l'ai croisée au rayon boucherie… elle achetait des escalopes. Et maintenant… M. le maire a invité Paul et Hélène à déjeuner, je leur ai dit que nous rentrions. Ce vent est d'un froid… Allez, en route !

On repart. Stéphane n'est pas venu, il n'a pas surgi, échevelé et en sueur, en criant « Sophie ! » afin de nous livrer le fin mot de l'énigme.

Paul et Hélène déjeunent chez Ferber, la vie continue. La vie continue toujours. Enfin, pour les vivants, bien sûr.

Sur le chemin du retour, Yvette reste bien silencieuse. Tant mieux, ça me permet de ruminer tranquillement les dernières nouvelles. Récapitulons.

Un assassin s'attaque à des enfants. On suppose qu'il conduit un break blanc. On découvre dans une cabane un chandail recouvert du sang de l'une des petites victimes. Le col de ce chandail porte des cheveux de Stéphane Migoin. Lequel Stéphane Migoin a été vu au volant d'un break blanc. Et a disparu la nuit même où sa femme se suicidait, après avoir au préalable vidé son compte en banque et liquidé ses affaires courantes. Je réclame la réclusion à perpétuité !

Au tour de l'avocat de la défense :

Votre Honneur, veuillez considérer tout de même que :

a) c'est un coup de téléphone anonyme qui a indiqué aux policiers l'emplacement de la cabane contenant les vêtements sanglants. Et si quelqu'un les y avait déposés ? Et si quelqu'un avait déposé des cheveux appartenant à Stéphane Migoin sur le col du chandail ?

b) La petite Virginie Fansten affirme avoir assisté à un ou plusieurs meurtres. Or elle n'a jamais accusé Stéphane Migoin, auquel elle ne paraît pas porter une affection particulière.

c) Stéphane Migoin peut-il être assez bête pour s'enfuir en laissant tout l'accuser ?

126

Je réclame l'acquittement faute de preuves.

Votre avis, messieurs les jurés ? Coupable ou non coupable ? Verdict ?

Nous sommes arrivées à la maison sans que je m'en rende compte, trop occupée à mon procès imaginaire. Je comprends que la seule chance de la défense est d'arriver à faire parler Virginie. Il n'est plus temps de tergiverser, je dois informer Yssart.

Question : si Stéphane était l'assassin et que Virginie le sache, l'aurait-il laissée en vie ? Bonne question, je suis fière de moi. Mais comment expliquer tout ça au commissaire ? Dans le langage des abeilles, en dessinant des huit sur le parquet avec ce putain de fauteuil ? Si seulement Benoît était encore là... si seulement... Une grosse déprime me vient, je sens une boule dans ma gorge, je sens mes lèvres trembler. Je pleure. Ça ne m'était pas arrivé depuis l'accident. Faut croire que je vais mieux, mes muscles se débloquent. Je pleure. Merde, je sens les larmes rouler sur mes joues et mouiller ma bouche. J'ai du mal à respirer, ça serre, ça m'étouffe. Je pleure comme un veau sur tout ce gâchis et, en même temps, je suis heureuse de pouvoir pleurer. Il y a des moments où on se contente vraiment de peu.

– Elise ? Mon Dieu, qu'est-ce qu'il y a ?

Essuyage de larmes avec mouchoir propre.

– C'est à cause de tous ces enterrements ? Respirez bien à fond, ça va aller mieux. Vous verrez, vous vous en sortirez, j'en suis sûre, ne pleurez pas...

Yvette gazouille à mon oreille, je n'écoute pas, je suis partie très loin avec Benoît, dans ces années qui ne reviendront plus, et je sens couler mes larmes comme un fleuve qui va à la mer, la mer toujours chaude des souvenirs.

Je suis seule. Je me promène d'avant en arrière. Je me sens calme. Toutes ces larmes, l'autre jour, m'ont vidée.

Notre petite ville est en ébullition. Les événements tragiques qui s'y sont succédé nous valent la célébrité, on parle de nous à la télé et dans les journaux à scandales. Il n'y en a que pour la Brigade criminelle, comme si les gendarmes et les flics du coin n'avaient rien foutu.

Un qui fait la gueule, c'est le jeune inspecteur Gassin. Il n'a jamais digéré la venue d'Yssart. Il a dit à Hélène qu'il ne voyait pas ce que des types parachutés pouvaient comprendre aux ramifications subtiles de toutes ces affaires. Quant à Yssart... *no comment.*

J'ai écouté les dernières nouvelles avec une sorte de détachement.

La photo de Stéphane a été diffusée au journal télévisé sur toutes les chaînes. Un avis de recherche général est lancé. Mais, pour l'instant, Steph est passé au travers des mailles du filet.

L'exhumation des corps des petites victimes a démontré qu'elles avaient bel et bien été tuées par le même meurtrier. On n'a rien trouvé qui puisse incriminer ou innocenter Stéphane.

Le père de Mathieu Golbert a cassé la gueule à un journaliste qui voulait à tout prix une interview et il lui a piétiné son appareil photo.

Mais, surtout, l'autopsie de Sophie Migoin laisse penser que l'ingestion des somnifères n'aurait pas été volontaire. On lui aurait tenu la bouche et on l'aurait forcée à les avaler. Ça, je le sais par Hélène, qui le sait par le charmant inspecteur Gassin.

Il fait froid. Il pleut. Yvette est partie en voiture à l'hypermarché avec Jean Guillaume. La pluie rebondit partout, avec le bruit mat de centaines de balles de tennis. Sonnerie du téléphone. Comme toujours quand elle s'absente, Yvette a mis le répondeur. Je m'immobilise pour mieux entendre.

– Bonjour, nous ne pouvons pas vous répondre pour le moment, merci de laisser un message après le bip sonore...

– Elise ? Ecoutez, je n'ai pas beaucoup de temps.
*Stéphane !*

– Vous êtes en danger, Elise, en grand danger, il faut que vous quittiez la ville, je n'ai pas le temps de vous expliquer, mais croyez-moi, c'est une épouvantable machination, si vous saviez, il faut que je parte, il faut que je raccroche, je vous aime, adieu… je… non, non, laisse-moi, non !

Un choc violent, quelque chose qui se cogne à la paroi de la cabine, puis plus rien. Une respiration haletante. Et le bip bip obsédant de la communication coupée.

Nom de Dieu ! Est-ce que je rêve ? Ce cri étranglé, ce silence… Est-ce que ça veut dire que Stéphane vient d'être… là ? Pendant qu'il me parlait ? Craquement dehors, je sursaute, les nerfs tendus comme des cordes à violon. « En danger… quittez la ville… » Et la communication coupée… J'arpente nerveusement la pièce dans mon fauteuil en me répétant les paroles de Stéphane. La pluie tambourine sur le toit. Que signifie cet appel ? C'est chiant de ne pouvoir parler de rien avec personne ! Bon Dieu ! mais le répondeur a enregistré la conversation, et ça, c'est une preuve. Oui, une preuve en faveur de Stéphane ! A moins qu'il ne s'agisse d'une habile mise en scène… Qu'est-ce que fout Yvette ? Il faut qu'elle revienne, qu'elle écoute ce répondeur de merde et qu'elle appelle les flics ! J'attends, impatiente, je guette. Les minutes s'écoulent comme les gouttes qui tombent d'un robinet, lentes et exaspérantes.

Ah ! Un bruit de pas sur le gravier ! Je m'apprête à rouler vers la porte d'entrée, mais celle-ci ne s'ouvre pas. J'entends bien la poignée qui tourne, mais rien. Si Yvette a perdu ses clés, nous voilà bien. Des pas le long du mur de la salle à manger. Ils s'immobilisent. Pourquoi est-ce qu'elle ne m'appelle pas ? Elle devrait m'appeler, m'expliquer. Je suis vivante, quand même ! *A moins que ce ne soit pas Yvette… A moins que ce ne soit quelqu'un qui sait que Stéphane m'a appelée…*

On marche de nouveau. On marche sous la pluie. On fait le tour de la maison. On me regarde peut-être à travers les fenêtres. Oui, il y a certainement un visage collé aux vitres. Je me sens nue, je recule bêtement mon fauteuil jusqu'au bahut comme si je pouvais me mettre hors de portée de ce regard posé sur moi à mon insu, de ce regard que j'imagine froid et sans autre expression que l'intérêt du prédateur pour sa proie...

Stéphane ! Rappelle ! Dis-moi que ce n'est qu'un jeu stupide, un cauchemar idiot, rappelle !

Craquements sur le gravier. Je ne peux pas supporter l'idée de ces yeux que je ne vois pas et qui me regardent. J'ai peur. La peur coule dans mes os, dans mes veines, froide, piquante.

Est-ce que cette saloperie de porte d'entrée est bien fermée à clé ?

On secoue la poignée. Je reconnais le bruit. Ma salive a du mal à se frayer un chemin dans ma gorge. On gratte à la fenêtre, j'imagine des doigts qui glissent le long des vitres, de longs doigts recourbés, impatients...

Plus aucun bruit. Est-ce qu'« il » est parti ?

Ah ! Le coup est arrivé sans que je m'y attende. Fracas de verre brisé, juste devant moi, sur le parquet. « Il » va glisser sa main dans le trou et tourner l'espagnolette. Je suis pétrifiée, ma gorge me fait mal tellement je voudrais crier, qui a cassé la vitre ? Qui veut entrer ? Partez, partez, qui que vous soyez, laissez-moi ! Par pitié !

*Il y a quelqu'un dans le salon.* Le verre crisse sous ses pas furtifs. J'actionne mon fauteuil pour reculer et j'entends un petit rire. Virginie ? Quelqu'un passe devant moi. Si je pouvais tendre la main, si je pouvais voir... Je me recroqueville sur mon siège, j'attends le coup, la piqûre de l'épingle ou pire...

Un bruit métallique.

Une voix s'élève brusquement dans la pièce et je mets deux secondes à comprendre que c'est le répondeur.

De nouveau des pas, qui s'approchent de moi. Non, je ne veux pas... Ce silence est plus insupportable que tout... Et s'il m'enfonce un couteau dans le corps, dans les yeux, dans la bouche... il peut faire tout ce qu'il veut, je...

Klaxon. Tout près. Trois coups familiers. Jean Guillaume ! Course précipitée vers la fenêtre, puis sur le gravier. Une portière claque derrière la maison. J'éprouve un tel soulagement que j'ai l'impression que je vais m'évanouir.

– Qu'est-ce que c'est que ça ? Vous avez vu, Jean ? La vitre du salon est brisée…

– Allons bon… Voyons un peu. Pas étonnant, regardez ! C'est avec cette pierre… c'est une chance que la pauvre Elise n'ait pas pris la pierre en pleine figure !

– Encore un coup de ces sales petits voyous qui traînent près de la gare.

– Je vous remplacerai la vitre cet après-midi, sinon, avec la pluie, ça va tremper tout le parquet.

– Ça va, Elise ? Vous avez dû avoir peur…

Pour avoir la trouille, j'ai eu la trouille. Je me sens aussi pimpante qu'un soufflé ratatiné. Yvette range des trucs en pestant contre les voyous. J'essaye de respirer normalement, sans étouffer. Jean Guillaume tripote la fenêtre. Et je comprends brusquement ce qu'est venu faire mon mystérieux visiteur : effacer le message de Stéphane. S'il a eu le temps de… de faire du mal à Stéphane et de courir ici, ça veut dire que Stéphane m'a appelée de tout près. Ou qu'ils agissent à deux. Qu'est-ce que Stéphane a dit ? « Une machination. » Ça m'en a tout l'air. Mais pourquoi m'y mêler ?

En tout cas, une fois de plus, je suis le seul témoin.

Depuis deux jours, j'écoute les infos avec attention, m'attendant à chaque instant à ce qu'on annonce la découverte du corps de Stéphane Migoin, mais rien. La pluie ne cesse pas, tout le monde est à cran, nerveux, agité. Il s'est passé trop de choses en trop peu de temps et chacun attend le dénouement avec anxiété et impatience. Virginie ne vient presque plus, ses parents l'ont inscrite à l'étude du soir pour qu'elle rattrape son retard. Parfois, quand j'entends Hélène discuter avec Yvette, j'ai l'impression que sa voix est pâteuse. Je me demande si elle boit. Il paraît que Paul a un travail fou, il rentre tard, part tôt, et semble constamment de mauvaise humeur. Même Jean Guillaume et Yvette se sont disputés à propos de la recette du coq au vin et il est parti sans prendre le café en grommelant dans ses moustaches. Ça semble ridicule, mais ça traduit bien l'état d'esprit général : exaspération et attente d'on ne sait quoi. Pourquoi ne trouve-t-on pas Stéphane ? A-t-il voulu me faire une farce ? Enfin, une farce… c'est façon de parler. Le gars capable de ce genre de farce mérite la camisole direct.

Et le temps passe ainsi, crispé.

La Grande Catherine trouve que je me porte beaucoup mieux. Elle sent une certaine tension dans mes muscles, un frémissement qui amène Raybaud à ordonner de nouveaux examens.

Hôpital. Odeurs de formol, d'éther, de médicaments. On me roule dans des couloirs froids où résonnent des bruits métalliques. On m'allonge sur une table, on me plante des aiguilles dans le corps, on me pose des électrodes sur la poitrine, les tempes. On m'ausculte, on m'assoit, on me tapote les articulations avec un marteau en caoutchouc en émettant des « hum hum » dubitatifs. Ça prend toute la journée. Pour finir, un scanner. Et voilà : tout ça va atterrir sur le bureau du professeur Combré qui assiste actuellement à un congrès aux Etats-Unis. On me rhabille, on me réinstalle dans mon précieux fauteuil et on repart.

– Alors ? demande Jean Guillaume, qui est venu nous chercher.

– D'après le chef de service, il y a incontestablement un mieux. Maintenant, il faut attendre l'avis du professeur pour savoir si on tente l'opération.

Jean Guillaume baisse la voix pour que je n'entende pas, mais j'entends :

– Et si l'opération réussissait, elle serait comment ?

Yvette baisse la voix à son tour :

– Ils ne savent pas, ils pensent qu'elle pourrait recouvrer la vue et peut-être la motricité des membres supérieurs…

Je ressens un mélange de désespoir affreux et d'espoir féroce. Désespoir de me savoir condamnée au fauteuil roulant, espoir de voir à nouveau et de pouvoir au moins bouger un peu.

Attendre…

# 9

Voilà, c'est la tuile ! Yvette a glissé sur le trottoir humide et s'est foulé la cheville, celle qu'elle s'était tordue cet été.

Je me voyais déjà expédiée dans un potager climatisé quand Hélène et Paul ont gentiment proposé de m'héberger, le temps qu'Yvette se soigne. « Une affaire de quinze jours », a dit le médecin.

Yvette est partie chez sa cousine. Et moi, on m'a installée dans une chambre chez les Fansten. Yvette a laissé à Hélène toutes les instructions me concernant. Je devrais survivre.

Etre de nouveau dans cette maison me rappelle cette fameuse nuit du barbecue où un inconnu m'a tripotée sur le divan. Espérons que ce n'était pas Paul, car sinon je suis vraiment dans l'antre du loup.

C'est la nuit. Je suis couchée. Le lit est étroit. La couette me pèse sur les pieds. Je suis persuadée que c'est la chambre de Renaud. Elle sent la poussière et le sombre. J'imagine des jouets perchés sur une étagère en train de me surveiller de leurs yeux fixes et vides. Il faut que je dorme. La première nuit dans une maison inconnue est toujours difficile. Elise, ma fille, détends-toi. Quinze jours, c'est vite passé. Juste le temps d'un ou deux meurtres d'enfants, de quelques suicides et d'un viol, pourquoi pas ?

Est-ce que la lune est pleine ? Est-ce que je repose sur un lit d'enfant nimbée d'une douce lumière ? Comme dans un film d'horreur ?

Je dois me détendre. Je dois songer à l'opération. Je

dois galvaniser mes forces pour sortir de ce néant. Me concentrer là-dessus. Et dormir. Comme disent les Perses, « la nuit est enceinte ; qui sait de quoi elle accouchera à l'aube ? ». Amen.

La vie s'organise. Ça fait un drôle d'effet de vivre au milieu de cette famille. Le matin, Hélène se lève à 7 h 15, réveille Paul, prépare le petit déjeuner, réveille Virginie. Paul n'arrête pas de râler qu'il va être en retard et court partout. Virginie traîne et se fait houspiller. A 8 h 10, Paul et Virginie franchissent le seuil de la maison. A 8 h 15, Hélène vient s'occuper de moi. Toilette, bassin, habillage. En général, elle me roule ensuite au salon et allume la télé pendant qu'elle vaque à son ménage. J'écoute vaguement les émissions du matin. 11 heures, pause café. Et là, génial, j'ai droit à du café ! Quand j'ai retrouvé le goût délicieux du café sur mes lèvres, je l'aurais embrassée, cette pauvre Hélène !

Pendant la pause café, elle me parle, elle me tient au courant des potins, des progrès de l'enquête, elle s'inquiète pour Virginie ou elle se plaint de Paul. Comme je ne risque pas de la contredire, elle se sent en confiance. J'en apprends de belles. J'ai l'impression de découvrir un autre monde que le monde visible. De faire une plongée en sous-marin dans le cerveau d'une ménagère ordinaire. Un vrai Vésuve. Est-ce que moi, avec Benoît, j'avais toutes ces colères rentrées, toutes ces craintes inavouées, toutes ces rancœurs débordantes ? Je ne m'en souviens pas.

A 13 h 30, départ pour la bibliothèque. Elle m'y roule et m'installe dans un coin de la salle. J'écoute les gens tourner les pages, les craquements des chaussures sur le parquet, les ricanements des adolescents. 17 h 45, retour à la maison, avec un arrêt pour récupérer Virginie à l'étude. Arrivée de la Grande Catherine, tsarine des impotents : massage, étirage, huilage, c'est l'heure de la prévention anti-escarres. Paul rentre vers 19 heures-19 h 30, ça dépend. On dîne à 20 heures. Virginie se couche à 21 heures. Tout est bien organisé, rien à dire.

Et je me retrouve dans mon petit lit, dans la chambre du mort. Virginie a eu l'amabilité de me confirmer que c'était bien la chambre de son frère. Et de me la décrire. Sur le mur à côté du lit, il y a un poster des Tortues Ninja, et sur le mur en face, au-dessus du petit bureau, un poster de Magic Johnson. Sur le bureau, il y a des livres de la Bibliothèque Rose, des cahiers, un sac de billes et des boîtes de maquettes inachevées.

Sous le lit se trouve un grand tiroir contenant des jouets. Virginie n'y touche jamais. « Des jouets de garçon », dit-elle avec une nuance de mépris. La seule chose qu'elle a récupérée est la console Nintendo. Elle y joue pendant des heures dans sa chambre, affrontant des combattants imaginaires qu'elle terrasse les uns après les autres.

Virginie m'a dit aussi qu'il y a des marques sur le mur, là où on mesurait son frère. Des coups de crayon qui plafonnent à 1,30 mètre et n'iront jamais plus haut.

Je n'aime pas vraiment dormir dans cette chambre. Je n'ai pas peur des fantômes, mais cela fait un drôle d'effet de savoir qu'on dort dans le lit d'un petit garçon mort, qu'autour de vous il y a ses objets familiers... Heureusement qu'en ce moment j'ai le sommeil lourd et profond, je n'aimerais pas me réveiller la nuit ici.

C'est incroyable ce que les gens oublient vite ma présence. Ils parlent devant moi comme si je n'existais pas. On dit que, de la même manière, les gens oublient très vite qu'on les filme, qu'une caméra est plantée chez eux pour les besoins d'un reportage. En ce qui me concerne, on ne peut pas parler de caméra, mais plutôt de magnétophone. J'entends et je me tais. Ce matin, c'est « jour d'orage » en dolby stéréo.

Hélène :

– J'en ai marre, tu entends, j'en ai marre de tes reproches.

Paul :

– Et moi, tu crois que j'en ai pas marre ? Tu crois que je m'amuse ? C'était mon fils, tu t'en rends compte ?

– Et Virginie, elle est là, non, Virginie, tu t'en fous de Virginie, elle est vivante, elle, elle a besoin de toi !

– Ce n'est pas le problème, le problème c'est que tu es en train de lâcher prise, ressaisis-toi, merde ! hurle Paul.

– Pour toi c'est facile, tu n'es jamais là, tu te fous de tout, si on disparaissait, tu ne t'en rendrais même pas compte !

Bruit de vaisselle brisée.

Paul :

– Et merde ! Passe-moi le balai.

– T'as qu'à le prendre toi-même.

– Papa, on va être en retard.

– Virginie, va dans le salon et prépare ton cartable.

– Mais il est prêt, Papa…

– Bon, on y va.

– Paul ! Il faut qu'on ait une conversation !

– Pas maintenant.

– Quand ? Dis-moi quand ?

– Je suis en retard, Hélène, tu m'excuseras. Virj' ! Ton pull !

– Tu ne comprends pas que je suis à bout ? Paul ! Paul !

La porte claque.

Je me fais toute petite dans mon lit. Coups rageurs dans la cuisine, quelque chose dégringole. Du verre ? Portes qu'on ferme avec violence, coups de balai dans les meubles. Puis silence. J'imagine qu'elle pleure. J'entends des mots sans suite. « Mon petit garçon… pourquoi est-ce qu'ils me l'ont pris ?… ne comprennent rien… » Un long silence. Des pas dans le couloir, qui se dirigent vers moi.

– Bonjour, Elise, bien dormi ?

La voix est nette, incisive. Sans attendre de réponse, elle me soulève pour me passer le bassin. Puis elle m'installe dans le fauteuil et me roule vers la salle de bains sans dire un mot. Elle me nettoie le visage, le cou, le torse, m'enfile un tee-shirt.

– Voilà. On va déjeuner.

Cuisine. Je roule sur quelque chose qui crisse. Odeur de café et de brûlé. Elle approche une tasse de mes lèvres, mais si brusquement que le café – bouillant – se répand sur mon menton.

– Oh, excusez-moi, je suis un peu nerveuse ce matin…

Je sais, je sais, n'empêche que le café bouillant, ça fait mal. Essuyage vigoureux, encore pire que la brûlure. J'espère qu'elle ne va pas me planter la petite cuillère dans l'œil.

Non. Je mastique consciencieusement leur infâme bouillie aux céréales survitaminées. Une gorgée de café, sans rien renverser cette fois-ci.

– On s'est un peu engueulés avec Paul…

C'est le moins qu'on puisse dire… Rebouillie de céréales. Quand je pense à tous les pauvres gosses qu'on force à manger ça tous les matins…

– Paul pense que Stéphane a tué sa femme. Mais moi, je suis sûre que non. Stéphane aurait été incapable de faire ça. Il n'aimait pas Sophie, mais il ne l'a pas tuée. Je sais qui c'est, moi.

Allez, une nouvelle révélation. J'écoute.

– C'est son amant. Sophie trompait Stéphane depuis des mois. Une fois, en arrivant chez elle, je l'ai entendue téléphoner. Elle était en train de dire : « Il ne rentre pas avant demain, rendez-vous à l'endroit habituel… » Elle m'a vue, elle s'est troublée, elle a changé de voix : « Bon, je vous rappelle », et elle a raccroché. Je n'ai rien dit à personne, ça ne me regarde pas, n'est-ce pas ? Mais en attendant je suis sûre que c'est ce type, au téléphone, qui l'a tuée. Pas Stéphane. Ils ont dû se disputer, ou bien il était marié et elle l'a menacé de tout dire à sa femme, une histoire de ce genre. Elle était méchante, Sophie, une vraie faiseuse d'embrouilles.

Elle s'interrompt pour gratter quelque chose dans l'évier. Méditons ces dernières informations. Sophie trompant Stéphane. Pourquoi pas ? L'amant de Sophie l'assassinant. Là encore, pourquoi pas ? Après tout, je commence à croire que dans cette ville tout est possible. Si on me disait que le boucher vend de la chair d'enfant et que les gendarmes dirigent un réseau de traite des Blanches, je pourrais presque le croire. Alors, l'amant de Sophie lui réglant son compte... la routine, quoi. Hélène range la vaisselle, j'entends tinter les couverts.

– Je me suis souvent demandé qui pouvait bien être le type avec qui elle parlait au téléphone, mais je n'ai jamais réussi à savoir. Elle ne s'est jamais trahie. Je l'ai observée quand on se réunissait tous ensemble, j'ai regardé la manière dont elle parlait aux hommes qui étaient là, mais rien. C'est peut-être quelqu'un qui n'habite pas ici.

J'ai une meilleure idée. Et si l'amant de Sophie était le tueur d'enfants ? Et que Sophie l'ait découvert ? Ça ne serait pas une bonne raison pour la supprimer, ça, en essayant de faire porter le chapeau à ce pauvre Stéphane ? Oui, mais alors, pourquoi tuer Stéphane, s'il est bien mort comme je le pressens ? Oh, mais je sais, je brûle ! Je suis sûre qu'on va retrouver Stéphane « suicidé » avec une lettre d'aveux ! Comme ça, l'affaire sera close et l'assassin bien tranquille. Les seuls obstacles qu'il ait encore sur sa route sont Virginie et... et moi. Pourquoi diable ne s'en est-il toujours pas pris à Virginie ? Comment peut-il être sûr qu'elle ne le trahira pas ? J'en reviens à ma thèse du début : Virginie le connaît et l'aime. Et lui aussi il l'aime ! mais oui, il l'aime, c'est pour ça qu'il ne lui fait rien ! Et si je poursuis ce raisonnement, eh bien... eh bien j'en arrive à la conclusion que la personne que Virginie aime le plus au monde après sa mère c'est...

Paul ?

Paul, amant de Sophie ? Paul, tueur d'enfants ? Paul, ami de Stéphane et au courant de tous ses déplacements... Paul à l'humeur si variable... Paul qui a un break blanc...

Serait-ce possible ?

– Maintenant, je me demande si je ne devrais pas le dire à la police, leur parler du coup de téléphone, reprend Hélène. Vous pensez que je devrais ?

Index. Oui, je pense que tu devrais. Et d'urgence.

– Une fois, j'ai dit à Paul que je pensais que Sophie avait un amant. Il s'est mis en colère, il m'a accusée d'espionner tout le monde et de me transformer en mégère acariâtre. Mégère. Je crois que c'est vrai. J'ai l'impression d'être continuellement en colère. Insatisfaite. Haineuse. Je ne sais plus quoi faire. Raybaud m'a prescrit des tranquillisants. Au début, ça marchait, mais maintenant il faut que j'augmente les doses, sinon je n'arrive pas à dormir. Et, quand je dors, je me réveille complètement abrutie. Et Virginie... Virginie est un tel poids... Par moments, j'aimerais pouvoir changer de vie, comme ça, d'un coup de baguette magique, me retrouver loin, ailleurs, seule.

Moi, ça m'est arrivé. Je me suis retrouvée loin, ailleurs et seule, tellement seule que tu ne peux même pas l'imaginer, Hélène, et je te jure que ça n'a rien d'enviable. Je préférerais encore avoir ta vie, avoir perdu un enfant, avoir mon mari qui me trompe, que me retrouver là où je suis, privée de mon corps et de mes sens.

– Bon, je vais faire un peu de ménage et j'ai une tonne de repassage en retard.

Lourd soupir avant de me rouler dans le salon. L'aspirateur se met en route. A la télé, il y a une émission scientifique sur la mer, j'écoute consciencieusement un spécialiste me parler de la migration des méduses en pensant à Paul, à Steph, aux enfants assassinés... aux mutilations qu'ils ont subies. Quel sens peuvent bien avoir ces blessures horribles ? Couper les mains, les cheveux, arracher le cœur, les yeux, pourquoi ? Pour que leurs yeux ne le voient plus, pour que leurs mains ne puissent pas le toucher, pour que leurs cœurs battants et leurs cheveux si doux ne l'attirent plus ?

Hélène arrête l'aspirateur et la voix du speaker recouvre son intensité. « ... *ce flash spécial. En effet, la police vient de retrouver le corps de Stéphane Migoin, un des témoins recherchés dans le cadre de l'enquête sur les assassinats de Boissy-les-Colombes. D'après les premières constatations, Stéphane Migoin aurait mis fin à ses jours en se tirant une balle dans la tête, après avoir rangé son véhicule sur l'aire de repos de la Hêtraie, sur l'autoroute A12. Une lettre retrouvée auprès de lui, sur le siège du conducteur, pourrait bien éclaircir les raisons de son geste,*

*d'autant qu'un certain nombre de charges pesaient appa-*
*remment sur lui... »*

– Qu'est-ce qu'il dit ? Stéphane ?

Hélène accourt et monte le son, mais c'est trop tard, place aux pubs.

– J'ai bien entendu ? Stéphane est mort ?

Index.

– Il s'est tué ?

Index. Comme je l'avais prédit. Avec une lettre à côté de lui. Pauvre Stéphane. Il parlait de machination. Il avait raison.

– Ça voudrait dire... C'est lui qui aurait tué !... Oh... il faut que j'appelle Paul...

C'est ça ! A mon avis, il est déjà au courant. Parce que ma petite théorie a l'air de se révéler juste. Et, si elle est juste, ton mari n'est autre que l'assassin de Stéphane et de Renaud ! Mais comment un homme pourrait-il tuer son propre enfant ? Il y a bien ce couple d'assassins qu'ils viennent d'arrêter en Angleterre, soupçonnés d'avoir tué leur propre fille, mais tout de même... Paul... Et pourtant il faut bien que quelqu'un l'ait fait. Personne n'a l'air coupable, mais il y en a un...

– Allô, je voudrais parler à M. Fansten, s'il vous plaît... sa femme oui... Allô, Paul, tu sais la nouvelle ? Ils ont retrouvé Stéphane, il est mort, il s'est suicidé... Quoi ? A la télé, juste maintenant... il a laissé une lettre... une balle dans la tête, mais oui, j'en suis sûre, à la télé je te dis, bon, d'accord, oui, je me calme, d'accord, je comprends, oui, à tout à l'heure... Paul ?

Je devine qu'il a raccroché.

– Paul va essayer de se renseigner. Il était en rendez-vous, il me rappelle.

Pratique, l'alibi du rendez-vous. Ça permet de ne pas s'éterniser dans les conversations déplaisantes. Je me rends soudain compte que je suis en train d'envisager froidement l'hypothèse que le mari de ma meilleure amie soit un monstre. Et pourtant je ne peux pas m'en empê-cher. C'est peut-être le fait d'être enfermée dans ma solitude. Ressasser sans cesse ce que je pense d'un monde que je ne vois plus me rend peut-être insensible. Hélène ne cesse de s'agiter derrière moi en marmonnant des mots sans suite. Après la mort du petit Massenet, puis du petit Golbert, et le suicide de Sophie, voici maintenant que c'est le tour de Stéphane. Quatre décès violents en un peu moins de six mois… Je suis persuadée que Stéphane s'est fait tuer pendant qu'il me téléphonait l'autre jour. L'assassin est entré dans la cabine, l'a assommé. Puis il a traîné le corps jusqu'à la voiture, lui a tiré une balle dans la tête et a maquillé le meurtre en suicide. Et la lettre ? Les experts verront bien si elle a réellement été écrite par Stéphane. Dans ce cas, je n'aurais plus qu'à m'incliner.

Le téléphone.

– Allô ! Oui ! Alors ?… Qui ça ?… Excuse-moi, j'entends mal, il y a de la friture… C'est terrible… Je sais, mais quand même… imaginer que Stéphane… Oh, Paul, tu te rends compte que… oui, d'accord, à tout à l'heure.

Elle raccroche lentement.

– C'était Paul. Il a eu le commandant Guiomard, de la gendarmerie. Il le connaît bien, il a un compte à la banque… Ils ont trouvé Stéphane ce matin vers 8 heures, sur l'aire de repos n° 4. Il s'est tiré une balle dans la tête avec sa carabine. Et il a laissé une lettre où il demande pardon pour ce qu'il a fait aux enfants… c'est fou !

Sa voix dérape dangereusement. Je l'entends sortir précipitamment de la pièce, sans doute pour pleurer. Stéphane, une balle dans la tête… Avec sa carabine. Est-ce qu'il l'avait emportée avec lui ? Et, dans le cas contraire, qui aurait eu accès à son appartement sinon, justement, l'amant de Sophie ? Toutes les pistes convergent. Ou bien Stéphane est vraiment le coupable, et il s'est fait justice, ou bien c'est un complot monté par l'assassin pour égarer les soupçons. Et on en revient à Paul, son meilleur ami… L'avenir nous dira ce qu'il en est.

Les infos de 13 heures s'étendent longuement sur le sujet. Résumé de la vie de Stéphane, rappel du suicide de sa femme, des meurtres, du chandail trouvé dans la cabane, de l'avis de recherche lancé depuis quinze jours, interview du commandant Guiomard... A un moment, Hélène pousse un cri :

– Excusez-moi ! C'est de voir ce corps allongé sur une civière, de savoir que c'est Stéphane sous ce drap... et la voiture pleine de sang... Ils ne devraient pas montrer ça...

Elle se tait en reconnaissant la voix de l'inspecteur Florent Gassin. « ... *ne peux rien vous dire. – La lettre trouvée près de Stéphane Migoin contient-elle des aveux ? – Désolé, mais je ne peux pas vous répondre. – L'enquête est-elle terminée ? – Ecoutez, disons que de fortes charges pesaient sur Migoin et qu'aujourd'hui il semblerait qu'elles soient confirmées, mais il faut attendre les dernières expertises avant d'en être sûr... Excusez-moi, je dois y aller...* »

Et voilà, comme prévu ! Le tour est joué ! Bravo, la Mort des Bois. Mais, maintenant, comment allez-vous faire pour assouvir vos instincts meurtriers ? Car, si Stéphane Migoin est censé être le tueur d'enfants, il ne peut plus continuer puisqu'il est mort... C'est vrai, ça, je n'y avais pas pensé. Cela signifie-t-il que l'assassin veuille mettre un terme à sa carrière ? Qu'il se retire tranquillement après avoir fait porter le chapeau à un autre ?... Malheureusement, ce genre de maniaque peut rarement s'arrêter.

– Oh, il est tard, je n'avais pas vu l'heure, il va falloir y aller...

Hélène range la vaisselle, éteint la télé, et nous voilà parties, moi avec mes pensées virevoltantes, elle avec son angoisse et son chagrin.


A la bibliothèque, toutes les conversations tournent autour de Stéphane. La plupart des gens sont persuadés qu'il est bien l'assassin et les commentaires vont bon train.

– Il avait l'air si gentil...

– On n'aurait jamais cru... Et dire qu'il s'occupait du club de foot...

– Il avait toujours le mot pour rire...

– Quand on pense qu'il en a tué cinq !

– Un malade sexuel… sa femme s'était plainte, il réclamait des drôles de trucs…

– J'ai toujours pensé qu'il avait quelque chose de bizarre…

– Il était Lion, ascendant Poisson, une double nature, vouée au déchirement…

Ils essayent de chuchoter à cause d'Hélène, mais ils ne peuvent retenir leurs éclats de voix tant l'émotion est grande, c'est trop palpitant, un assassin là, chez eux, dans leur ville, et pas n'importe qui, un entrepreneur connu de tous… La collègue d'Hélène lui demande si elle veut rentrer, elle peut se charger de tout pour l'après-midi, mais Hélène refuse. Elle lui dit simplement qu'elle veut bien aller s'occuper des archives en souffrance et laisse Marianne – sa collègue – réceptionner les lecteurs.

Je reste là à écouter. Je pense à ma pauvre Yvette qui doit être toute retournée. Et à Virginie quand elle va le savoir.

Hélène a fait des boulettes et de la purée, vite fait. Virginie, apparemment au courant de rien, joue dans sa chambre. Paul regarde les infos régionales. Quand il est rentré, Hélène s'est précipitée vers lui. Je suppose qu'il l'a serrée dans ses bras car ils se sont tus pendant un moment. Puis il a dit : « Je vais prendre un verre, je suis vanné. » J'ai entendu couler le whisky, le floc des glaçons. Le plouf de son corps s'affalant dans le canapé.

– Alors, Lise, vous avez vu ? Pour une surprise… C'est vraiment incroyable…

Il y a des moments où je suis presque contente de ne pas pouvoir réagir. De rester impassible. A la télé, ils repassent les mêmes documents que ce midi. Hélène s'affaire dans la cuisine.

– Virginie ! On mange !

– Tu lui as dit ? demande Paul à voix basse.

– Non, je n'ai pas eu le courage.

– Il faut le lui dire.

– Mais, Paul, si elle sait de quoi on accuse Stéphane...

– On ne doit pas cacher la vérité aux enfants.

– De quoi vous parlez ? Hein, Papa ?

Virginie vient d'arriver en courant.

– Ecoute, ma chérie, c'est à propos de Stéphane.

– Il est revenu ?

– Non, pas vraiment. Il... il a eu un accident, répond Paul d'une voix douce, la voix qu'il a quand il parle à sa fille et qui m'avait charmée au début.

– Il est à l'hôpital ?

– Il est mort, ma chérie, il est monté au ciel.

– Il est allé rejoindre Renaud ? Il a de la chance !

Silence consterné. Quand se décideront-ils à accepter le fait que cette enfant a besoin d'une aide psychologique ?

– Qu'est-ce qu'il a eu comme accident ?

– Un accident de voiture.

– A l'école, ils disent que c'est lui qui a tué les autres...

– Quoi ? s'exclame Hélène.

– Oui, mais moi, je sais que c'est pas vrai, alors, je m'en fiche. On mange quoi ?

– De la purée et des boulettes, répond Hélène machinalement.

– Super !

Et on se retrouve tous à mâcher nos boulettes sans appétit, sauf Virginie qui dévore.

Après le repas, elle se glisse près de moi pour me dire bonne nuit et chuchote :

– Je vais appeler Renaud ce soir, pour savoir s'il a vu Stéphane. Il faut peut-être l'aider à monter là-haut... Bonne nuit !

Si un jour je peux bouger à nouveau, j'attrape cette gamine et je la torture jusqu'à ce qu'elle m'avoue toute la vérité.

Quelle heure est-il ? Je viens de me réveiller en sursaut. Je n'ai pas l'impression que ce soit le matin. Tout est trop calme. Qu'est-ce qui m'a réveillée ? J'écoute attentivement.

– Elise !

Coup au cœur, puis je reconnais la voix de Virginie.

– Elise, si tu es réveillée, lève le doigt.

Index.

– Renaud dit que c'est la Mort des Bois qui a tué Stéphane. Pour le punir de se mêler de ses affaires. Tu m'entends ?

Index.

– Il est là avec moi, Renaud. Il te trouve très jolie. Il dit que, si tu étais morte, tu serais une très jolie morte.

Aussitôt j'imagine Virginie penchée sur moi, le spectre glacé de son frère derrière elle, et elle toute pâle dans sa chemise de nuit blanche, avec un long couteau qu'elle s'apprête à m'enfoncer dans le cœur en répétant « jolie morte »… Cette gamine me rendra folle, j'ai la chair de poule.

– Renaud, il a faim, il veut du gâteau au chocolat de Maman. Je vais l'emmener au frigidaire.

Oui, emmène-le, va-t'en !

– Ils vont dire que c'est Stéphane qui les a rendus morts, mais c'est pas vrai. Renaud le sait lui aussi, et toi, il y a que nous qui le savons, tous les trois. Tu sais, c'est bien parce que Renaud il est mort, moi je suis vivante et toi tu es entre les deux… Bon, on s'en va. Je voulais juste te dire… il faut pas avoir peur d'être morte, Renaud dit que ça fait pas du tout mal…

Merci, super. Petits pas feutrés qui s'éloignent. Je me force à respirer lentement. La pauvre gosse délire. Bien. Oublions cet intermède nocturne. Il faut que je me rendorme sinon je vais me mettre à ruminer.

– Virginie, c'est toi ?

La voix d'Hélène.

– Je suis allée faire pipi, Maman.

– Va vite te coucher !

– Bonne nuit.

– Bonne nuit, ma chérie. C'était Virginie, continue-t-elle à voix basse.

– Je n'aime pas qu'elle se balade comme ça la nuit… répond Paul.

Ils chuchotent tous les deux, mais dans le silence parfait de la nuit je les entends distinctement.

– Hélène…

– Oui ?

– Hélène, il faut qu'on parle.

– Il est tard…

– Hélène, est-ce que tu te rends compte que Stéphane est mort ?

– Qu'est-ce qui te prend ?

– Merde, tu le fais exprès ou quoi ?

– Ne parle pas si fort, tu vas réveiller Elise.

– Je m'en fous, j'en ai marre de l'avoir toujours dans nos pattes, je suis sûr qu'elle nous espionne.

– Tu n'avais pas l'air d'en avoir marre cet été…

– Tu es stupide !

– Pourquoi ? Ce n'est pas vrai qu'elle te plaît, peut-être ? Tu crois que je n'ai pas vu ton petit manège, lui caresser la nuque et tout ça ?

C'était lui ! J'en suis sûre maintenant, c'était lui sur le canapé, sale vicieux !

– Hélène, pour l'amour du ciel, est-ce qu'on peut parler sérieusement ?

– On parle, non ?

– Oh, tant pis, ça ne fait rien, oublie ça.

Ils ont dû fermer la porte, je n'entends plus rien. De quoi le vicieux Paul voulait-il parler ? En tout cas, il ne me porte plus dans son cœur. Fini, les pressions sur l'épaule et les mots gentils. J'ai l'impression d'être la vieille tante en visite qu'on est pressé de voir débarrasser le plancher.

Il ne me reste plus qu'à compter les moutons.

# 10

– Bonjour, Elise, bien dormi ?

Je me réveille en sursaut. J'ai dû me rendormir au 3 255ᵉ mouton et je suis complètement dans le coltard.

– Il fait un temps magnifique. Une vraie journée d'automne, poursuit Hélène en ouvrant les volets.

Je ne sais pas pourquoi elle perd son temps à les ouvrir et les fermer puisque pour moi ça ne change rien.

On sonne.

– Ah, on a sonné. Je reviens.

Vite, j'espère, parce que j'ai très envie de faire pipi. Une voix d'homme, je tends l'oreille. Florent Gassin. Tiens, tiens.

– Désolé de vous déranger de si bonne heure, j'aurais besoin de vous poser quelques questions, ainsi qu'à votre mari.

– Il est déjà parti, il dépose Virginie à l'école avant d'aller à la banque.

– Ah, tant pis. Ecoutez, ça n'a rien d'officiel, mais je voudrais savoir si vous avez eu vent d'une rumeur faisant état du fait que Sophie Migoin aurait eu une liaison...

– Vous voulez un café ?

– Euh... non, merci.

– Asseyez-vous, je vous en prie. Excusez-moi un instant, je reviens.

– Euh... oui...

Irruption dans ma chambre.

– Voilà le bassin. L'inspecteur Gassin est là, je ne sais

pas quoi faire, il veut savoir si Sophie… Vous croyez que je dois le lui dire ?

Index. Retrait du bassin.

– A tout de suite.

Elle retourne au salon.

– Voilà, je suis à vous.

– Donc, pour Sophie Migoin… recommence Gassin, audiblement embarrassé.

– Effectivement, j'ai entendu parler de ça…

– Et c'était vrai ?

– Je pense que oui. En fait, je l'ai entendue téléphoner à un homme et parler d'un rendez-vous…

– Vous savez qui c'était ?

– Non. Et, même si je le savais, je ne vous le dirais pas. Sophie est décédée, Stéphane aussi, ce n'est pas la peine de remuer toute cette boue.

– Il faut bien établir clairement si Stéphane Migoin est coupable ou innocent, vous ne croyez pas ?

– Je ne vois pas le rapport avec Sophie.

– Le juge d'instruction n'est pas vraiment convaincu par le suicide de Migoin. Elle voudrait être sûre qu'il ne s'agit pas d'un coup monté pour lui faire endosser la responsabilité de cette série de meurtres.

Pas con, Mme le juge, heureusement qu'elle est là !

– Mais la lettre que Stéphane a laissée ?

– La lettre, oui, incontournable à mon avis. Et c'est également ce que pensent les experts de la PJ. Elle a été tapée à la machine, sur la machine à écrire dont il se servait pour sa correspondance professionnelle, donc tapée avant son départ, et avec les marges qu'il utilisait habituellement et c'est bien lui qui l'a signée.

Tapée à la machine ! Ça change tout ! Comme si un type comme Stéphane allait se mettre à taper sa confession à la machine à écrire ! C'est les intellos qui font ça. Stéphane, lui, je le vois décapuchonner son stylo en or et écrire de façon appliquée sur une double copie quadrillée…

– Pourquoi est-ce que vous me racontez tout ça ?

– Il me semble que ça vous concerne. C'est tout de même votre beau-fils... enfin, je veux dire, excusez-moi, mais...

– Renaud est mort, inspecteur, rien ne le fera revenir. J'en ai assez de toutes ces histoires, tout ce que je demande, c'est la paix.

– Mais la paix ne peut venir que de la connaissance, madame, savoir la vérité vous apaisera...

– Qu'est-ce que vous en savez ? Savoir est parfois beaucoup plus douloureux que ne pas savoir, surtout quand la vérité est intolérable. Et celle que vous me présentez est intolérable.

– Vous pouvez préférez la thèse du juge, mais je ne crois pas qu'elle se vérifie.

– Vous avez terminé ? J'ai du travail.

La voix confuse de Gassin... Il est jeune et désolé, il s'empêtre :

– Très bien, je vous laisse. Je ne voulais pas vous déranger...

– Au revoir, inspecteur.

– Au revoir, madame, je...

La porte claque. Remue-ménage.

– Sale con ! Tous des sales cons ! Foutez-moi la paix à la fin, merde ! Merde, merde, merde ! Qu'ils aillent tous se faire foutre !

Elle hurle en tapant dans les meubles. Et moi, je ne suis bien sûr d'aucun secours, allongée sur ce lit comme une otarie échouée. Je l'entends s'agiter encore un peu, puis plus rien. Elle doit être épuisée. La colère épuise, le chagrin épuise. Ça a été dur pour moi, quand j'ai compris ma situation, de ne pas pouvoir crier, hurler, pleurer, me griffer les joues, m'arracher les cheveux ou taper dans les meubles, dur de ne pas pouvoir m'épuiser, me saouler de tristesse, dur d'être seule, enfermée là-dedans avec mon cerveau qui aligne inexorablement des pensées, des images, des mots et qui ne s'arrête jamais...

Le calme est revenu. Dans le silence, j'entends un gémissement continu, un gémissement douloureux et ténu,

150

et j'imagine Hélène, la tête enfouie entre ses bras, laissant jaillir d'elle ce long gémissement de douleur, à la fois animal blessé et enfant sans défense. C'est très impressionnant d'assister ainsi à la douleur intime de quelqu'un. J'avale ma salive. Le gémissement ne cesse pas, il s'amplifie, il grimpe dans les aigus et se casse brusquement en sanglots rauques, le genre de sanglots secs qui déchirent la gorge, et puis plus rien.

Des pas. Une porte. De l'eau qui coule. Elle doit se passer de l'eau sur le visage. L'eau s'arrête. Des pas vers moi.

– Il est parti. Ils sont persuadés que Stéphane était le coupable. Il n'y a que la juge qui doute. Quel gâchis, tout ça. Je nous revois, il y a sept ans, quand on a décidé de venir vivre par ici. Le calme, la campagne, la qualité de la vie… Quelle connerie.

Elle semble réfléchir un moment, puis reprend :

– Vous savez, je me demandais toujours ce que mon fils ferait quand il serait grand. Je ne sais pas pourquoi, je l'imaginais toujours à la barre d'un voilier, les cheveux au vent…

« Mon fils » : elle s'était vraiment attachée à lui comme à son propre enfant.

– … et en même temps, au fond de moi, il y avait un pressentiment, un affreux pressentiment de malheur. Peut-être parce que c'était un garçon. Les garçons meurent plus souvent que les filles, ils sont plus fragiles. En fait, j'ai toujours eu peur pour lui, peur comme si quelque chose de mauvais le guettait, quelque chose de malfaisant caché dans l'ombre. Et c'était vrai. On me l'a volé.

Elle reprend son souffle. Sa respiration se calme.

– Un jour, on se retrouve à patauger dans les débris de sa vie. Enfin, qu'est-ce qu'on y peut ? Personne n'est maître de son destin, n'est-ce pas ? Regardez-vous, vous auriez imaginé ce qui vous est arrivé ? Cette ville porte malheur, voilà la vérité. Il faut qu'on s'en aille. Paul dit qu'on ne peut pas. Il a peur de ne pas retrouver une situation aussi intéressante. Il préfère vendre son âme que

151

gagner un peu moins d'argent. Il ne se rend pas compte. Je crois que je le déteste, au fond. Oui, je crois que je le déteste depuis un bon moment. C'est souvent comme ça, non ? On croit qu'on aime quelqu'un et on s'aperçoit qu'on le déteste. Quelle heure est-il ? C'est fou comme le temps passe vite quand il est vide d'espoir. Allez, on va vous habiller.

Elle fredonne maintenant, un air que je ne reconnais pas, vif et nerveux, tout en m'habillant maladroitement. Je dois peser lourd, inerte comme je suis. J'essaye de me faire légère. Ce bourdonnement qui imite la gaieté est pitoyable, cette pauvre Hélène est en train de craquer. Voilà, je suis vêtue. Direction la salle à manger.

Déjeuner morose, restes de purée et bâtonnets de poisson surgelé. Pas très faim. Hélène ne parle pas, elle fredonne toujours cet air agaçant en me fourrant la cuillère dans la bouche. Je sens ses gestes nerveux, tendus, et j'ai sans arrêt l'impression qu'elle va me faire mal. Je mâche rapidement pour finir la corvée au plus vite. Pas de fromage, pas de dessert, café. Fort, noir, goûteux, mais trop chaud. Je me brûle sans pouvoir protester. Et hop, en route.

J'ai hâte qu'Yvette soit guérie pour pouvoir rentrer chez moi. Surtout après avoir entendu Paul me traiter d'espionne. Le fauteuil stoppe brutalement. Que se passe-t-il encore ?

– Hélène ! Je voulais justement vous téléphoner !

Tiens, Miss Parfaite, *alias* Claude Mondini, qui ajoute à voix basse, très vite :

– Un inspecteur est venu chez moi ce matin, me questionner sur la vie privée de Sophie… Bien sûr, je lui ai dit que je n'étais au courant de rien. Chacun sa vie, pas vrai ? Et quand je pense à ce dont ils accusent Stéphane ! Je n'ai pas pu dormir de la nuit, Jean-Mi a dû m'obliger à prendre un cachet. C'est terrible, terrible !

Plus haut :

– Et c'est vous qui vous occupez de Lise ?

– Yvette s'est foulé la cheville...

– Ah oui, c'est vrai, j'avais oublié, avec tous ces événements, et puis dimanche il y a la course au trésor des ados de Saint-Jean, il faudra venir, ça va être super, dites-moi, si vous voulez, je peux promener Elise et vous la ramener à la bibliothèque tout à l'heure ?

– Pourquoi pas ? Ça vous dirait de vous promener un peu, Lise ?

Avec ce moulin à paroles ? Non merci. Pas d'index.

– Elle est peut-être endormie. Ecoutez, je vous la confie. A tout à l'heure et merci, je file, je suis en retard, conclut Hélène.

Au secouuurs !

– Elise ? Elise, hou hou, c'est moi, Claude, vous m'entendez ?

Index résigné.

– On va faire une bonne balade ! Pour une fois qu'il ne pleut pas. Et puis j'ai besoin de marcher, je me sens tellement énervée... Hélène a l'air ravagé, elle a vieilli de dix ans ! Jean-Mi a rencontré Paul hier soir, il est très inquiet pour elle, il a peur qu'elle ne lui fasse une dépression... Quand on pense que Stéphane était leur meilleur ami et qu'il a... ce pauvre petit Renaud... et tous les autres... Et dire que je l'avais vu au volant de ce break blanc sans me douter une seconde... d'après la police, c'était le véhicule dont se servait son contremaître pour aller sur les chantiers. Tout le monde trouvait normal qu'il s'en serve lui aussi. C'est salissant les chantiers, il n'allait pas faire laver la BM tous les jours... L'inspecteur m'a dit qu'ils étaient en train de passer le break au peigne fin. Surtout le coffre... Jean-Mi refuse que je parle de ça, il dit que je suis trop impressionnable, mais ça ne sert à rien de se voiler la face. Et cette pauvre Sophie... à cause d'elle j'ai menti.

Chuchotement dramatique :

– Oui, je peux bien vous le dire, mais je savais qu'elle avait quelqu'un.

J'avais raison ! J'avais encore une fois raison ! Mais, putain, confiez-moi cette enquête !

– Je l'ai vue un jour, dans sa voiture. Dans les bois, derrière la Futaie. J'étais venue reconnaître le terrain pour la course en VTT des Rameaux. Il devait être 3 ou 4 heures de l'après-midi. J'ai d'abord aperçu la voiture, garée derrière un bosquet, et j'ai tout de suite pensé à des amoureux. Alors, bien sûr, je me suis faite discrète. Et puis j'ai reconnu la 205 de Sophie. Je n'ai rien pensé de mal, mais ça m'a fait drôle, comme un frisson, vous voyez… Le soleil tapait sur les vitres, on ne voyait rien à l'intérieur. Normalement, j'aurais dû aller lui dire bonjour… mais quelque chose m'a retenue, l'instinct sans doute, c'est fou ce que je suis intuitive, et à ce moment-là la portière passager s'est ouverte et il est descendu, il se recoiffait avec la main, il est allé se soulager contre un arbre, j'ai trouvé ça d'un vulgaire ! En tout cas, qu'est-ce qu'il faisait là, enfermé dans la voiture avec Sophie ? Sans vouloir médire de son prochain, il y a des fois où l'on ne peut pas s'empêcher de tirer des conclusions, n'est-ce pas ? Alors je n'ai pas bougé, bien sûr. Il est remonté dans la voiture, elle a démarré, et ils sont passés tout à côté de moi, sans me voir, j'étais accroupie dans des orties, je ne vous dis pas les brûlures, bref, je les ai vus de tout près, elle, Sophie, qui souriait d'un air béat et lui le visage satisfait, bestial… Je n'aurais jamais cru ça de lui.

Mais lui qui, bordel ?

– Je n'ai rien dit à Jean-Mi pour ne pas lui faire de peine, mais j'ai espacé nos rencontres, insensiblement. Je ne suis pas censée être complice de leurs actes. Quand j'y pense, Sophie et Manu, c'est insensé…

Manu ? Elle a dit Manu ? Mais qu'est-ce qu'il vient foutre là-dedans ? Ce n'est pas Manu qu'il faut, c'est Paul ! Tu te goures !

– Et cette pauvre Betty qui croit combler son vide spirituel avec du blé germé, elle aurait mieux fait de surveiller son mari. J'ai toujours trouvé qu'il avait les yeux perçants d'un Raspoutine, et avec cette barbe noire... brrr... Mais je bavarde, je bavarde, je dois vous ennuyer...

Pas du tout, pour une fois tu me passionnes, allez, *go on* !

Mais non, elle me parle des arbres, des feuilles qui tombent, de l'hiver qui vient, des pelures d'oignons qui annoncent le froid, de la guerre en Yougoslavie, de la famine en Afrique, des difficultés qu'il y a à récolter des vêtements et des médicaments, de la froideur des gens, de leur insensibilité, et moi je ressasse « Manu et Sophie, Sophie et Manu » comme un mantra censé m'apporter la Révélation.

Après ce genre de journée, j'aspire au calme et j'ai hâte de rentrer chez moi, d'autant plus que je sais que Paul me traite d'espionne. Fini, le temps des tripotages nocturnes. Il a d'autres préoccupations plus urgentes, le cher Paul ? Heureusement, Yvette a appelé hier soir, elle se sent parfaitement rétablie et elle viendra me chercher après-demain en voiture, avec l'inévitable Jean Guillaume. Ici, ça empire, Paul et Hélène ne cessent de s'engueuler. Elle se bourre de calmants et il lui crie après. Il ne cesse de lui répéter qu'elle a besoin d'une aide médicale. Je suis parquée dans la salle à manger. Virginie regarde la télé, l'air de ne s'apercevoir de rien.

– Virj' ! Baisse la télé, s'il te plaît ! hurle Paul.

Elle monte le son. Je sens que ça va péter.

– Tu m'entends ? Baisse cette saloperie de télé !

Pas de réaction. Le Pingouin continue à vociférer face à Batman.

– Nom de Dieu ! Tu te fous de moi ?

– Aïe, lâche-moi ! Maman ! Maman !

Paf paf, aller-retour bien appliqué, Virginie démarre comme une sirène. Intervention d'Hélène, outrée :

– Lâche-la, espèce de salaud, je t'interdis de la toucher, tu n'as aucun droit sur elle !

– Fais attention à ce que tu dis, Hélène !

155

Ça se corse. Il a dû lâcher Virginie, car je l'entends renifler dans son coin.

– Je dis ce que je veux, tu ne me fais pas peur !

– Arrête ça, s'il te plaît !

Je les « vois », dressés face à face sur leurs ergots, narines pincées, lèvres serrées, blêmes, comme tous les couples dans la danse de la colère. Et puis Paul rompt le combat :

– Oh, et puis merde, je sors.

– Paul ! Où vas-tu ?

– Qu'est-ce que ça peut te foutre ? Occupe-toi plutôt de ta fille.

La porte claque.

– Maman !

– Oui, ma chérie, Maman est là…

– Quand est-ce qu'on mange ?

– Va voir à la cuisine, il y a de la pizza.

– Je peux manger devant *Batman* ?

– Si tu veux, mais ne salis rien.

Fin de l'épisode guerrier. Virginie s'installe avec sa pizza, derniers reniflements. Je sens une présence derrière moi. C'est Hélène qui empoigne mon fauteuil et me roule dans la cuisine.

– Vous voulez un peu de bière ?

Index. Ça oui alors, une bonne bière fraîche…

Clic du décapsuleur, glou glou dans le verre, je salive, on dirait une pub. Et, enfin, ça y est. Ça coule glacé dans mon gosier, un an que j'attends cette gorgée de bière bien gelée… Elle m'en redonne encore un peu, puis je l'entends boire à son tour.

– Paul a raison, je prends trop de cachets. Mais c'est parce que je n'arrive pas à dormir. Je n'en peux plus de tourner en rond dans mon lit en repensant à tout ça. J'ai l'impression que mon mariage bat de l'aile, comme on dit. Vous devez nous trouver cinglés…

Pas d'index.

– Vous savez, je vais vous dire quelque chose que je

n'ai jamais dit à personne. (Elle baisse la voix.) Paul n'est pas le père de Virginie.

Je manque m'étrangler avec ma bière.

– Quand je l'ai rencontré, Virginie venait de naître. Il m'a épousée, il l'a reconnue et il m'a promis de s'occuper d'elle comme de sa propre fille. Il a tenu parole. C'est moi qui déconne, je le sais bien, comme tout à l'heure... Virginie ne sait pas que ce n'est pas son père, je ne lui ai rien dit. De toute façon, l'autre, elle ne le verra jamais. Encore un peu de bière ?

Index. On boit.

– C'est si loin, tout ça... c'est le passé. J'étais jeune. J'étais idiote. Je n'ai pas eu une enfance facile, vous savez. Oh, pas ce que vous croyez, un très bon milieu, mais mon père n'était pas un tendre, si vous voyez ce que je veux dire. Et ma mère... elle ne disait rien, elle avait peur. Elle buvait pour oublier. Elle a pris des coups pendant trente ans. Quand mon père est mort, ça a été une vraie délivrance pour elle, mais elle ne lui a pas survécu longtemps. Elle est morte d'un cancer six mois plus tard. Un vrai mélo ! Remarquez, elle n'est pas la seule à avoir eu sa part de raclées. (Sa voix se teinte d'amertume sarcastique.) Je revois toujours mon père si digne – il était médecin –, et moi et ma mère si pâles, couvertes de bleus sous nos vêtements bien coupés... Pourquoi est-ce que je vous parle de ça ? Ah oui, pour vous dire que quand j'ai rencontré Tony... si j'avais pu prévoir... j'ai un de ces mals de tête, j'ai l'habitude : dès que je parle de mes parents ou de Tony j'ai mal à la tête. Mais il est tard comme tout, il faut que j'aille coucher Virginie. Encore un peu de bière ?

Index. J'avale sans y penser le liquide mousseux. Ainsi, Paul n'est pas le père de Virginie. Et alors, qu'est-ce que ça change ? Rien. Et ce Tony... qu'est-ce qu'il a bien pu faire pour qu'elle en parle en ces termes ? Il la battait peut-être ? Et où est-il ? En prison ? Non, ça y est, je bâtis un roman.

Est-ce qu'ils sont sûrs que Virginie n'est au courant de rien ? Les gosses, ça en sait souvent bien plus qu'on ne croit. En tout cas, ce séjour ici n'a pas été inutile. J'en ai appris assez pour ruminer pendant huit jours. J'imagine avec dégoût cette famille bourgeoise avec ce père sadique… Hélène revient au bout de dix minutes :

– Voilà, c'est fait. Il y a un reportage sur la Colombie, ça vous dit ?

Index. Pourquoi pas ? Ça me changera les idées. En route pour l'enfer vert, les cartels de la drogue et les sommets des Andes, mais j'aurais de beaucoup préféré un reportage complet sur le vrai père de Virginie !


– Bonjour ! Oh, mais vous avez une mine superbe ! Bonjour, Hélène ! Tout s'est bien passé ? Pas trop de travail ?

Yvette ! Mon Yvette ! Je l'embrasserais, tiens !

– Non, aucun problème. Et vous, votre cheville ? demande Hélène.

– Tout est en ordre, quelle bêtise quand même…

– Et M. Guillaume ?

– Il est dans la voiture, vous savez comment sont les hommes, toujours pressés…

– Ah… eh bien ne le faisons pas attendre, les affaires d'Elise sont prêtes.

– Vous avez l'air fatigué, Hélène. Vous êtes sûre que ça ne vous a pas donné trop de travail en plus ?

– Non, non, c'est simplement que je dors mal en ce moment… Je vous accompagne.

On me roule dehors, je suis contente de partir, mais je regrette un peu de ne plus être au cœur de la maisonnée quand je sens qu'Hélène est sur le point de me faire des révélations palpitantes.

On me hisse dans le break, on range le fauteuil à l'arrière.

– Bonjour, Elise !

La voix joviale de Jean Guillaume. Il prend ma main droite et la serre entre les siennes.

– Toujours aussi jolie !

Rire, amabilités, au revoir à bientôt merci beaucoup on

158

se téléphone. Et on démarre. Yvette entreprend aussitôt de me raconter en détail son séjour chez sa cousine : RAS.

Le temps est trop froid, il faut allumer le chauffage. Yvette purge les radiateurs, vérifie la chaudière, invective le ciel et ses rigueurs prématurées. Elle change mon sweat-shirt en coton pour un pull. J'écoute vaguement la météo quand le présentateur annonce soudain : *« Demain 13 octobre, le soleil se lèvera à... »* 13 octobre ! Un an ! Ça fait un an ! Il y aura un an demain que je poussais ces portes en verre à Belfast, un an demain que Benoît... un an que je suis transformée en morte vivante... Comment est-ce possible ? Le temps a-t-il pu passer si vite ? J'ai l'impression que je sors à peine du coma. Mais non, il y a eu ces enfants morts, toutes ces nouvelles rencontres, l'été a filé à toute allure... mon cerveau n'a pas cessé de ronronner comme une turbine. Maintenant, il faut que je bouge ! Je dois bouger, je veux bouger, si j'arrive à remuer cet index de merde, je dois pouvoir arriver à faire mieux. Un an ! Ça suffit ! A partir de demain je ne pense plus, j'agis !

Il faut croire que ça marche. La Grande Catherine n'en revient pas.
– Vous savez quoi, madame Yvette ? J'ai l'impression que ses muscles se raidissent par moments... non, je vous jure, comme si elle les tendait. Venez voir.
Si tu savais comme je les tends, si tu savais l'énergie que je mobilise pour tendre ces foutus muscles, à m'en faire péter les veines !
– Touchez, là et là, il faut que j'en parle à Raybaud, moi, je trouve que ça va beaucoup mieux !
L'effort m'a claquée. Je ruisselle. La Grande Catherine ne pense pas à m'éponger. Elle claironne :
– Ils ont trouvé du sang dans le coffre de la voiture de Stéphane...
– Non ?

159

– Oui ! Ils l'ont annoncé ce matin à la radio. Du sang du groupe AB, comme celui du petit Massenet.

– Alors, il aurait tué Michaël dans la cabane et l'aurait transporté à la rivière ? s'enquiert Yvette, surexcitée.

– J'en sais rien, ils ont juste dit ça. Ils continuent à chercher. Et puis il y avait aussi des taches de sang du groupe O, comme celui de Mathieu Golbert, mais paraît que Stéphane lui-même était de groupe O, alors ça m'a l'air bien compliqué…

Méditons. Si, je dis bien si, Stéphane est innocent, ça signifie que l'assassin s'est servi de sa voiture. Ça signifie qu'il le connaissait assez bien pour la lui emprunter, mais sous quel prétexte ? Je retombe toujours sur ce problème de l'amant de Sophie. Paul ou Manu ? Ou tous les types du village, pourquoi pas ?

– Allez, encore un effort, Elise, tendez, tendez…

Et voilà, je suis encore plongée dans mes pensées et j'oublie de mobiliser mes forces. « Tendez, tendez », elle en a de bonnes, j'ai l'impression d'être une tringle à rideaux.

La torture s'achève enfin. Je reprends mon souffle lentement. Silence. Yvette a mis la chaudière en route, j'écoute l'eau glouglouter dans les tuyaux. Si ma thèse selon laquelle l'amant de Sophie est l'assassin, alors pourquoi pas Manu ? Mais, si c'est Manu, pourquoi Virginie garderait-elle le silence ? Vis-à-vis de Paul, je comprendrais, elle croit que c'est son père, mais vis-à-vis de Manu ? Je me retrouve en train de supposer des rapports pervers entre Manu et Virginie. C'est débile. On peut imaginer tout et n'importe quoi. Pourtant, il faut bien constater qu'il y a dans cette ville quelqu'un capable de tuer et mutiler des enfants, tout en gardant l'apparence d'un citoyen normal. Ça, c'est plus fou que tout ce que je peux imaginer. Comme disait Benoît, « tout existe, tout peut arriver, il n'y a qu'à lire le journal ».

J'ai lu beaucoup de polars dans ma vie et je me pique d'être un bon détective amateur. L'un des derniers bouquins que j'ai pu lire avant de concourir pour Miss Légumineuse relatait une enquête du FBI sur un *serial killer*. On y expliquait qu'il existe généralement deux sortes d'assassins pathologiques : si tous sont mus par des pulsions irrésistibles, les uns savent pertinemment ce qu'ils font et prennent un grand plaisir à duper la police et leurs concitoyens tandis que les autres oublient leurs forfaits sitôt accomplis et peuvent en toute bonne foi jurer qu'ils sont innocents. C'est une autre partie d'eux-mêmes, une partie inconnue de leur conscience, qui a commis les meurtres. Cependant, si je présume que Stéphane a été tué par le vrai assassin dans le cadre d'un plan précis, je dois donc envisager que cet assassin sait parfaitement qu'il en est un. Il s'agit donc non seulement d'un malade, mais d'un pervers qui doit bien s'amuser à nous voir tous patauger. D'un pervers qui doit se régaler de mon angoisse. Et pourquoi pas d'un pervers qui contrôlerait Virginie ?

J'ai honte de mes pensées.

Mais...

On sonne.

– Bonjour, monsieur le commissaire. Par ici. Nous venons à peine de rentrer.

Je sens la désapprobation dans la voix d'Yvette. Ce pauvre Yssart ne lui est vraiment pas sympathique. Pour ma part, je suis ravie de sa visite.

– Bonjour, mademoiselle.

Index.

– Je suis à la cuisine, lance Yvette en sortant.

– Je m'excuse de me présenter à vous une fois de plus sans avoir prévenu, mais les circonstances...

Abrège.

– Vous avez certainement suivi les derniers développements de l'affaire.

Index.

– Vous savez que nous avons trouvé du sang dans la voiture de Stéphane Migoin.

Index.

– Après analyse, il semblerait que les taches les plus anciennes proviennent de Michaël Massenet et les plus récentes de Mathieu Golbert. De plus, l'employé du parking du centre commercial nous a confirmé qu'il avait bien vu un grand break blanc quitter le parking à l'heure approximative du meurtre de Mathieu Golbert. Il ne fait de doute pour personne que Migoin est l'assassin. La seule autre solution serait qu'on ait utilisé sa voiture, ou plus exactement la voiture du chantier, à son insu. Or seule une personne le connaissant bien aurait eu accès à ce véhicule. Le chef de chantier a des alibis irréprochables, les ouvriers aussi. Je vais donc vous poser une question : Sophie Migoin avait-elle un amant ?

Index.

– Connaissez-vous son identité ?

Index semi-plié.

– Bien. Je vais vous citer des noms. Levez l'index quand vous reconnaîtrez celui qui vous semble le bon. Jérôme Leclerc. Jean-Michel Mondini. Luc Bourdaud. Christian Marane. Manuel Quinson.

Index.

– Tiens, tiens. Décidément, vous êtes toujours bien informée. Je ne perds jamais mon temps en vous rendant visite. Vous êtes la Miss Marple des hôtes de ce bois ! L'ennui, c'est que Manuel Quinson était absent lors du meurtre du petit Golbert. Il se trouvait à Paris, en stage. Il a passé la journée au siège de sa société, en compagnie de vingt-cinq autres cadres supérieurs. J'ai passé beaucoup de temps à vérifier les alibis des personnes gravitant autour des Fansten, de Virginie et de vous-même. Car je suis persuadé que le coupable se meut dans ce cercle restreint. Les seuls qui aient réellement eu la possibilité de commettre ces meurtres sont Jean-Michel Mondini, Paul Fansten et Jean Guillaume. Voici mon tiercé de tête, si j'ose dire. Sans oublier bien sûr le défunt, Stéphane Migoin. Vous avez l'air perplexe, je vous comprends. Il est toujours désagréable d'envisager que l'un de vos proches puisse être un dangereux malade mental. En fait, l'enquête va être close. Nous allons être obligés de conclure à la culpabilité de Migoin, tout l'accuse. Mais cela ne me satisfait pas. Je voulais vous le dire. Et je crois sincèrement que nous allons laisser un assassin monstrueux batifoler dans la nature. Je serais assez partisan, poursuit-il de sa voix posée, de vous voir prendre vos quartiers d'hiver ailleurs. Chez votre oncle par exemple. Mais vous êtes libre, bien entendu. Voilà, notre petite conversation m'a fait plaisir. Je vais vous laisser.

Il a une drôle de conception des conversations, mais bon, on va pas chipoter.

– Au revoir, à bientôt. Au revoir, madame, lance-t-il en direction de la cuisine, sans recevoir de réponse.

La porte se referme. Je reste là, à retourner ces trois noms dans ma tête. Jean-Mi, Paul, Jean Guillaume. L'un d'entre eux. En liberté. Paul ! Tout accuse Paul !

Si seulement je n'étais pas coincée sur ce fauteuil, si j'étais encore moi-même, je fouillerais dans leur passé, car je suis sûre que c'est là que se trouve la solution. On ne devient pas un fou meurtrier par hasard. Jean-Michel Mondini, c'est ridicule… Mais, après tout, c'est sa femme qui m'a raconté que Sophie avait une liaison avec Manuel. Et si elle avait menti ? Si c'était avec Jean-Mi que couchait Sophie ?

– Vous pensez à vos exercices ? me lance Yvette, me tirant de mes réflexions.

La Grande Catherine m'a laissé une série d'exercices à faire, une demi-heure trois fois par jour. Me concentrer sur mon corps morceau après morceau et essayer de le sentir, visualiser mes doigts de pied, mes mollets, mes cuisses, etc., et, à chaque étage, sentir le sang, les muscles, la peau, et envoyer l'impulsion : « Bouge. » Allons-y.

# 11

Jean Guillaume et Yvette prennent le café en regardant une émission de variétés sur TF1. J'entends Guillaume rire, par moments, aux facéties d'un imitateur. Il a un bon rire. Pas un rire de malade mental. Est-ce qu'Yvette et lui se tiennent par la main ? Sont enlacés ? Sont amants ? Ils peuvent faire tout ce qu'ils veulent sous mon nez, puisque je ne les vois pas. Yvette et Jean Guillaume se roulant sauvagement sur la table au milieu des assiettes sales en jetant en coin des regards au légume assis sur son fauteuil... Non, pas mon Yvette. Je suis sûre qu'elle me rangerait d'abord dans ma chambre. J'écoute vaguement les blagues, l'imitateur est remplacé par une fille qui chante en anglais, avec une voix suraiguë aussi agréable qu'une craie sur un tableau noir.

– Encore un verre ? demande Guillaume.

– Non, pas pour moi, merci, proteste Yvette, qui boit très peu.

– Et vous, Elise ? Un p'tit coup de jaja ?

Index. Tu parles si je vais refuser.

Je sens le contact du verre contre mes lèvres, le vin coule dans ma bouche, mes gencives, mon palais, épais, rouge, absolument délicieux, aussi capiteux après ces mois d'abstinence qu'une dose de LSD. Sonnette impérieuse. Guillaume sursaute, flot de vin dans mon gosier, je déglutis, suffoque, merde, j'ai avalé de travers, je suis en train de m'étouffer, merde, je me débats pour retrouver mon souffle, ouf ! ça passe, grosse quinte de toux expectorante. Grande goulée d'air.

164

Sonnette de nouveau. Silence de mort autour de moi. Qu'est-ce qu'ils ont ? Pourquoi est-ce qu'ils ne vont pas ouvrir ? Je tousse encore, je crache un peu de vin. Et alors ? Sonnette. Mais mince, bougez-vous, c'est exaspérant, ce son strident.

– Elise…

C'est la voix d'Yvette, douce, comme si elle allait m'annoncer la mort de quelqu'un.

– Votre main…

Quoi, ma main ?

Ma main. *Ma main près de mon visage.* J'ai levé ma main. Je l'ai levée. J'ai levé cette putain de main gauche ! Comme ça, d'un coup. Sonnette.

– J'arrive, crie Yvette.

Et elle court vers la porte.

J'ai bougé la main.

– Essayez encore, dit Guillaume, avec sa bonne voix encourageante.

J'hésite. Et si c'était juste un réflexe ? Un spasme musculaire ? Allez, Elise, lève-la !

Je sens un frémissement courir dans mon poignet, je pense très fort à un avion sur une piste d'envol, et hop, ça y est, elle se lève, très gentiment, une superbe main gauche en état de marche, qui grimpe d'au moins dix centimètres avant de se bloquer.

– Essayez de bouger les doigts, murmure Guillaume.

Les doigts ? J'avale ma salive. J'ai vaguement conscience d'un brouhaha au seuil de la pièce. Je me concentre sur ma main. Sur les tendons, les nerfs, les jolies petites phalanges. Et brusquement je lui lance : « Plie-toi. » Rien.

– Essayez encore !

Je me calme. Respiration. Elan. Rien. Juste une légère douleur dans le majeur. Bon, tant pis, je ne vais pas me plaindre. Ma main a bougé, et ça, c'est fantastique. Pour les doigts, on verra plus tard.

– Je suis sûr que vous y arriverez bientôt, me chuchote Guillaume.

Je prends brusquement conscience qu'Yvette discute avec quelqu'un qui parle très fort.

– Il faut que je la retrouve, vous comprenez ?

Je reconnais la voix de Paul, chargée d'angoisse et de colère.

– Mais je ne sais pas où elle est, proteste Yvette.

– Qu'est-ce qui se passe ? demande Guillaume en se redressant.

– Paul et Hélène se sont disputés et Hélène est partie en claquant la porte, explique Yvette.

– Elle va revenir, ne vous inquiétez pas, ça arrive à tout le monde, avance Guillaume, rassurant.

– Elle était très énervée, il faut que je la retrouve, elle ne va pas bien en ce moment, j'ai peur que…

Il se tait brusquement.

– A ce point ? s'étonne Guillaume.

– Elle est très dépressive et je suis inquiet, confirme Paul.

Un horrible soupçon me traverse : voudrait-il la supprimer, elle aussi ? « Ma femme était dépressive… elle s'est jetée du haut du pont… » Je lève la main.

– Qu'est-ce qu'il y a, Elise ? Vous voulez nous dire quelque chose ? me demande Guillaume.

– Elise arrive à bouger sa main, lance fièrement Yvette.

– Super, lâche Paul, qui s'en fout visiblement.

Puis, saisi d'une idée subite :

– Lise, est-ce que vous savez où est Hélène ?

Il me secouerait presque. Ce qui est génial quand on peut bouger sa main, c'est qu'on peut faire non, un faible non, une minuscule oscillation du poignet de la gauche vers la droite, mais ça suffit à dire non.

– Et merde… Ecoutez, si elle téléphone, dites-lui que je regrette, que je l'attends à la maison. Et si elle vient, gardez-la et appelez-moi. Je rentre, Virginie est toute seule.

Il s'en va aussi vite qu'il est venu.

– Eh bien ! s'exclament en même temps Yvette et Jean Guillaume.

– Elise, c'est merveilleux ! enchaîne Yvette.

– Cette pauvre Hélène, commente Guillaume.

– J'espère qu'elle ne fera pas de bêtise. J'ai bien vu qu'elle perdait pied depuis quelque temps. Elle a une mine affreuse. Des cernes immenses.

– Il faut dire qu'il ne lui rend pas la vie facile. Je sais bien qu'entre hommes on doit se soutenir, mais là…

– En tout cas, pour nous tout va bien. Oh, Elise, ma chérie, je suis si contente ! Je suis sûre que maintenant le professeur Combré voudra bien opérer !

Dieu t'entende, Yvette. Si je pouvais, je croiserais les doigts. Mais la pensée d'Hélène seule dans les rues vides assombrit ma joie. Je serais plus tranquille si quelqu'un se lançait à sa recherche. Comme s'il m'avait entendue, Guillaume propose :

– Je vais faire un tour avec la camionnette, voir si j'aperçois Hélène… on ne sait jamais, on sera plus tranquilles. Je reviens.

– C'est une bonne idée, vous avez raison. Je vous attends.

Il sort. Yvette monte le son de la télé comme toujours quand elle est préoccupée et ne désire pas parler. On écoute en silence un animateur lancer des plaisanteries stupides. Je sais que l'émission se termine à 22 h 30. Il est donc plus tôt. Je m'amuse à lever et descendre ma main, comme ça, pour moi toute seule. On s'habitue vite aux miracles. Si vite que j'ai presque oublié que cette satanée main refusait de m'obéir pas plus tard qu'il y a un quart d'heure. En haut, en bas. En haut, en bas. Ça me lance dans tout le bras, mais, même ça, c'est agréable. Avoir mal parce qu'on bouge. Le terrible spectre des escarres s'éloigne. Et j'ordonne sans cesse à mes doigts : « Pliez-vous, pliez-vous, sales cons ! » Peut-être qu'ils n'aiment pas qu'on les insulte. J'essaye la méthode douce : « Allez, mes chéris, faites plaisir à Maman… » Tu parles, ils s'en moquent, les ingrats, ils ne pensent pas à tout le temps où je les ai savonnés, laqués de rouge, plongés dans la mer tiède, le sable chaud… la lessive, la vaisselle, l'eau glacée, la neige, la boue, la saleté, n'en jetez plus, je comprends qu'ils fassent la grève ! Je me sens gaie, idiote, je devrais être angoissée à cause d'Hélène, mais j'ai envie de rire toute seule.

La porte claque.

– Rien. Je ne l'ai pas vue. Il pleut à verse, il n'y a pas un chat dehors.

– Ça se voit, vous êtes trempé ! Je vous fais une tisane.

Les pubs déferlent, tonitruantes. Quelqu'un baisse le son. Le téléphone sonne. Yvette décroche :

– Allô ? Ah oui, ah, très bien, d'accord. Bonne nuit.

Elle raccroche.

– C'était Paul, Hélène vient de rentrer, annonce-t-elle.

Ça me soulage.

Moi aussi.

– Eh bien, comme ça, tout va bien, conclut Guillaume. Excellente, cette tisane…

Ce matin, en me réveillant, la première chose à laquelle j'ai pensé est ma main. Et si elle refusait de bouger ? Tout de suite j'ai essayé, le cœur battant. Et le miracle s'est reproduit. J'aurais voulu danser de joie. La douleur dans le majeur se précise, j'ai l'impression qu'il commence à plier. J'étais là en train de me réjouir des prouesses de ma nouvelle main quand Yvette est entrée.

– Raybaud viendra tout à l'heure. Je l'ai attrapé au vol, juste avant qu'il parte à l'hôpital.

Elle a toussoté.

– Il y a eu un accident cette nuit.

J'ai senti mon estomac se nouer.

– Le fils Cabrol. Joris.

Joris Cabrol. Je me suis immédiatement souvenue de lui. Un gamin d'une douzaine d'années, très petit pour son âge. Un fan de films policiers. Il venait souvent, seul ou avec son père. La mère est partie il y a plusieurs années avec un représentant de commerce.

– Il est tombé sur la voie ferrée. Un train l'a écrasé, a continué Yvette.

Quelle horreur ! ai-je pensé. Et puis, une seconde plus tard : Mais comment ça s'est passé ? Justement, Yvette était en train de me l'expliquer :

– Il était allé au cinéma hier soir… Vous savez que son père est infirmier, il travaille à l'hôpital trois nuits par semaine. Le gamin était seul, il est allé voir le film avec Stallone et en rentrant, on ne sait pas pourquoi, il a eu l'idée de passer par la gare de triage et de continuer le long des voies. Est-ce qu'il a perdu l'équilibre ? En tout cas, l'express de 22 heures arrivait à toute allure et Joris a surgi devant la locomotive. Le conducteur n'a même pas eu le temps de freiner, le pauvre gamin a été tué sur le coup. Ils viennent de l'annoncer à la radio. Décidément, on n'en finira jamais avec le malheur dans cette ville ! Je vais vider ça, je reviens.

Elle est sortie et je suis restée étendue sur mon lit, pétrifiée.

Le monstre a recommencé, j'en suis sûre. La coïncidence est trop grosse. Un enfant, encore, et comme par hasard tellement mutilé par le train qu'on ne saura jamais ce qu'il a pu subir. Un enfant plus petit que sa taille, que le meurtrier a pu croire plus jeune, comme il les aime. Et, comme par hasard, hier soir Paul était dehors. Et Guillaume. Comme ils étaient pressés tous les deux de courir après Hélène ! Comment savoir à quelle heure Paul est rentré chez lui ? Voyons, il a dû sonner ici vers 21 h 30. Et Guillaume est rentré à 22 h 30, les variétés venaient de se terminer. Tous les deux ont eu le temps d'être à la gare à 22 heures, la nuit il n'y en a même pas pour cinq minutes en voiture. Mais personne ne pouvait savoir que Joris passerait par là. A moins… à moins que l'assassin ne soit passé lentement devant le cinéma, n'ait repéré une proie parmi les spectateurs qui sortaient et ne l'ait suivie jusqu'au moment propice.

Guillaume est rentré trempé. Pourquoi, s'il n'est pas sorti de la voiture ? Et Paul, était-il mouillé ? Je sens que je brûle, je suis sûrement sur la bonne piste !

Yvette revient et me prépare sans que je cesse de ruminer.

On sonne. Raybaud. Démonstration de la main volante. Félicitations. Il m'appuie sur les doigts, me palpe la paume, me désarticule quasiment le pouce.

– Bien, très bien, je suis très content de vous…

Merci, chef !

– Je vais en parler à Combré. A mon avis, c'est de bon augure. Je ne veux pas m'avancer, bien sûr, mais si elle a récupéré spontanément un peu de motricité… Il faut me faire travailler ces doigts, je suis persuadé qu'ils ne demandent qu'à se plier ! J'ai envie de lui prescrire une série de stimulations électriques… Voyons…

Il se concentre sur son ordonnance. Yvette me presse l'épaule. Je lève et relève la main comme un chien servile et joyeux rapportant la balle à son maître. Et Raybaud ? Est-ce qu'il pourrait tuer des enfants ? Plonger son scalpel dans leur chair ? Des visions atroces de corps torturés me passent devant les yeux, je m'oblige à tirer un grand rideau noir devant ces images insoutenables et je me concentre sur mes doigts. Voilà. Parties, les vilaines images.

– Bon, vous me tenez au courant. A bientôt, est en train de dire Raybaud.

Il part.

– Je suis si heureuse ! me dit Yvette en m'embrassant sur la joue.

Et moi je pense : Vite, les infos régionales.

Le temps passe trop lentement. A chaque instant, je m'attends à voir surgir Yssart, Hélène ou quelqu'un d'autre, mais rien. Enfin les infos. « *Terrible accident… corps n'a pu être identifié que grâce à un bracelet gravé à son nom… père anéanti… Mais que pouvait bien faire Joris dans ce quartier mal famé et désert à cette heure de la nuit, sous une pluie battante ?… Le conducteur du train fortement choqué… circulation ferroviaire interrompue pendant deux heures… Et maintenant la météo : enfin du soleil !* »

On mange, moroses. Foie de veau et haricots verts. Tout

ça mixé pour moi. Un pur régal. Je comprends mieux les marmots qui renâclent devant leurs petits pots.

Joris Cabrol. Sixième petite victime d'un fou meurtrier. Personne ne se doute donc de rien ? Ou est-ce moi qui délire ?

– Un peu de soleil ne nous fera pas de mal, marmonne Yvette en débarrassant la table.

Paul était-il rentré chez lui avant 22 heures ? Seule Virginie pourrait le dire, mais personne ne va le lui demander. Et moi, je ne peux pas lui poser la question. Pourquoi n'ai-je pas fait carrière chez les flics ? Commissaire divisionnaire Elise Andrioli. L'as des as. Qu'en aurait pensé Benoît ? Je pense simplement « Benoît » et je me retrouve à pleurer comme une fontaine. Les larmes dévalent sur mes joues comme sur une piste noire.

– Qu'est-ce qui se passe ? Ma pauvre Elise ! C'est dur, je sais, m'assure Yvette en me tamponnant les yeux avec un kleenex.

Je me sens ridicule, mais ça fait du bien d'ouvrir les vannes. Alors je pleure comme un veau, sur moi, sur Benoît, et sur tout ce désastre, sans cesser de lever la main. J'ai l'impression d'avoir quatre ans et de jouer à pigeon vole.

J'arrête enfin de pleurer et je renifle copieusement. Yvette me mouche et remouche, j'use bien trois kleenex. Et, pendant ce temps-là, l'assassin court toujours.

On sonne. Yvette se précipite. J'essaye d'avoir l'air digne. Hélène entre, accompagnée de Virginie.

– Salut, Lise ! J'ai eu 9 sur 10 en dictée.

Main vole.

– Oh, super ! T'as vu, Maman, elle peut bouger la main ! Fais-le encore !

Je m'exécute avec plaisir. Hélène s'approche :

– C'est génial ! Je suis contente pour vous, Lise. Ça fait au moins quelqu'un pour qui ça va bien.

Patatrac.

– Qu'est-ce que vous voulez boire ? Du jus de fruit ? De la bière ? demande Yvette pour faire diversion.

171

– De la bière ! lance Virginie tout excitée.

– Certainement pas ! tranche Hélène. Un jus de fruit pour Virginie, une bière pour moi.

Yvette sort, suivie de Virginie qui babille. Hélène se tourne vers moi :

– Vous êtes au courant ? L'accident du petit Joris ?

Main vole.

– Cette ville est maudite. Je ne plaisante pas, Lise, il se passe ici quelque chose d'anormal. Cette succession de catastrophes… ça me fait froid dans le dos. J'ai déjà connu ça, vous savez, et je pensais… je croyais ne jamais devoir le revivre. Mais il faut croire que la malédiction me suit. A moins que…

Elle se rapproche de moi, je la sens frémissante, sa bouche contre mon oreille, sa peau moite :

– … à moins que Tony…

Encore ce mystérieux Tony ! Yvette revient, évidemment, et Hélène s'écarte aussitôt.

– Et une bière fraîche ! Une ! Et un bon jus de pamplemousse pour Virginie et pour vous, Elise.

Je soupire après la bière d'Hélène, mais suis bien obligée d'avaler le pamplemousse. Heureusement, j'aime ça. Pas comme le jus de raisin, « revitalisant, Elise », que j'ai dû me taper soir et matin jusqu'à ce que j'arrive à le recracher à tous les coups.

Virginie grimpe sur mes genoux.

– Qu'est-ce que tu fais ! Arrête, voyons ! proteste Hélène.

Je lève la main deux fois pour faire comprendre que ça ne me dérange pas.

– Ça ne vous dérange pas ?

Main levée.

– Bientôt tu pourras bouger le bras, et la jambe, et tout et tout ! me lance Virginie. Et on ira se promener toi et moi, et Renaud, ajoute-t-elle en chuchotant. Et aussi Joris. Tout le monde croit que le train l'a écrasé, mais moi, je sais. La Mort l'a poussé sous les roues. Pouf.

Qu'est-ce qu'elle en sait ? Elle était chez elle. Mais si

172

c'est Paul l'assassin et qu'elle l'a vu sortir, elle a pu deviner… Oui, c'est de plus en plus plausible.

– Que je suis bête ! J'ai oublié le *Télé 7 Jours* chez le boulanger ! s'exclame soudain Yvette. Hélène, vous pouvez rester encore cinq minutes ?

– Pas de problème.

– Je vais avec toi, attends-moi ! crie Virginie en sautant par terre.

A peine sont-elles sorties qu'Hélène se rapproche. Son haleine sent la bière et je soupçonne soudain qu'elle n'en est pas à sa première de la journée.

– Personne ne connaît l'existence de Tony, le père de Virginie, son vrai père… nous n'étions pas mariés et il n'a pas reconnu la petite. Il est enfermé, Tony. Il était dangereux. Une fois, il m'a cassé un bras. Vous vous rendez compte ? Parce que j'osais lui tenir tête. C'est pour ça que je ne supporte pas que Paul hausse la voix ou se montre brutal. J'ai trop connu ça. J'ai vu ma mère rouée de coups, frappée à coups de pied dans le ventre par mon père, et moi pareil… pour des bêtises, de toutes petites bêtises… il m'attachait au pied de son bureau et au moindre bruit… Parfois, j'avais du mal à marcher tellement je souffrais, mais personne n'a jamais rien deviné, ni au collège, ni au cours de piano… Mon père était un malade, on aurait dû l'enfermer, et Tony aussi était dérangé. Plus tard, le psychiatre m'a dit que c'était normal, que les femmes qui avaient eu une enfance perturbée épousaient souvent des hommes qui ressemblaient à leur père, violents et alcooliques. Et après, alors que je pensais vraiment m'en être sortie, il y a eu Renaud et tout a recommencé, tout. La malédiction me poursuit, Lise, je n'en peux plus, et Paul est en train de changer. Il devient méchant, il boit, j'ai peur de lui…

Et tu as peut-être bien raison… Et ce Tony, pourquoi est-il enfermé ? Casser un bras, brrr… pas tendre, le mec. La vie de cette pauvre Hélène est un vrai mélo. J'en oublierais presque la mienne…

– S'il touche à Virginie, j'appelle la police. Je le lui ai

dit l'autre soir : il n'est pas question que ça recommence. Je ne supporterai plus jamais ça.

« Parle-moi de Tony », ai-je envie de lui crier.

– Parfois, il me vient des idées. Je ne peux me confier à personne, mais je me demande... je me dis que peut-être Tony... mais c'est impossible, il est à Marseille, il ne sortira jamais, ils l'ont mis avec les malades dangereux, vous comprenez ? Mais si jamais... si jamais il était sorti ? Si jamais il était venu reprendre sa fille ? Il m'avait dit qu'il me tuerait s'il me retrouvait, qu'il tuerait tous ceux qui se mettraient en travers de son chemin.

De mieux en mieux. Nous avions un tueur d'enfants, voici maintenant l'ex-mari malade mental.

– C'est pour ça qu'ils l'ont enfermé. A cause du meurtre. Et maintenant...

– Voilà, c'est nous ! On n'a pas été trop longues ?

Trop courtes, Yvette ! Hélène est déjà debout :

– Pas du tout, on bavardait tranquillement. On va vous laisser, on était juste venues vous dire un petit bonjour. Tu viens, Virginie ? Merci pour les boissons, Yvette. A demain.

– A demain ! Bonne soirée.

– J'espère ! lance Hélène d'un ton sarcastique avant de franchir le seuil.

– Tout va bien ? me demande Yvette.

Main levée. Je turbine plein pot, ma vieille Yvette, imagine-toi qu'un nouveau personnage, appelé Tony, a fait son entrée en scène et qu'il m'a l'air pas piqué des vers. Parce que, hein, qui Virginie pourrait-elle protéger plus que Paul ? Son vrai papa ! Et voilà un tueur d'enfants servi sur un plateau ! Mais pendant que je tiens mes brillants raisonnements, on prépare l'enterrement du petit Joris. La vie, c'est moins marrant que les romans.

Je dirais même, forte de mon expérience personnelle, que la vie, parfois, c'est vraiment de la merde.

Est-ce que je préférerais être morte ? Eh bien, non, je dois l'avouer. Même si la vie est moche, triste, cruelle et injuste, je préfère la vivre.

Fin du quart d'heure philosophique. Revenons à nos moutons. Hélène a parlé de meurtre ! Le vrai père de Virginie serait dans un asile à cause d'un meurtre qu'il aurait commis ! S'il s'était évadé et que Virginie l'ait reconnu... ça expliquerait tout, qu'elle le protège, qu'elle... Comment diable Yssart n'a-t-il pas envisagé cette hypothèse ? Sait-il même que ce Tony existe ? Un instant, ma fille : comment Virginie aurait-elle pu reconnaître un père qu'elle n'a pas vu depuis sa prime enfance ? Et, lui-même, comment aurait-il pu la retrouver ? Je suppose qu'Hélène ne lui a pas fait suivre son adresse...

Admettons qu'il se soit débrouillé pour l'obtenir... Non, mieux, imaginons qu'il se soit évadé et qu'il soit venu ici par hasard. Il se fixe dans la région, se sent pris d'impulsions irrésistibles et se met à tuer des enfants. Un jour, Virginie le voit et... Non, ça ne va pas, elle ne peut pas le reconnaître. A moins que lui ne l'ait reconnue... Oui, il avait peut-être des nouvelles de sa fille par le biais de l'hôpital, une photo, bref, quelque chose. Et donc il la reconnaît et il lui dit qui il est et Virginie ne peut plus le dénoncer, et voilà ! J'écris le mot « fin » et je cherche un éditeur.

Il m'est d'autant plus facile d'élaborer ces théories que, pour moi, tous ces gens ne sont que des voix, des visages imaginés, je ne connais rien de leurs sourires, de leurs regards, de la texture de leur peau, de leurs attitudes...

Si j'arrive à utiliser de nouveau ma main, je pourrai poser des questions... écrire. Dire que c'était une telle corvée de rédiger des cartes postales ! Maintenant, je pourrais en signer quelques milliers sans me plaindre, même si je devais aussi lécher les timbres.

Yvette a fini de ranger la cuisine, je l'entends qui farfouille dans le buffet.

– Alors, il vient ce soleil ? J'ai mal au dos, mes rhumatismes, avec toute la pluie qu'on a eu... Catherine est en retard...

Merde, je l'avais oubliée, celle-là ! Justement on sonne.

– Excusez-moi, je suis en retard.

– Oui, je venais de le dire à Elise…

– Je suis tombée sur Hélène Fansten et nous avons bavardé, vous savez ce que c'est… continue-t-elle en m'installant sur la table de massage. Alors, il paraît qu'on va beaucoup mieux ? On arrive à bouger la main ? C'est bien, ça !

Et le jour où je pourrai vraiment la bouger, je te jure que je te la foutrai sur la gueule, ma chérie, me dis-je en moi-même avec l'élégance qui me caractérise.

– Elle avait pas l'air bien, Mme Fansten, reprend Catherine d'une voix de stentor qui me fait supposer qu'Yvette est dans une autre pièce. Je me suis même demandé si elle n'avait pas bu un coup de trop, voyez…

– Hélène ? s'indigne Yvette.

– Oui, elle sentait la bière à plein nez !

– Elle en a bu une ici, il y a une demi-heure, explique Yvette, soulagée.

– Quand même, elle avait l'air bizarre. Ou alors elle se drogue. Vous savez, de nos jours, tout est possible… En tout cas, elle m'a raconté des drôles de trucs. A propos de son mari. Qu'il était très nerveux, que parfois il lui faisait peur, qu'il aurait besoin d'aller voir un docteur… Je me disais en moi-même que c'était elle qui avait besoin d'être soignée… Paul Fansten est un type super, toujours souriant… Et pourtant, ils n'ont pas été gâtés par le destin… A propos, vous avez vu pour le petit Joris ? Quelle horreur !

Elle me retourne comme une crêpe et s'attaque à mon dos. Je dois reconnaître que ça fait du bien, parfois j'ai l'impression que tout mon corps n'est qu'une seule et même crampe. Je sens ses doigts durs qui s'enfoncent dans ma chair flasque sans qu'elle cesse une seconde de parler de sa voix aiguë :

– Non, mais, vous imaginez l'état dans lequel on doit être quand on passe sous un train ? Et le père obligé d'aller reconnaître le corps ! En ce moment, tout va mal ! Ils licencient chez Carbonnel, on vit avec un fou meurtrier à côté de chez nous, le temps est complètement déréglé, tout va de travers... Comme ce pauvre Stéphane... Il était vraiment sympa, Stéphane. Trop sympa. Il aurait mieux fait de surveiller sa femme. Je n'aime pas dire du mal des autres, mais quand je pense... Elle a bien fait de se suicider, celle-là !

– Catherine ! On ne dit pas des choses pareilles ! s'indigne Yvette.

– Je sais ce que je sais, allez. En tout cas, ce n'est pas possible que ce soit lui qui ait fait ces choses, non, pas Stéphane Migoin, tout ça c'est un coup monté.

Tiens, les grands esprits se rencontrent ! Si la Grande Catherine se met à penser comme moi, faudrait peut-être que je révise dare-dare mes positions.

– C'est un des amants de Sophie qui a fait le coup, j'en suis sûre !

– Vous ne devriez pas écouter tous ces ragots, proteste Yvette.

– Mais ce ne sont pas des ragots ! Je l'ai vue de mes yeux à Saint-Quentin, dans une crêperie avec Manuel Quinson.

Encore Manu ! Enlevez-moi Manu du milieu, il embrouille tout ! Ce serait tellement plus simple si son amant était Paul !

Catherine en vient à mes doigts : traction, étirements, je dois faire la démonstration de mon nouveau pouvoir.

– Putain ! s'exclame-t-elle juvénilement, j'aurais jamais cru que vous y arriveriez un jour ! On va faire travailler les phalanges, allez...

J'ai l'impression qu'on me passe un fil de feu à l'intérieur des muscles, ça irradie jusque dans le poignet.

– Allez, on plie ! Une-deux, une-deux !

Le fil court sous ma peau, toute ma main n'est que douleur, délicieuse douleur, vivante douleur. Vivante.

Ça y est, c'est fini. La Grande Catherine range ses affaires, me bascule dans le fauteuil, m'essuie le visage.

– Elle a transpiré, ça prouve que ça agit ! lance-t-elle à Yvette. Allez, je m'en vais. A demain !

Je reste seule. Je m'amuse à rouler mon fauteuil, j'arrive

beaucoup mieux à le maîtriser. Je lève la main et je l'abats de toutes mes forces sur la commande électrique, c'est génial. Le fauteuil bondit en avant, en arrière.

J'entends Yvette qui soupire derrière moi sans rien oser dire, j'ai l'impression d'avoir quatre ans. Autour de moi, tout fout le camp, tout s'écroule pour des familles entières et moi j'avance, je remonte à la surface. Forcément, je suis en décalage avec l'ambiance générale, mais que puis-je y faire ? Est-ce que je devrais m'interdire d'espérer et de me réjouir ?

# 12

Ils ont enterré le petit Joris. Un de plus. Un autre petit cercueil. Rien que d'y penser, j'ai la nausée. Et personne ne se doute de rien !

Il fait un vent terrible. On a l'impression qu'un géant s'amuse à secouer les arbres. Sinistre, ce bruit de feuilles humides. Yvette est sortie faire les courses et m'a mis un livre sonore : *La Bête humaine* de Zola. J'adore Zola, même si le titre n'est pas de très bon goût vu les circonstances. C'est un cadeau de Guillaume, cette cassette. Il l'a rapportée l'autre soir. Ça m'a fait plaisir. Sauf que je n'ai pas pu m'empêcher de me demander si c'était lui le tueur et s'il ne me l'offrait pas dans une intention narquoise. Qu'est-ce qui se passe encore ? Ça s'est arrêté, allons bon, en plein milieu d'une phrase ! Ce que c'est énervant ! Je ne peux rien faire, je dois attendre le retour d'Yvette. Ah, voilà quelqu'un ! Non, erreur. Et le magnéto, qu'est-ce qu'il fait maintenant ? Cliquetis divers. Connerie d'appareil. Ah, ça repart.

« Ce n'était pas un plaisir, ce n'était pas une joie, c'était une nécessité, une terrible nécessité, il fallait les tuer, il fallait les tenir contre moi jusqu'à ce qu'ils ne bougent plus et qu'ils soient en paix... »

Curieux, je ne me souviens pas de ça...

« ... regarder autour de soi afin de choisir ses victimes... imaginer leur petite chair douce, si douce, pressée contre son cœur, les écouter crier, voir l'instant exact où la vie quitte leur corps et où ils ne sont plus qu'un tas de chiffons, inertes, comment est-ce possible, comment peut-on mourir ? Etre chaud et souple et devenir froid et raide ? Est-ce qu'on meurt vraiment ?... »

Qu'est-ce que c'est que ce truc ?

« ... comment le savoir ? Comment le savoir sinon en s'installant là, dans une banlieue calme, au milieu des autres, discuter de la pluie et du beau temps, payer ses cotisations au club municipal, passer la tondeuse à gazon et sourire devant sa glace, d'un sourire taché de sang, en palpant son trésor, mon précieux trésor prélevé sur mes petits anges... Mes petits donneurs... »

Mon Dieu ! C'est une autre cassette ! Et la voix n'est pas la même. Celle-là est rauque, sourde, trafiquée, oui, une voix électronique, et ce qu'elle raconte... Ce n'est pas possible, mais pourtant...

« ... on dira que c'est de la haine, du sadisme, mais je les aimais. Je voulais les aimer, les tenir, juste les tenir contre moi, les embrasser, mais ils ne veulent pas, ils se débattent, ils essayent de s'échapper, ils ne comprennent pas que je veux juste les aider à se reposer... »

Non ! Je ne veux pas entendre ça ! Qui a mis ce truc dans l'appareil ?

« ... mais personne ne comprend. Il faut se cacher. Pousser le fauteuil de cette pauvre Elise Andrioli en songeant comme il serait doux de lui inciser l'abdomen avec un scalpel, de plonger les mains dans la blessure en sachant qu'elle ne pourrait ni se débattre ni crier, et de lui arracher le cœur, tout doucement, pour voir sa bouche se remplir de sang, et la voir mourir avec, quelle ironie, ses yeux aveugles fixés sur le visage de son assassin... Je te hais, Elise. Les autres, je ne les haïssais pas, non, je les aimais, je les aimais si fort, mais toi, je te hais... »

*Arrêtez ce truc !*

Qui a mis cette cassette ? Qui a arrêté Zola pour mettre ça ? Une idée terrifiante me vient : *il est là*, il est là, *à côté de moi*, il s'écoute parler en riant, j'en suis sûre, il a son scalpel à la main et il écoute la cassette en me regardant.

« ... oui, c'est ça qu'il faut faire, la tuer, se débarrasser de cette créature inutile, lui infliger d'horribles souffrances, la punir... »

Mais de quoi ? Qu'est-ce que j'ai fait ? Ça s'est tu. Je n'entends plus rien, juste un bruit de respiration. Sur la bande ou dans la pièce ? Je ne sais pas, je ne sais plus, j'ai la trouille, je... ça recommence... encore cette voix électronique, et...

« Salut. – Bonzour. »

*Oh non, pas ça, pas ça, je ne veux pas entendre ça.*

« Qu'est-ce que tu fais ? – Je cueille des mûres, pour ma maman. – Je vais t'aider si tu veux... Tu es très joli, tu sais... – Je dois rentrer... – Attends un peu... reste avec moi... – Non, je dois y aller, je suis en retard... – Viens ! J'ai une surprise pour toi. – Non ! – Viens, je te dis, viens près de moi ! – Non ! Ahhh ! Ahha ! »

Le hurlement résonne, je ne peux pas, je ne peux pas, arrêtez ça, arrêtez ! Ça s'arrête. Ce salaud s'est enregistré ! Il a enregistré les meurtres et il doit se les repasser le soir chez lui pour se faire jouir ! Il faut le tuer, c'est un monstre et... *et il est là...*

Une main sur mon bras. *Chaude. Vraie.* Je ne rêve pas, je hurle si fort en dedans que j'ai l'impression que je vais me faire éclater le larynx, une main sur ma gorge qui serre, et puis autre chose, quelque chose de froid, le scalpel, mon Dieu, le scalpel, il l'enfonce dans ma chair, ça fait mal, s'il vous plaît, aidez-moi, il l'enfonce encore, ça brûle, s'il vous plaît, aidez-moi, quelqu'un, je vous en prie, je vous en prie ! Non, salaud, salaud, il va me découper vivante, je te tuerai, salaud ! Prends ça, prends-toi ça dans la gueule, salaud...

– Mademoiselle Andrioli ? Vous êtes là ?

*Yssart !* Vite ! Vite !

– Je me suis permis d'entrer, c'était ouvert et personne ne répondait...

Ferme-la, magne-toi, vite !

– Ah, vous êtes là... Je voulais vous entretenir à propos de... Mais que s'est-il passé ?

Yssart ! Il est là ! Le fou est là, il doit être caché dans

181

un coin, il est armé, attention, attention ! Putain de Dieu, pourquoi je ne peux pas parler !

– J'appelle une ambulance. Ça va aller.

Non, ça ne va pas aller, il te tuera et puis il me tuera, moi, il me découpera en morceaux sans que je puisse crier, voilà ce qu'il va faire, comme il a fait aux enfants... Je sens des larmes rouler sur mes joues, de rage et de terreur.

– Ne pleurez pas, tout va bien maintenant, l'ambulance va arriver. Est-ce que vous savez qui vous a fait ça ?

Pas d'index. Comment lui dire que le tueur est certainement là... à moins qu'il ne se soit caché derrière la porte et qu'il ait filé pendant qu'Yssart s'occupait de moi... Si seulement...

Je sens quelque chose de chaud dégouliner le long de mon bras.

– Ne vous agitez pas. Bougez simplement le doigt. Vous étiez seule ?

Index.

La cassette. Il faut qu'il entende la cassette. Je lève la main malgré la douleur et j'essaye de la pointer vers l'appareil.

– Doucement... Qu'est-ce que vous voulez me dire ? Le meuble ?

Je rabaisse le bras.

– Non, pas le meuble. Le mur ? Le vase ? Le tableau ? La chaîne stéréo ?

Index.

– Quelque chose dans la chaîne stéréo ?

Index.

Il s'approche et je l'entends tripoter l'appareil.

– Il n'y a rien là-dedans, il y a juste une cassette de *La Bête humaine* posée à côté de l'appareil.

Ce salaud l'a reprise avant qu'Yssart entre ! Sirène d'ambulance qui se rapproche, je me sens molle, j'ai froid. Yssart passe son bras autour de mes épaules, il sent l'eau de Cologne :

– Voilà l'ambulance. On va vous arranger ça, ne vous en faites pas...

Pourquoi je m'en ferais ? On se le demande.

Des bruits de pas, des voix, on me pose sur un brancard, on me soulève, j'ai la tête qui tourne un peu, et tellement froid, est-ce que j'ai perdu beaucoup de sang ? Des portes claquent, on me parle, on me fait une piqûre. La voix calme d'Yssart : « Ne vous en faites pas »...

Je me réveille dans un lit. Je suis couchée. Il n'y a pas de bruit, à part un bourdonnement sur ma gauche. Une odeur de fleurs. Pendant une seconde me vient l'idée affreuse que je me trouve exposée dans mon cercueil à l'athanée et puis je me reprends. Je dois être à l'hôpital. Mon bras droit me semble lourd. Il repose sur la couverture, le long de mon corps. Le gauche est replié sur ma poitrine. Pourvu que ma main fonctionne toujours... J'essaye de la lever, ça marche, mais ça fait un mal de chien, ça me tire de partout. La porte s'ouvre.

– Doucement ! On vient juste de vous recoudre !

Une voix de femme, la quarantaine, une infirmière sûrement.

– Vous avez eu le bras droit ouvert sur dix centimètres et des entailles sur l'avant-bras gauche quand vous l'avez frappé.

Frappé ? J'ai frappé quelqu'un ?

– Pour la cuisse, ne vous inquiétez pas, ce n'était pas très profond. Vous n'aurez pas de cicatrices.

Comment aurais-je pu le frapper ? Quelqu'un d'autre entre.

– Vous nous avez fait peur !

L'inspecteur Gassin. Il est tout près, je sens une odeur de cuir.

– Alors, qu'est-ce qui s'est passé ?

Il croit que je vais le lui chanter ou quoi ? Il enchaîne :

– Votre Yvette s'est évanouie quand on lui a appris la nouvelle. Elle revenait des courses, elle a vu l'ambulance qui s'éloignait... Mais ça va mieux maintenant, elle attend de vous voir. Et vos amis sont là aussi, les Fansten. En ce qui concerne l'enquête, ça suit son cours. Les gars du labo ont passé le salon au peigne fin, on aura les résultats demain. Est-ce que le type vous a parlé ?

Pas vraiment, comment lui expliquer ?

Je lève la main.

– Est-ce qu'il vous a dit ce qu'il voulait ?

Main levée.

– Est-ce qu'il voulait, enfin, je veux dire… est-ce qu'il a essayé d'abuser de vous ?

Pas de main. Je comprends brusquement que pour lui c'est une simple agression qui n'a rien à voir avec l'affaire des meurtres d'enfants. Yssart lui-même n'a peut-être pas fait le rapprochement. On va mettre ça sur le compte d'un agresseur de femmes seules et le tour sera joué. De toute façon, je ne pourrai pas leur faire écouter la cassette où il a enregistré… Rien que d'y repenser, j'ai l'estomac qui se contracte. Quoi ? Qu'est-ce qu'il dit ?

– … vous laisser vous reposer… je reviendrai demain.

Et Yssart ? Où est Yssart ? C'est lui que je veux, c'est le seul qui y comprenne quelque chose !

Mais, bien évidemment, Gassin sort sans entendre ma supplique muette.

– Elise ! Mon petit !

Yvette ! Je sais qu'elle pleure.

– Oh, mon Dieu que j'ai eu peur ! J'ai cru que vous étiez morte !

Moi aussi, Yvette.

– C'est ma faute, j'étais pourtant sûre d'avoir fermé à clé, je deviens vieille, balbutie-t-elle en reniflant.

Il serait rentré quand même. Pauvre Yvette ! J'ai envie de la prendre dans mes bras et de la consoler.

– Heureusement que vous avez pu bouger ce bras. Il venait huit jours plus tôt, il vous tuait. Ils ont trouvé cette espèce de couteau par terre, vous avez dû le frapper en plein visage et il l'a lâché…

Frapper, c'est de ça que parlait l'infirmière. Oui, je me souviens, la colère qui me submerge et cette sensation de frapper, de frapper…

– La police espère qu'il a saigné, lui aussi. Ils ont pris

des échantillons de sang, ils ont mis de la poudre partout pour les empreintes, on se serait cru dans *Les Cinq Dernières Minutes*. Paul et Hélène sont là, mais l'infirmière ne veut pas qu'ils entrent. Elle dit que vous avez besoin de vous reposer, à cause du choc, votre tension était tombée à 8, vous étiez toute blanche... Oh, je suis si contente que vous n'ayez rien de grave...

Elle se penche impulsivement et m'embrasse sur les deux joues, deux gros baisers qui claquent. Est-ce que je pleure ? C'est possible, je sens de l'humidité sur mes joues.

– Je reviendrai demain matin, reposez-vous bien ! me lance encore Yvette avant de sortir.

Je renifle un grand coup. Les fleurs, ce doit être elle. Ou les Fansten ? Ou Guillaume ? Guillaume... C'est lui qui m'a donné la cassette de Zola. Elle était peut-être trafiquée... Non, faux, puisque Yssart l'a vue. Ça ne prouve rien, il ne l'a pas écoutée... Merde, me voilà repartie, l'écureuil est de retour dans ma tête. Mon bras me lance. Ils ont trouvé le couteau par terre, tant mieux, j'espère que je lui ai cassé le nez à ce salaud, j'espère que je lui ai fait mal, comme il m'a fait mal, oh ! si je pouvais, je le... En tout cas, comme thérapeutique, la terreur, c'est efficace ! Si à chaque tentative de meurtre je récupère l'usage d'un membre, je vais demander qu'on me balade la nuit dans les coins malfamés.

Il avait préparé cet enregistrement à mon intention, il a tenu à ce que je l'écoute. Il voulait que j'aie peur, il aime faire peur. Cette cruauté et l'idée qu'il a enregistré les meurtres... comment un être humain peut-il faire ça ? Vous me direz, les nazis ont bien filmé leurs exactions dans les camps de la mort... Peut-être que, passé une certaine barrière, on est capable de tout... Il a dû truquer sa voix avec un de ces appareils qu'on vend par correspondance, autrefois j'ai vu une pub, un mec rigolait au téléphone en parlant dans un petit appareil : « Etonnez vos amis avec le modificateur vocal, même votre propre mère ne pourra pas vous reconnaître. » Je m'étais même dit que ce genre d'invention devait faire le bonheur des maniaques style « corbeau ».

J'ai sommeil. Ils ont dû me filer un calmant. Je sens que je m'endors. Ici, je suis en sécurité. Je ne risque rien. C'est l'hôpital.

– Elise ! Réveillez-vous ! Réveillez-vous !

Huuumm, qu'est-ce qui se passe ?

– Ecoutez-moi bien !

Je me sens soudain totalement réveillée. C'est Yssart. Il est penché sur moi, il me tient par les épaules.

– Je n'ai pas beaucoup de temps. Les analyses du labo n'ont rien donné : pas d'autres empreintes digitales que celles d'Yvette, de Guillaume et des Fansten. Pas d'empreintes sur le couteau… un Laguiole très affûté, soit dit en passant. Pas d'autre sang que le vôtre. Votre agresseur portait sûrement des gants.

Comme vous. Je sens le cuir de vos gants à travers ma fine chemise d'hôpital.

– Nous sommes dans une impasse. Personne ne veut admettre que l'agression que vous avez subie est liée aux meurtres en série. Ils veulent s'en tenir à la thèse selon laquelle Stéphane Migoin est l'auteur des crimes. Le véritable assassin est donc libre de continuer à agir à sa guise. Je ne peux plus continuer à le poursuivre dans un cadre légal. Je suis prisonnier des contingences. Alors, écoutez-moi bien : je vais me débrouiller autrement, mais ne vous inquiétez pas, je veillerai sur vous, je vous le promets.

Mais qu'est-ce qu'il raconte ? Il va prendre le maquis ou quoi ?

– Vous et moi savons qu'il est très proche de vous. Et de Virginie. Il est tout près, je le sais, je le sens, je suis sur ses traces, je le talonne, c'est pour ça qu'il devient enragé, il a peur. Je reconnais l'odeur de la peur.

Encore un qui perd les pédales… Pas vous, Yssart, la logique faite homme !

– Savez-vous pourquoi on trouve toujours la solution des énigmes ? Parce qu'il n'y a pas de serrure sans clé, ni de clé sans serrure. Pour concevoir une énigme, il faut connaître sa solution, elle fait partie de l'essence même de l'énigme. Il suffit de le savoir pour ne plus en avoir peur.

Je ne comprends rien à ce qu'il me raconte.

– Est-ce que vous connaissez la légende d'Isis et d'Osiris ?

Isis et Osiris ? L'Egypte des Pharaons ? Là, au réveil ?

Il se relève :

– A bientôt, Elise.

Un courant d'air et puis plus rien. Il s'est volatilisé. Il s'est peut-être changé en chauve-souris et flotte dans le ciel blême. Quelle heure est-il ? Tout est si calme.

Une porte s'ouvre. Bruit de pas. Je retiens mon souffle. On se penche sur moi, une main remonte les draps, je lève la main.

– Ah, vous êtes réveillée ? Allons, il faut dormir, il est 3 heures du matin ! Ne craignez rien, je repasse toutes les heures.

L'infirmière sort sans bruit.

3 heures du matin. Yssart dans ma chambre à 3 heures du matin. J'hallucine ? Et il m'appelle « Elise » et il me raconte des trucs étranges. Il se droguerait ? Ou bien mon charme fatal ferait-il disjoncter tous les hommes que je rencontre ? Isis et Osiris… Autant que je me souvienne, Osiris avait été tué et démembré, et Isis cherchait à le reconstituer, à retrouver tous les morceaux épars pour lui redonner vie. Je ne vois pas le rapport avec nos meurtres, ici, à Boissy-les-Colombes, XXᵉ siècle… Nom de Zeus ! Les morceaux ! Des yeux, des cheveux, des mains, un cœur… mais pour reconstituer quoi ? Renaud ? Paul, qui serait devenu fou après l'assassinat de Renaud et cherche-rait à le reconstituer ? Mais les meurtres ont commencé avant ! Non, ne pas s'égarer sur la piste égyptienne.

Et moi, dans cette histoire ? Pourquoi s'en prendre à moi ? Quel rapport entre moi et ces enfants ? Est-ce qu'il y aurait deux assassins ? Deux maniaques dans la même ville ?

Dormir, elle en a de bonnes, la brave dame, c'est pas elle qui reçoit des commissaires complètement allumés en pleine nuit après avoir failli se faire trucider l'après-midi même… Elle aurait dû me faire une petite piqûre, une bonne petite piqûre qui fait rêver… sans angoisses, sans rien… Quand j'étais petite et que je n'arrivais pas à dormir, j'imaginais une balle en caoutchouc qui rebondissait dans un couloir, dans un escalier, je la suivais des yeux, je glissais avec elle, glissais… glissais…

J'ai mal au crâne. Je suis dans mon lit, l'infirmière vient de me laver, de me passer le bassin et de changer mes pansements. Elle m'a dit qu'il faisait gris et pas très froid. Les blessures ont l'air de bien cicatriser. Ce salaud m'a entaillé tout le bras droit et la cuisse droite, de belles entailles, profondes d'un bon centimètre. L'avant-bras gauche, celui que je lui ai balancé dans la figure, a été touché dans l'action, des lacérations superficielles. En fait, je ne souffre pas, ils ont dû me donner des calmants.

Pourquoi diable Yssart a-t-il fait irruption dans ma chambre en pleine nuit ? Ça me rappelle Stéphane me téléphonant qu'il devait s'enfuir. L'infirmière me demande si je veux écouter la télé, je lève la main, autant me distraire. Elle passe de chaîne en chaîne jusqu'à ce que je choisisse le magazine scientifique de FR3 destiné aux jeunes. Au moins apprendrai-je peut-être quelque chose. J'écoute attentivement pendant une demi-heure et puis la porte s'ouvre.

– Elise ! Comment ça va ?

Yvette. Je lève la main. Une voix derrière elle :

– Bonjour, Elise.

Hélène.

– Tu vas bien maintenant ?

Virginie.

– Doucement, Virginie, Lise est très fatiguée.

Paul. Ils sont là tous les trois. Les fouteurs de merde. Pourquoi est-ce que je pense ça ? Je ne sais pas, c'est venu comme ça.

– Vous nous avez fait une de ces peurs ! dit Hélène.

– Tu as beaucoup mal ? me demande Virginie.

– C'est calme, comme chambre, constate Paul, que j'imagine se dandiner d'un pied sur l'autre comme souvent les hommes dans les hôpitaux.

Je lève la main à tout hasard, histoire de montrer que ça va.

– J'ai dit à l'inspecteur Gassin que j'étais sûre d'avoir fermé la porte à clé, et puis je me suis souvenue que j'avais été distraite par une branche qui est tombée… vous savez comme ce vent me tourneboule, explique Yvette, qui se sent coupable.

– Le commissaire il est mort, annonce Virginie.

Mon cœur rate un battement.

– Virginie ! s'écrie Paul, visiblement mécontent.

*Yssart, mort ?*

– Il a succombé à une crise cardiaque, hier soir, chez lui à Paris, vers les 9 heures, m'explique Hélène dans un silence gêné. C'est l'inspecteur Gassin qui nous l'a appris ce matin. Remarquez, on ne l'avait pas vu souvent, deux ou trois fois peut-être…

Une grande sensation de froid m'envahit des pieds à la tête. Si le commissaire Yssart est mort hier soir chez lui vers 9 heures, *qui* est venu me parler à 3 heures du matin ? Est-ce que j'ai rêvé cette entrevue ?

– Il faut dire qu'il n'avait pas l'air en très bonne santé… ajoute Paul. On voyait bien qu'il buvait trop…

Yssart ? Il ne sentait jamais l'alcool… Qui sont ces gens qui me parlent ? Sont-ils réels ? Suis-je réelle ? Je sens ma main se serrer spasmodiquement sur le drap. Le drap a l'air réel. Ma main. Serrer. Je sens qu'elle est crispée autour du drap. Fantastique.

– Regardez, Elise arrive à fermer sa main ! annonce Virginie, triomphante.

– Il faut prévenir Raybaud ! Infirmière !

Yvette sort, tout agitée.

– Je suis désolée pour le commissaire, mais de toute façon, d'après Gassin, le pauvre vieux n'en avait plus pour longtemps. Il devait partir à la retraite dans quelques mois. A vrai dire, j'ai eu l'impression que Gassin le critiquait un peu, qu'il le trouvait un peu « ramolli », si vous voyez ce que je veux dire.

Yssart ? Il aurait eu dans les soixante ans ? Avec cette voix ?

– J'ai dit à l'infirmière de prévenir le docteur Raybaud. Avec toutes ces histoires, on ne sait plus où on en est, dit Yvette d'une petite voix triste. Et ce commissaire, maintenant… on dirait une malédiction !

– Allons, ça va aller mieux, c'est obligé, il y a toujours un moment où ça va mieux, intervient Paul, protecteur. Et puis le commissaire, à son âge, c'est pas pareil… C'est naturel, il devait être surmené.

– C'est vrai, surtout qu'avec sa moustache toute jaune il devait fumer comme un pompier, acquiesce Yvette.

Il ne sentait jamais le tabac. Ce n'est pas possible. Ils ne parlent pas d'Yssart.

Je lève la main.

– Oui, Elise ? Vous voulez nous dire quelque chose ? s'enquiert Paul.

Je serre et desserre le poing et je balance mon bras sur le côté. Je veux un crayon ! Du papier et un crayon. Mon bras part, raide comme la justice, et cogne dans des trucs qui font du bruit.

– Lise, attention !

Verre cassé. Chuchotements : « Nerveuse… pas dû parler du commissaire… prévenir l'infirmière… »

C'est ça, prévenez-la ! Putain, je dois comprendre ce qui se passe !

L'infirmière arrive, nettoie et me fait une piqûre.

– Il faut faire attention. Il ne faut pas vous agiter comme ça.

Je comprends très bien la menace implicite dans sa voix : « Sinon, on va vous filer une bonne dose de calmants. »

– Venez, je crois qu'il faut la laisser seule, elle a besoin de repos.

Ils sortent tous dans un silence de funérailles. J'ai mal au bras. Je serre la main gauche encore une ou deux fois. J'imagine que je la serre autour du cou du salaud qui m'a charcutée, ça fait du bien. Si cette foutue main peut serrer un crayon, je vais enfin pouvoir communiquer avec les autres. Je me sens toute molle, sûrement la piqûre... molle, molle...

Je me réveille, je me rendors, je fais des cauchemars qui me laissent trempée de sueur, et j'ai droit à un rab de calmants, ça doit faire deux jours que je me débats dans une ouate où les bruits sont assourdis. J'entends vaguement une voix qui me dit :

– On a apporté un colis pour vous.

Un colis ? Peux pas l'ouvrir, trop fatiguée, quelle heure est-il ? Est-ce que c'est la nuit ou le jour ? J'ai froid. J'ai chaud. Je veux me réveiller, bouger les jambes, me gratter le pied. Je veux courir ! Me sens complètement nase. Besoin de dormir. De dormir sans rêver. Dormir.


Aujourd'hui, je me sens plus claire. Je veille à avoir l'air calme, je ne bouge la main que si l'on me questionne et ça a l'air de porter ses fruits. On me fait boire beaucoup d'eau, on m'assoit dans le lit, soutenue par une sangle et des oreillers. Exercices préventifs anti-escarres, j'ai l'habitude, je me laisse manipuler, j'ouvre et ferme la main, je lève le bras à la demande. On me complimente et on me laisse tranquille. Et hop, je replonge dans mes idées noires.

Yssart. Mort. Impossible. Peut pas être mort et me parler. Ou alors Virginie dit vrai, les morts se baladent autour de nous et nous épient. Tous les enfants morts autour de moi, avec leurs yeux vides... Et Benoît, avec sa gorge tranchée... qui rit de moi avec eux... Et Yssart, un long mort aux longues mains de pianiste, et à la voix douce. Impossible. Un crayon. Si j'avais un crayon...

– Vous voulez que je l'ouvre ?

Cette idiote d'infirmière m'a fait une de ces peurs !

J'étais tellement perdue dans mes pensées. Mais de quoi parle-t-elle ?

– Le colis, vous voulez que je l'ouvre ?

Alors, je n'avais pas rêvé ? Un colis, pour moi ? Des friandises envoyées par mon oncle ? Je lève la main pour lui dire qu'elle peut y aller.

– Une seconde… Pourquoi mettent-ils toujours autant de scotch…

Scratch scratch de papier qu'on déplie…

– Voilà. Alors… qu'est-ce que c'est que ça ? Ah, des lunettes d'homme à grosse monture d'écaille, et puis des gants en cuir noir, et ça… c'est une moustache jaune, un postiche, et ce machin, là, ah oui, une perruque blanche tirant sur le jaune. C'est curieux, mais vous devez savoir ce que c'est, je suppose…

Non, ma petite, je n'en sais rien. Je n'ai pas l'habitude de recevoir des colis contenant des farces et attrapes. Un clown qui s'est trompé d'adresse ? Un clown. Moustache jaune. Gants noirs. Yssart ! Bon Dieu, *Yssart était faux !* Un faux commissaire Yssart s'est baladé en toute impunité dans la ville pendant quatre mois ! Voilà pourquoi il est venu me parler cette nuit, me dire qu'il ne pouvait pas continuer ! Parce que le vrai commissaire Yssart était mort ! Il n'aurait pas pu continuer à venir chez moi. Mais alors… qui est le faux Yssart ? Et comment était-il si bien renseigné sur tout ? Et pourquoi venir me parler, à moi ?

– Je vous laisse, à tout à l'heure.

C'est ça, au revoir. Une pensée parfaitement désagréable me vient. Yssart est arrivé juste au moment où le type me tailladait avec son couteau. Yssart, que je n'ai pas entendu entrer. Et si… *si c'était lui qui s'était amusé avec moi pendant toutes ces semaines comme un chat avec une souris ?*

Et comment prévenir les autres ? Comment leur faire comprendre ?

Mais, si Yssart est l'assassin, pourquoi est-il venu me parler cette nuit ? Et pourquoi n'en avoir pas profité pour me tuer ?

Assez, assez de toutes ces questions ! Je voudrais des réponses !

Je sens des larmes d'impuissance et de frustration me monter aux yeux. Je chiffonne le drap entre mes doigts serrés avec rage.

– Alors, Elise ? On fait des progrès tous les jours à ce qu'il paraît !

Raybaud.

– Mais c'est bien, ça ! Je n'aurais jamais cru...

Il s'interrompt, toussote.

– J'ai pris un rendez-vous la semaine prochaine avec le neurochirurgien. Il ne faut pas s'emballer, bien sûr, peut-être que les progrès vont s'arrêter là, mais ce serait déjà bien, non ?

Formidable. Je suis sûre que tu adorerais.

– Bon, reposez-vous bien en attendant, je repasserai demain.

Pouf, sorti.

– Bonjour.

Gassin !

– Je n'en ai pas pour longtemps. Je crois que vous avez appris, pour le commissaire...

Je lève la main. Si tu savais, mon petit gars, à propos du commissaire !

– Vous vous souvenez du couteau que nous avons ramassé, le Laguiole ? Il a un manche en écaille jaune, avec une lame de dix centimètres environ, le modèle fin, ça ne vous évoque rien ?

Je réfléchis. Non. Ça me dit vaguement quelque chose, mais quoi ? Mon oncle a un Laguiole avec un manche en bois foncé. Mais là... Pas de main.

– Dommage. Ça nous aurait aidé à retrouver son propriétaire... Le type devait guetter dans le jardin, il a vu Mme Holzinski quitter les lieux et il a tenté sa chance. Il a dû être surpris quand vous avez bougé le bras, il a filé sans demander son reste. Il y a un point que je ne comprends pas. Qui a téléphoné au Samu ? Les ambulanciers prétendent que, lorsqu'ils sont arrivés, il y avait un homme auprès de vous, voici sa description : 1,85 mètre environ, très mince, cheveux noirs, yeux noirs.

Yssart ! le vrai ! Débarrassé de son déguisement !

– L'homme leur a dit qu'il restait pour attendre la police. Personne n'en a plus entendu parler. Savez-vous de qui il s'agit ?

Oui, je le sais. Comment faire ? Je lève la main et je fais pivoter mon bras vers le côté.

– Euh… Attendez… vous voulez me montrer quelque chose ?

Je lève la main.

– OK, mais quoi ? C'est dans la pièce ?

Main levée. Je fais de nouveau pivoter mon bras.

– Euh… le carton, là ?

Main levée. J'exulte. Je l'entends qui traverse la pièce, qui farfouille dans le carton.

– Merde alors ! Qu'est-ce que c'est que ce truc ! On dirait… Putain, c'est pas possible…

Eh oui, mon coco, c'est possible. Je l'entends qui trifouille un truc, bip électronique, il doit avoir un téléphone portable :

– Allô, ici Gassin. Oui, passe-moi Mendoza. Urgent… Quoi aux chiottes ? D'accord, j'attends.

On attend en silence, il tapote le montant du lit.

– Mendoza ?… Ecoute, franchement je m'en fous parce que j'ai un truc vraiment bizarre ici… Je suis à l'hôpital, chez Andrioli… Oui, c'est ça. Bon, tu sais qu'on nous a dit qu'un type avait prévenu l'ambulance, un type que personne ne connaissait. Bon, il y a un colis dans sa chambre, livré par… attends voir… « Messageries Express, 25 place Thiers, Saint-Amboise », et dans le colis il y a une perruque, une moustache et des lunettes en écaille. Et tu sais quoi ? Ce sont les mêmes lunettes que celles du patron ! Et la même moustache… mais non c'est pas des conneries. Tu m'envoies quelqu'un aux Messageries Express vite fait, compris ?… Non, elle n'aurait pas pu s'en rendre compte, elle est aveugle… Quoi ? Mais personne le connaissait, Yssart, les commissaires, c'est

194

pas des vedettes. Suffisait qu'il lui ressemble vaguement... OK, à tout' !

Il marque une pause avant de s'adresser à moi :

– Excusez-moi, j'ai prévenu mon bureau. C'est une infirmière qui vous a apporté ça ?

Main levée.

– C'est quand même incroyable ! Faut que ça m'arrive à moi, un truc aussi ridicule ! Je vais être la risée de tout le service, non mais vous vous rendez compte, ça tient pas debout !

Il se calme, se racle la gorge, furieux.

– Bon, je dois y aller, j'emporte le paquet. Je vais faire envoyer un flic pour garder votre chambre, on ne sait jamais.

Ah, il commence à comprendre qu'il ne s'agit pas d'une simple agression.

– Je vous tiens au courant.

Il sort, je l'entends discuter avec une infirmière dans le couloir d'un ton assez sec.

L'homme qui s'est fait passer pour Yssart a-t-il pu tuer ces enfants ? J'aimais bien sa voix, ses inflexions. Est-ce que je n'aurais pas senti ?... Oh non, je ne vais pas recommencer à supputer indéfiniment. L'enquête va progresser maintenant, j'en suis sûre.

Grand, brun. Un peu comme je l'imaginais. Peut-être que je ne me trompe pas tellement en dessinant des visages aux gens d'après leur voix.

Plus personne depuis ce matin. Le calme. Je suis tranquille. Je rêvasse. Je m'imagine que je suis aux Caraïbes, allongée sur une plage de sable fin, que je sens la chaleur du soleil sur ma peau hâlée, et que j'entends le bruit des vagues s'écrasant paresseusement sur la plage. Il y a un voilier blanc qui se balance au large et une odeur de langouste grillée... Tiens, je me taperais bien un Ti'Punch. Allez, hop, un Ti'Punch bien glacé dans la main gauche, un bon polar dans la droite, ah, ça fait du bien... Chaleur écrasante, sieste, loin, très loin des banlieues grises, remplies de fourmis humaines affolées qui courent en tous sens, pleines de questions atroces et de réponses sinistres... je veux rester aux Caraïbes !

Le problème, c'est que ça ne marche pas. Le soleil ne me réchauffe pas. Je n'entends pas le bruit des vagues, mais celui du monitor sur la table de nuit, et le Ti'Punch se réduit à trois pilules avec de l'eau tiède toutes les deux heures.

Impossible de rester aux Caraïbes, je n'arrête pas de ruminer : Jean Guillaume m'a-t-il apporté une cassette truquée ? Dans ce cas, ce serait lui l'assassin. Mais pourquoi s'en prendre à moi, c'est ce que je n'arrive pas à comprendre. Le commissaire Yssart était un faux commissaire. Comment se fait-il que le vrai ne soit jamais venu me trouver ? Parce que je n'offrais aucun intérêt dans son enquête. Il n'y a que le faux Yssart qui ait établi une relation entre moi, Virginie et les meurtres. Ce qui m'amène à une autre question : pourquoi se faire passer pour le commissaire Yssart ? Qui peut bien être ce type ? Ou c'est le meurtrier lui-même ou alors... qui ? Un journaliste en quête d'un scoop sensationnel ? Un détective privé engagé par la famille de l'une des victimes ? En tout cas, l'assassin ne peut pas être à la fois Jean Guillaume et Yssart. Si quelqu'un s'était donné la peine d'écouter cette saloperie de cassette... Mais comment l'inspecteur Gassin pourrait-il se douter qu'elle a quelque chose d'anormal ? En fait, toutes les manœuvres du meurtrier reposent sur le postulat de base selon lequel je suis incapable de communiquer avec autrui. Et si je recouvrais la parole ? Si j'arrivais à écrire ? Il serait obligé de me tuer car tous les petits faits que je raconterais conduiraient certainement à sa perte. Donc, concentration extrême et exercices manuels non-stop.

# 13

L'infirmière achève de me démêler les cheveux. Ça tire un peu. Elle vérifie que je suis propre, que mon gilet est boutonné. Elle est sympa, elle s'appelle Yasmina, elle m'a dit son nom en changeant mes pansements. Je sais que son père est kabyle, sa mère originaire du Pas-de-Calais. Qu'elle a raté son bac B à cause de problèmes familiaux – traduire : sa mère était alcoolique. Elle a décidé de devenir infirmière pour s'occuper des autres, essayer de les aider, mais ici c'est mal payé et il faudrait que le syndicat soit plus actif. Elle est brune avec de longs cheveux bouclés et elle a un petit ami qui s'appelle Ludovic et qui est infirmier lui aussi. Je ne sais pas pourquoi, dès que les gens se retrouvent seuls avec moi, ils se mettent à me faire des confidences. Ce doit être comme de parler à sa poupée…

– Voilà, vous êtes belle comme un cœur ! me lance-t-elle en m'installant dans le fauteuil. Il est 10 heures, ils vont arriver. Et j'espère qu'on ne vous reverra pas avant longtemps !

Moi de même. Encore que ce bref séjour n'ait pas été désagréable… je me suis reposée, malgré toutes les questions qui me rongent, et puis, de savoir qu'un flic veillait devant la porte, c'était quand même tranquillisant. En parlant de tranquillisants, ils n'arrêtent pas de m'en faire ingurgiter, quelle sale manie, je pionce les trois quarts du temps !

Des pas dans le couloir, la porte s'ouvre.

– Vous avez vraiment bonne mine ! s'exclame Yvette

en m'embrassant. Paul nous attend en bas. Au revoir, mademoiselle, et merci !

– De rien ! Au revoir, Elise !

Je lève aimablement la main et replie mes doigts trois fois d'affilée, ce qui peut ressembler à un « ciao » tout à fait acceptable.

Yvette empoigne le fauteuil et me roule jusqu'à l'ascenseur en me commentant les dernières nouvelles. J'ai l'impression d'être un coureur automobile qui retrouve la piste après le bref repos de l'étape.

– Il s'en est passé des choses, ma pauvre ! D'abord, l'inspecteur Gassin a découvert que le commissaire Yssart n'était pas un vrai commissaire, vous vous rendez compte ? Nous avons eu affaire à un imposteur ! Jean a changé toutes les serrures de la maison et j'ai fait mettre un verrou à la fenêtre de la salle de bains. On n'est plus en sécurité nulle part de nos jours : un faux commissaire ! Pour ce qu'on en sait, c'est peut-être même lui qui vous a attaquée ou qui a tué ces pauvres gosses ! L'inspecteur Gassin m'a dit qu'il était sur une piste, parce qu'il aurait laissé une empreinte sur une cassette... vous savez ? le livre sonore que vous avait offert Jean.

L'ascenseur s'arrête avec une petite secousse, Yvette me pousse dehors, nous sommes entourées de gens, d'odeurs d'hôpital, de sonneries de téléphone. Une empreinte. Le faux Yssart aurait laissé une empreinte quand il a touché la cassette... Il aurait été assez perturbé pour ça ? Ou bien est-ce une fausse empreinte laissée là à dessein ? Tout est possible. En tout cas, la cassette ne devait rien contenir d'anormal, sinon Gassin s'en serait rendu compte.

– Bonjour, Lise ! Vous avez l'air en pleine forme !

Paul. Je lève la main. On me hisse dans le break, la porte claque. Démarrage.

Retour à la maison.

Je n'y entre pas sans une certaine appréhension. Elle ne me semble plus sûre, et souillée. Elle suinte le danger et la malfaisance. Yvette me roule dans le salon et commence à s'affairer. Paul s'assoit sur le canapé, près de moi.

– Et voilà. J'espère que tout va bien se passer maintenant.

Il baisse la voix, se penche :

– Nous ne savons pas quoi faire. Est-ce qu'il faut parler à la police du vrai père de Virginie ? Hélène vous a dit que je n'étais pas son père, n'est-ce pas ?

Je lève la main. Brusquement, j'ai envie qu'il parte, je ne sais pas pourquoi il m'écœure un peu, sa voix est trop douce.

– Ce type était un tel salaud, et surtout ce que vous ne savez pas, mais qu'Hélène m'a avoué, c'est que...

– Vous voulez boire quelque chose, Paul ?

– Non merci, vous êtes gentille, Yvette, je dois y aller, j'ai un rendez-vous. A plus tard, Elise. Au revoir.

C'est insensé ce que les gens peuvent être désinvoltes avec moi. Ils me balancent des informations que je ne leur demande pas et interrompent la transmission tout aussi abruptement, comme s'ils parlaient tout seuls, comme ces gens qu'on voit tenir des monologues à leurs animaux de compagnie. Qu'est-ce qu'Hélène a bien pu avouer concernant le père de Virginie ? Ce ne doit pas être joli-joli vu le personnage...

Je suis à peine installée depuis une heure dans le salon à essayer de me convaincre de faire un petit somme qu'on sonne à la porte. Et c'est reparti : le manège Andrioli ouvert tous les jours et même la nuit, pour les petits et pour les grands !

– Elle est dans le salon.

– Merci. Je dois la voir seule.

Bruit de pas décidés.

– Bonjour. J'ai à vous parler, c'est important.

Gassin. Il a pris de l'autorité en deux jours, celui-là. Je l'entends qui ferme la porte qui sépare le salon du hall d'entrée.

– Vous vous souvenez du colis qui est arrivé à l'hôpital ?

Si je ne m'en souvenais pas, cher inspecteur, c'est que j'aurais été lobotomisée. Je lève la main.

– Bien. L'inspecteur Mendoza, mon collègue, est allé se renseigner aux Messageries Express. L'expéditeur était un homme plutôt grand, mince et brun. Le même, donc, que celui qui a appelé l'ambulance qui est venue vous chercher. Il avait, bien sûr, laissé un faux nom et une fausse adresse : celle de Stéphane Migoin.

Hou là là, je patauge. Qu'est-ce que ce pauvre Stéphane vient faire là-dedans ?

– Il est donc évident qu'il s'agit de quelqu'un qui est au courant de ce qui se passe ici, et que nous ne sommes pas en face d'une simple agression... Heureusement, il a commis une imprudence, une seule : il a laissé l'empreinte d'un pouce sur une cassette audio qui était près de votre chaîne stéréo, *La Bête humaine*. Nous avons fait des recherches au fichier central et là, bingo ! Vous savez qui est l'homme qui s'est fait passer pour le commissaire Yssart ? L'homme qui a expédié ce colis ? L'homme qui vous a très certainement agressé lui-même avant d'appeler une ambulance ?

Il me laisse patienter une seconde ou deux avant de continuer :

– Antoine Mercier, dit Tony, trente-huit ans, arrêté en 1988 pour meurtre, déclaré irresponsable et interné à l'asile psychiatrique Saint-Charles, à Marseille, Bouches-du-Rhône.

Tony ! Yssart était Tony ! Alors là !... Le casseur de bras déguisé en flic ! Tony, incarcéré pour meurtre !

– Attendez, vous ne savez pas tout, poursuit Gassin, surexcité. Devinez un peu qui est Tony Mercier ? Tony Mercier est le vrai père de Virginie, Hélène Fansten vient de nous le dire. Il a fréquenté Mme Fansten de 1986 jusqu'à son arrestation. Et vous savez pourquoi il a été arrêté ?

Il se penche vers moi, je sens son haleine mentholée :

– *Pour le meurtre d'un enfant de huit ans commis dans son quartier.* Il a été dénoncé par une lettre anonyme. Mes

200

collègues de Marseille ont perquisitionné chez lui et ont trouvé une corde semblable à celle qui avait servi à ligoter le gamin, ainsi que des fibres de laine correspondant à son pull-over.

Je me sens devenir toute molle. Gassin continue à parler à toute allure :

– Tony Mercier était connu comme un être instable, avec un casier judiciaire long comme le bras : vols de voitures, cambriolages, etc. Il avait souvent été mêlé à des bagarres, il avait des antécédents familiaux déplorables : retiré à ses parents alcooliques, placé à la DDASS, fugues en série et j'en passe. Il était au chômage et avait lui-même suivi plusieurs cures de désintoxication, sans résultat. Tout le monde savait qu'il frappait Hélène et qu'il lui avait récemment cassé le bras… Bref, même s'il avait été innocent, son sort était réglé. Son avocat a plaidé non coupable, en prétextant que n'importe qui avait pu placer les indices compromettants chez Mercier pour le faire accuser. Les experts l'ont fait déclarer irresponsable. Il a été interné. Et ce n'est pas tout : dès 1991, Tony Mercier bénéficiait de permissions, et il s'est évadé de l'hôpital psychiatrique il y a deux ans !

Gassin a presque crié les derniers mots, tellement il est énervé. Je le comprends, le pauvre : découvrir qu'un cinglé soupçonné de meurtre se fait passer pour votre patron et gambade joyeusement dans toute la ville en menant sa propre enquête, surtout si le cinglé en question est le père d'une gamine qui a l'air d'en savoir long sur les meurtres perpétrés aux alentours de cette même ville…

Evidemment, un type capable de casser le bras de sa propre femme peut très bien me trouer la peau avec des aiguilles ou me découper au Laguiole… On dirait que le mystère est en bonne voie de résolution… Tony-Yssart m'a tout l'air désigné comme coupable. Ça explique que Virginie n'ait rien dit, il a dû lui révéler qu'il était son père. Et il a tué Migoin pour lui faire porter le chapeau ! Et comment Hélène ne l'a-t-elle pas reconnu ? Mais parce qu'il n'est jamais allé chez elle, c'est le vrai Yssart qui y est allé ! Et moi j'écoutais le baratin de l'imposteur qui devait bien rigoler en se demandant quand il allait m'occire… Je l'ai échappé belle.

Gassin me saisit les deux mains :

– Ma théorie est que Tony Mercier est notre tueur d'enfants. Il est revenu rôder ici à la recherche de sa fille et de celle qu'il continue à considérer comme sa femme. Tous les rapports montrent qu'il est d'une possessivité extrême et qu'il a souvent proféré des menaces à son encontre. Une fois installé dans la région, il n'a pas pu s'empêcher de recommencer à tuer. Il a endossé l'identité du commissaire Yssart pour pouvoir être au cœur des événements. Il s'est joué de vous et de nous tous avec perversité. C'est un dangereux malade mental et je crains le pire pour votre sécurité et celle d'Hélène Fansten. Je ne veux pas que vous restiez ici. Je veux que vous alliez chez votre oncle. J'ai prévenu le mari d'Hélène : il va prendre les dispositions nécessaires. Comprenez bien que je ne peux rien prouver pour l'instant, je n'ai même pas encore de commission rogatoire, mais je suis sûr de ce que je dis, vous êtes en danger !

Il se lève. Aller chez mon oncle ? Au fond, pourquoi pas ? Loin de tout ça. Ne pas assister à l'arrestation de ce malheureux Tony, ne pas entendre Virginie pleurer, ni les cris de rage d'Hélène, ni tous les commentaires acerbes.

– Est-ce que vous êtes d'accord ?

Je lève la main.

– Bien, je vais en parler avec Mme Holzinski. Au revoir.

Il gagne la cuisine, conciliabules avec Yvette. Il ne décolère pas, le Gassin. Il doit se sentir humilié par cette histoire de faux commissaire. Il faut dire que… Yvette referme au verrou derrière lui. Je l'entends galoper derrière moi et je suis sûre qu'elle va vérifier que la fenêtre de la salle de bains est bien close. Qu'est-ce qu'elle fait ? Ah, elle téléphone. Dix contre un que c'est à mon oncle. Gagné. Patati patata, on arrive demain soir. Retéléphone. Aux Fansten, certainement.

– Allô, bonsoir, c'est Yvette, excusez-moi de vous

202

déranger... Oui, à l'instant même... C'est terrible, qui aurait pu se douter ?... Quel calvaire pour vous, ma pauvre ! Et Virginie ? elle ne sait rien, j'espère... Oui, il vaut mieux... Chez votre belle-maman ?... vous avez raison. Je n'arrive pas à y croire... Non, je ne savais pas... Je comprends, oui. Ce n'est pas le genre de choses dont on a envie de parler... Et Paul ?... oui, il est solide, vous avez de la chance... Ah, ça, c'est bien... Comment ? Bon, je vous laisse, je vous rappelle demain.

Clic.

– J'ai eu Hélène. C'est terrible cette histoire... le père de Virginie, vous imaginez ! Un fou ! Echappé d'un asile ! C'est incroyable ! Mais où va le monde, on se le demande ! Ils vont envoyer Virginie chez sa grand-mère. Hélène ne veut pas partir, elle veut rester avec Paul, vous savez comme elle est nerveuse. Remarquez, je comprends mieux maintenant, quand le père de votre enfant est un meurtrier, ça doit pas vous arranger les nerfs...

Ça, c'est sûr. Une bonne chose qu'ils envoient Virginie au loin. Je suis atterrée. Au lieu d'être heureuse d'apercevoir le bout du tunnel, car l'arrestation de Tony Mercier est sûrement imminente, je me sens déprimée. C'est trop moche, tout ça.

Quelle heure est-il ? Je n'arrive pas à dormir. Si je pouvais bouger, je me tournerais et je me retournerais dans tous les sens. Je me contente d'ouvrir et de fermer la main, nerveusement. Yvette m'a mise au lit vers 22 heures, j'ai l'impression qu'il est au moins 2 heures du matin. Impossible de fermer l'œil.

Si Tony Mercier est venu vivre ici, il a bien dû s'y établir sous une identité quelconque. Il n'est pas arrivé déguisé en commissaire Yssart. Il a d'abord dû s'installer, puis commencer à tuer, puis décider de prendre l'identité d'Yssart.

Et pourquoi tuer Migoin ? Pourquoi pas Paul ? Il me semble que, si j'étais un malade mental fou de jalousie, je m'arrangerais pour que ce soit le mari de mon ex-femme qui soit accusé de meurtre et pas un brave type comme Stéphane...

A moins que : 1) Stéphane n'ait eu des soupçons à mon sujet, ou que : 2) Stéphane soit l'amant de mon ex-femme... que Stéphane ait été l'amant d'Hélène...

Voilà qui ouvre de nouvelles perspectives...

On peut même envisager une combinaison des hypothèses 1 et 2.

Quand je pense que j'ai été jusqu'à soupçonner le mari de ma meilleure amie et le fiancé de ma nurse dévouée ! Paul Fansten et Jean Guillaume.

Et Sophie ? Que devient le cadavre de Sophie dans tout ça ? Un vrai suicide ? Pour de banales raisons d'adultère ? Une dispute avec Manu ? Ou Tony a-t-il tué également Sophie afin d'alourdir les charges pesant contre Stéphane ? Un fou évadé peut-il se montrer aussi machiavélique ? Réponse : oui. Sinon, il n'aurait pas été capable d'endosser l'identité du commissaire.

D'un autre côté, comme l'a dit Gassin, même s'il avait été innocent, avec le passé qu'il se trimballait, il n'avait aucune chance.

Et si ce n'était pas lui qui avait commis le meurtre de Marseille ? Pourquoi venir s'installer ici ? Pourquoi se déguiser en commissaire ? Non, c'est forcément lui : il n'y a pas d'autre explication rationnelle. Je m'obstine à voir des bulles dans de l'eau plate.

Mais quand même : pourquoi ne l'a-t-on pas soupçonné dès le début ? Après tout, savoir que la belle-mère d'une des victimes a vécu avec un assassin... Non, je suis stupide, ils ne le savaient pas : Hélène n'avait parlé de Tony à personne, et, de toute façon, elle ne pouvait pas deviner qu'il s'était enfui de l'hôpital, elle le croyait enfermé, aucune raison de remuer toute cette boue.

– Il fait un temps superbe ! lance Yvette en ouvrant les volets.

Je ne me souviens pas de m'être endormie, j'ai l'impression d'avoir rêvé toute la nuit.

Rituel du débarbouillage et du petit déjeuner. Yvette n'est pas bavarde, tant mieux, je me sens maussade. Elle m'installe au salon, près de la fenêtre, pour que je profite du soleil à travers les vitres. Je sens la chaleur sur ma peau. Yvette doit être en train de préparer nos affaires pour aller chez mon oncle. Est-ce qu'ils vont l'attraper rapidement, Yssart ? Il leur a glissé entre les doigts depuis six mois, il ne va peut-être pas se laisser coincer si facilement. Surtout que le petit Gassin devra convaincre le juge et ses supérieurs de ses théories extravagantes...

Téléphone.

– Hélène et Virginie vont passer nous dire au revoir ce midi, m'informe Yvette après avoir raccroché.

Si Yvette ne m'avait pas installée à l'ombre sur le parking du supermarché ce jour de mai, je n'aurais pas rencontré Virginie et je ne saurais rien d'autre de toutes ces histoires que ce qu'on en dit à la télé. Au lieu de ça, je me suis trouvée prise dans un maelström d'événements, de sentiments et de peurs... Si... si... si... Sissi et Franz... on ne peut pas revenir en arrière.

Yvette bougonne, elle craint d'oublier quelque chose, elle vérifie cent fois la valise.

Sonnette. Salutations. Deux petits bras autour de mon cou.

– Je vais chez Mémé !

– On dit bonjour, Virginie !

– Bonjour, je vais chez Mémé.

Je lève la main et serre le poing. Virginie y insère son doigt.

– Super ! Regarde, Maman, elle peut me tenir !

Si je tiens un doigt, pourquoi pas un crayon ? Virginie sent le shampooing à la pomme, j'imagine ses cheveux blonds soyeux et bien peignés.

– Si vous voulez, on peut vous déposer à l'aéroport en conduisant Virginie chez sa grand-mère, ça ne fait pas un grand détour, propose Hélène.

– Oh, on ne veut pas vous déranger, proteste Yvette.

– C'est Paul qui y a pensé… On peut venir vous prendre vers 5 heures.

– Vraiment, je ne sais pas…

– Vous n'allez pas prendre un taxi, quand même. Ce serait stupide !

– C'est vraiment gentil. Virginie, tu veux un bout de tarte aux pommes ?

– Ouais !

– Oui, merci, la corrige Hélène d'un ton las.

Yvette s'éclipse, suivie d'Hélène qui lui parle à voix basse. Des cachotteries ?

– Maintenant que le commissaire est mort, ils l'attraperont jamais la Mort des Bois, me souffle Virginie. Et puis, chez ma mémé, elle y sera pas, je suis bien contente d'y aller. Et Renaud aussi. Il a toujours aimé Mémé. Et puis, tu sais qu'il y avait deux commissaires ? Un vrai et un faux ? C'est le jeune policier qui l'a dit à Maman. Il est gentil, il m'a donné un chewing-gum à la fraise. Il voulait savoir si je le connaissais, le faux commissaire. C'était bête comme question. Bien sûr que je le connaissais puisque c'était le commissaire. Il m'a demandé des tas de choses, sur tout le monde, mes parents, toi, Jean Guillaume, Yvette, Stéphane, Sophie, et tous les enfants, j'en avais marre, je comprenais rien à ce qu'il me demandait. Comme si j'allais lui dire ! Renaud était derrière lui tout le temps, il me faisait des grimaces par-dessus son épaule, ça me faisait rire.

J'imagine Renaud à moitié décomposé et faisant des grimaces. Hilarant.

– A la fin, j'ai dit que j'étais fatiguée. Il était fâché, il m'a dit que si je cachais des choses je pouvais aller en prison, mais je cache pas de choses, j'ai rien volé à personne. Et puis, la Mort des Bois, elle va se tenir tranquille maintenant, j'en suis sûre.

– Voilà un gros morceau de tarte !

Virginie se précipite sur Yvette, qui l'installe à table. Pourquoi la Mort des Bois (quel nom débile) se tiendrait-elle tranquille ? Parce que Tony Mercier a été démasqué et ne peut pas continuer son petit jeu. Oui, tout se tient.

– Non, merci, pas de tarte pour moi, précise Hélène.

Elle a l'air nerveux. Brusquement, elle pose sa main sur mon bras et chuchote :

– Quand je pense que ce salaud était là, tout près ! Comme si ça ne lui avait pas suffi, à Marseille... Quand je pense qu'il a dû nous épier tous les trois, épier Virginie... ce qu'il a dû se régaler ! J'espère qu'ils vont le coincer très vite !

Il y a tant de haine dans sa voix que j'en frissonne. Yvette et elles bavardent encore un moment, puis elles s'en vont. Bisous, à ce soir, salut.

– Cette pauvre Hélène, elle a l'air d'une déterrée !

Le mot n'est pas particulièrement heureux, mais bon...

– Je sais que c'est insensé, mais je me demande parfois si...

Yvette hésite, reprend :

– Je me trompe certainement, mais parfois j'ai l'impression qu'elle force un peu sur la bière. Et ces grosses lunettes noires... on n'est plus en été, c'est le genre de lunettes qu'on met pour cacher sa mauvaise mine... J'avais une cousine qui tenait mal l'alcool, elle dégringolait toujours dans l'escalier ou dans la douche, et elle mettait des grosses lunettes comme ça pour dissimuler les bleus...

L'alcool ou la main leste de Paul ? Je l'ai déjà entendu la gifler. Et n'est-il pas vrai que les enfants battus reproduisent souvent ce genre de rapports avec leur conjoint et que son premier mari, Tony, en sus d'être un meurtrier, était aussi alcoolique et violent ? Un vrai roman à la Zola !

Non, ne pas évoquer Zola, ni *La Bête humaine*, ni quoi que ce soit de ce genre.

C'est long d'attendre. C'est à la fois ennuyeux et excitant. Crispant. En avant, en arrière, à droite, à gauche, je dessine des arabesques avec mon fauteuil, m'interrompant juste pour lever le bras et serrer le poing. Je dois avoir l'air d'une Pasionaria en fauteuil roulant. « Boissy-les-

Colombes : la douce infirme était en fait une dangereuse terroriste. » En avant, en arrière, pour la *Mazurka des tétraplégiques*.

J'en ai marre d'attendre. J'ai envie que le temps s'accélère, que Gassin sonne et me dise : « Ça y est, on le tient. »

On sonne.

– Ça y est ! On le tient !

Merde alors ! Gassin !

– J'ai un mandat d'amener contre Tony Mercier. Il y a des barrages sur toutes les routes, on a prévenu les aéroports et les gares. On le tient !

C'est déjà mieux que rien.

– Vous savez, j'avais souvent dit à Yssart – le vrai, je veux dire – de se préoccuper de la gamine, la petite Virginie Fansten. Mais il ne m'a pas écouté. A son sens, c'étaient des conneries. Eh bien, je suis sûr aujourd'hui qu'il avait tort, c'était lié, je l'avais bien senti, la preuve, c'est que Mercier est le père de Virginie. Bon Dieu, quand je pense qu'on n'a pas creusé cette piste lorsque le petit Renaud est mort ! Si seulement Hélène Fansten nous avait parlé de ce Mercier à ce moment-là ! Elle dit qu'elle avait voulu tirer un trait sur son passé, qu'elle le savait interné, et qu'elle avait pensé intérieurement qu'elle était victime d'une sorte de malédiction… Non mais ! vous vous rendez compte ?

Je me rends compte que les choses ne sont jamais aussi simples qu'on le croit. Il soupire :

– Reposez-vous bien chez votre oncle. Quand vous reviendrez, tout sera arrangé.

Optimiste, le petit. Je lève la main. Exit Gassin et son mandat d'amener. Je me demande pourquoi il est venu me dire ça. Et si c'était un faux Gassin ? Après tout, ce petit jeu-là peut se répéter à l'infini. Et si j'étais une fausse Elise ? La vraie serait en train de gambader dans les prés en ramassant des pâquerettes…

Deux coups de klaxon dehors. Ah, ce doit être Hélène et Paul !

– On arrive, crie Yvette par la fenêtre. Où sont mes

lunettes ? Et votre châle en laine ? Je suis sûre que je l'avais posé là...

Elle tourbillonne autour de moi, s'élance dehors, revient, se précipite à la cuisine, empoigne mon fauteuil et me roule dehors.

– Excusez-moi, je suis en retard, lance Hélène en me basculant sur le siège. On va mettre le fauteuil dans le coffre.

– Paul n'est pas là ?

– Il nous attend à la banque.

– Et Virginie ?

– Elle est à l'école. On la prend en passant, répond Hélène.

Yvette s'installe à l'arrière, je l'entends pousser un profond soupir en s'asseyant lourdement. Hélène vient s'asseoir à son tour et se penche pour sangler ma ceinture de sécurité.

Elle démarre. Les pneus crissent sur le gravier. On roule en silence. Hélène met la radio, du rap tonitruant, je déteste le rap, je n'arrive jamais à comprendre les paroles et ça me donne envie de secouer la tête comme un dromadaire.

Arrêt. Hélène descend. Ah oui, la banque ! Elle est bien silencieuse, Yvette ! Elle s'est endormie ? La portière arrière s'ouvre :

– Bonjour, Lise, lance Paul par-dessus le rap.

La portière arrière claque. Portière avant.

– Allez, on y va, dit Hélène en redémarrant.

C'est long. Où est-elle, cette foutue école ? Ce doit être la nouvelle, sur la D56. Personne ne parle. Si seulement ce rap pouvait s'arrêter...

– Nom de Dieu ! hurle soudain Hélène.

Qu'est-ce qui se passe ?

– Nooon !

Mon cœur accélère, grand coup de frein, la voiture se déporte, je suis projetée en avant, quelque chose me heurte violemment la tête et tout devient noir.

Mal au crâne. Impression d'avoir la tête qui a doublé de volume. Soif d'enfer. Bouche pâteuse. Où suis-je ? Assise, on dirait. Dans mon fauteuil, car je sens le bouton électrique sous mon doigt. J'entends un robinet qui goutte. L'accident. Ça ne devait pas être très grave puisque je ne suis pas à l'hôpital, je suis sûre que ce n'est pas l'hôpital, je serais dans un lit et ça sentirait l'antiseptique. Où sont les autres ? J'écoute. Rien. Mon mal de crâne augmente de seconde en seconde, je dois avoir une énorme bosse derrière la tête, là où ça pulse. Si quelqu'un voulait bien me donner à boire. Ou me parler. M'expliquer ce qui s'est passé…

Ça sent le bois. On dirait que je suis dans une maison en bois. Un chalet ? Qu'est-ce que je foutrais dans un chalet ? Mon oncle habite dans une villa moderne, qu'il a entièrement décorée avec les surplus de ses chantiers. Et puis, chez lui, il y aurait du bruit.

Voyons. On était sur la route pour aller chercher Virginie. Et il y a eu l'accident. Des gens nous ont peut-être recueillis. Des gens très silencieux, des muets, par exemple. Ou alors je suis la seule survivante ? Merde. Ce n'est pas possible.

J'appuie sur le bouton, le fauteuil avance lentement. Je roule sur du parquet, je reconnais le bruit. Boum, le mur. Je recule, je roule trois secondes et boum, l'autre mur. Une petite pièce de trois secondes de large. Sans meubles, on dirait. Un hall d'entrée ?

– Ne vous inquiétez pas, tout va bien !

Ahh ! J'en ai les cheveux qui se dressent sur la tête avant de reconnaître la voix d'Yvette.

– Hélène va venir.

Et Paul ? Pourquoi ne parle-t-elle pas de Paul ? Pourquoi ne m'explique-t-elle rien ?

Je sens quelque chose contre mes lèvres. Un verre. De l'eau. Merci, brave Yvette. Je bois longuement. L'eau a un goût dégueulasse, mais ça fait du bien quand même. Je me sens si fatiguée. Je voudrais qu'Yvette m'explique… Et ce mal de tête qui enfle… enfle…

Pourquoi je n'y vois rien ? Je voudrais ouvrir les yeux. Je bats des paupières. Mes yeux sont ouverts, mais il fait noir. Soif, toujours aussi soif. Impression d'avoir des lèvres énormes. Yvette m'a donné à boire. Yvette. L'accident. Je n'y vois pas parce que je suis aveugle. Un bref instant, je l'avais oublié, j'étais revenue un an avant, rien n'était arrivé. Je lève le bras. Personne ne se manifeste. Je suis toujours assise. J'ai mal à la nuque, elle est toute raide. J'ai dû m'endormir. Je voudrais bien m'allonger. J'ai bu et je me suis endormie. Et les autres ? Je lève encore le bras. Ils n'ont pas tous disparu !

– Tout va bien.

Encore Yvette qui arrive sans prévenir. Elle veut me faire crever ou quoi ? Elle qui se déplace toujours si bruyamment d'habitude !

– Je vais nous faire une bonne tarte.

Mais je m'en fous de ta tarte ! Où sont Paul et Hélène ? Qu'est-ce qui s'est passé, c'est ça que je veux savoir !

– J'ai prévenu votre oncle.

C'est bien, mais prévenu de quoi ? Et ce putain de mal de tête qui ne s'arrête pas, plus je m'énerve plus il augmente, on dirait que j'ai une chaudière à l'intérieur du crâne et qu'un mécanicien fou la remplit sans cesse. La Bête humaine, tiens, et vlouf dans la machine une bonne pelletée de charbon, et vlouf, le crâne qui fume et surchauffe, si je pouvais bouger les deux bras, j'attraperais Yvette en sandwich et je la secouerais jusqu'à ce qu'elle me dise où on est.

– Paul a téléphoné.

Paul ? Il n'est pas avec nous ? Ou bien elle veut dire qu'il a téléphoné à quelqu'un ? Appelé du secours ? Yvette ! Je lève le bras et je serre le poing plusieurs fois. Tu le vois pas, mon signal !?

– Paul a téléphoné.

Je sais, je ne suis pas sourde. Yvette, par pitié, fais un effort. Mon Dieu, elle est peut-être blessée, elle gît peut-être par terre à mes pieds à moitié morte… mais non, sa voix n'est pas altérée, elle ne halète pas, elle a sa voix de tous les jours.

De tous les jours. Même pas énervée. Et si... non, impossible, mais si quand même... *si Yvette n'était pas dans son état normal ?* Cette manière curieuse de prononcer des petites phrases courtes, tout calmement... elle a peut-être subi un choc très grave. Scénario catastrophe : Paul et Hélène sont morts ou agonisants, Yvette m'a traînée dans une cabane au bord de la route et a perdu la boule, elle croit que nous sommes à la maison et vaque à ses occupations et on va crever là, moi sur mon fauteuil et elle en faisant semblant de faire la cuisine...

Mais elle ne vaque pas à ses occupations. Elle ne bouge pas. Si elle bougeait, je l'entendrais, surtout sur le parquet.

Question : où est Yvette ?

J'avance : le mur de nouveau. Je recule : le mur. A droite : le mur. A gauche : le mur. Je fais des croix : des murs.

Yvette ? A aucun moment je ne l'ai touchée. Ni entendu bouger. Je n'entends que mon cœur qui bat la chamade. Bouge, Yvette, STP, bouge.

– Paul a téléphoné.

Un grand froid m'envahit. Elle est cinglée, c'est sûr. Mais où est-elle ? La voix provient d'un point sur ma droite. J'avance vers la voix. Rien.

– Paul a crouiiiic.

Plus rien. Qu'est-ce que c'était que ce gargouillis ? Je connais Yvette depuis trente ans, elle n'a jamais fait crouiiiiic. Nom de Dieu... le silence, les phrases courtes, je commence à comprendre...

*Ce n'est pas Yvette, c'est un magnétophone.*

Et ça veut dire que je suis chez lui, chez le monstre.

Il m'a kidnappée.

Il a provoqué un accident et il m'a kidnappée. Et ça veut dire que Paul, Hélène et Yvette sont morts, sinon ils auraient prévenu la police.

Je déraille. Non, je ne déraille pas... si je déraille où

212

est-ce qu'ils sont tous et pourquoi Yvette répète-t-elle tout le temps la même chose comme un disque usé ?

Mon oncle va s'inquiéter en ne nous voyant pas arriver. Il va téléphoner partout. On va faire des recherches. On va venir. C'est juste une question de temps. Comme dans *Barbe-Bleue*.

Pourquoi ce magnétophone ? Pourquoi me faire croire qu'Yvette était là ? Pour que je reste tranquille ? Et ce verre d'eau ? Je me suis endormie après le verre d'eau, on m'a droguée, c'est sûr, mais pourquoi ? Pourquoi ne pas me tuer tout de suite ? A bien y réfléchir, je n'ai aucune envie de connaître la réponse.

– Elise ?

Hélène ! J'ai tellement eu la trouille que j'ai balancé mon bras contre le mur, ça fait hyper-mal. Hélène !

La vraie ?

– Elise ! Vous êtes là ! Oh, mon Dieu, si vous saviez !

C'est la vraie, elle se jette sur moi, m'étreint.

– Paul... il...

Elle pleure si fort qu'on dirait qu'elle rit. Je crois que je n'ai pas besoin d'un dessin. Je déglutis.

– Il est mort...

J'essaye de lever la main.

– Il a eu la nuque brisée... achève-t-elle dans un souffle.

Et Yvette ? Et mon Yvette ? Mon cœur bat à cent à l'heure.

– Yvette est dans le coma. Quand je suis revenue à moi, il y avait du sang partout, et vous, Tony vous tirait sur la route, il vous entraînait avec lui, il avait pris le fauteuil et il vous emmenait, je ne savais pas quoi faire...

Elle s'interrompt pour reprendre sa respiration, je suis suspendue à ses lèvres. Yvette dans le coma...

– J'ai tout de suite vu que Paul était mort... J'ai arrêté une voiture, je leur ai demandé de prévenir les secours, et j'ai couru pour vous rejoindre, et je suis arrivée ici à la cabane forestière.

La cabane forestière ? Mais ce n'est pas la route de

l'école… Bon, enfin, tant pis. La cabane forestière où on a tué Michaël ?

– Il vient de sortir, il y a dix minutes, il est monté dans une Renault 18 blanche et il est parti. Alors, j'en ai profité pour entrer. Il faut sortir d'ici tout de suite.

Tony Mercier était là ? Il m'a enlevée ? Une sensation de malaise m'oppresse, je ne vais pas m'évanouir, tout de même ! Je voudrais dire à Hélène qu'elle a couru un risque énorme en venant jusqu'ici, la remercier, mais je ne peux pas, je peux juste serrer le poing. Je n'arrive même pas à comprendre comment elle a pu s'éloigner du corps de Paul pour penser à moi. Paul mort… Et Yvette…

Un bruit de moteur dehors.

Hélène. Où est Hélène ? Elle a dû aller voir…

Quelqu'un coupe le moteur.

Des pas.

Quelqu'un entre dans la pièce.

Se déplace furtivement vers moi.

J'ai la bouche tellement sèche qu'on ne pourrait même pas y introduire une olive.

Une main se pose sur mon bras :

– N'ayez pas peur, je suis là.

Mes cheveux se dressent sur ma tête, parce que cette voix, je la connais : c'est celle d'Yssart, du faux Yssart, c'est la voix de Tony Mercier, la voix du tueur.

– Ne bouge pas !

La voix d'Hélène, forte, mais tremblante.

– Laisse-la, Tony. Recule !

– Hélène…

– Recule, je t'ai dit !

Il obéit, j'entends le parquet craquer. Hélène doit avoir une arme.

– Pourquoi as-tu fait ça, Tony ? Pourquoi es-tu revenu ?

– Tu le sais très bien. Il fallait que je voie Virginie.

– Tu es complètement fou ! Je vais vous raconter une histoire, Elise. Il était une fois un jeune homme qui avait eu un petit garçon. A l'âge de huit ans, le petit garçon a été assassiné par deux jeunes ados complètement défoncés. Le père n'a pas supporté, il a disjoncté, il a quitté sa femme. Il ne pouvait plus voir de petits garçons ressemblant à son fils sans avoir une irrésistible envie de les détruire. Sa nouvelle femme s'est rendu compte de ce qui se passait et a voulu partir. Il lui a cassé le bras. Et puis il est passé à l'acte. Il a été condamné. Elle s'est enfuie à Paris, a refait sa vie, mais il a réussi à s'évader de l'hôpital psychiatrique et il est venu poursuivre sa mission : tuer, encore et encore.

– Une belle histoire. Elle manque peut-être un peu de bases solides, mais enfin... Et Elise ? Qu'est-ce que tu en fais ? interroge la voix lasse de Tony-Yssart.

– Elise ? Ce que vous ne savez pas, Elise, c'est que vous me ressemblez beaucoup : même taille, même corpulence, même couleur de cheveux, tout à fait son type de femme. Il s'est acharné sur vous parce que vous me représentiez, et parce que vous étiez liée à Virginie et que Virginie savait ce qu'il faisait !

– Tu mens ! Elle ne sait rien !

– Mais si, bien sûr qu'elle sait tout. Qu'est-ce que tu crois ?

Hélène a un rire amer.

– C'est ma fille après tout...

– Hélène, pose cette arme.

– Jamais ! Je vais te faire disparaître, Tony, t'éliminer comme la bête malfaisante que tu es. Je vais te tuer.

Non ! Non, Hélène, ne fais pas ça ! Nous n'avons pas le droit ! Je lève le bras, j'ouvre et referme frénétiquement la main.

– Trop tard, Elise. Il n'y a pas d'autre solution.

Mais si. Il faut avertir la police. Même si Mercier est fou, il a droit à un procès en règle. Hélène est prête à tirer, je l'ai senti dans sa voix. Que faire ?

J'entends le déclic du chien qu'on arme. Je voudrais crier « non ».

– Si tu appuies sur la détente, tu ne reverras jamais Virginie, lance Tony.

– Qu'est-ce que tu racontes ?

– Tu croyais que j'allais venir ici sans défense ? Virginie est dans un endroit dont elle ne peut sortir. Si tu me tues, elle y mourra de faim, de froid et de soif. Parce que personne ne sait où c'est à part moi. Elle ne peut pas crier, elle est bâillonnée.

– Tu mens ! hurle Hélène.

– Je suis allé la chercher à la sortie de l'école. Je lui ai dit que je travaillais avec Paul. Elle m'a cru. Elle m'a suivi. Si tu me tues, elle mourra.

Le salaud ! Oser ligoter et bâillonner sa propre enfant !

– Allez, vas-y, tire ! jette Mercier, provocant.

– Où est-elle ? crie Hélène.

– Dans un endroit où elle a froid, où elle a peur, où elle est seule. Ça te va ?

– Salaud !

– Pose cette arme.

– Jamais !

Ne cède pas, Hélène, ou il nous tuera toutes les deux. Et si je fonçais vers lui avec mon fauteuil ? Il tomberait peut-être. Il faut que je sois très attentive pour le localiser exactement.

– Je vais te tuer quand même. Je crois que tu bluffes, décide soudain Hélène.

– Téléphone à l'école, tu verras bien.

– Il n'y a pas le téléphone ici.

– Tiens.

Il doit lui lancer quelque chose, un téléphone portable, j'entends pianoter sur des touches.

– Allô, c'est Mme Fansten, je serai un peu en retard pour venir chercher Virginie… Quoi ? Vous l'avez laissée partir ? Mais vous êtes complètement cinglée !

Un choc sourd, sûrement le téléphone qui a atterri par terre.

– OK, espèce de salaud, où est-elle ?

– Lâche ton arme.

– Sûrement pas. Tu sais ce que je vais faire ? Je vais te tirer dans les jambes, te bousiller une jambe après l'autre et puis les bras…

– Et après, tu m'arracheras les yeux ?

– Ecoute-moi bien : si tu ne me dis pas où est Virginie, je tire sur Elise, tu entends ?

Quoi ? Mais non, mais...

J'entends Tony soupirer, puis répondre d'une voix lasse :

– Elle est chez Benoît Delmare.

Une coulée de plomb m'envahit l'estomac. *Benoît ? Mon Benoît ?* Je deviens folle. *Qu'est-ce que Benoît a à voir là-dedans ?*

On empoigne mon fauteuil.

– Merci, Tony, et adieu...

Explosion assourdissante, odeur de cordite et de poudre, le bruit sourd de quelqu'un qui s'écroule avec un gémissement de douleur. Elle a tiré ! Elle a tiré quand même !

On me roule énergiquement vers la sortie, gifles de pluie froide, course cahotante. Elle a tiré, est-ce qu'il est mort ? Et Benoît ? Ma tête va exploser ! Comment Tony-Yssart a-t-il pu avoir les clés de chez Benoît ?

Cliquetis de portière, aïe, elle m'a fait tomber n'importe comment sur le plancher, clic clac, le fauteuil à côté de moi, qui m'écrase à moitié, elle démarre comme une folle, elle a dû prendre la voiture de Tony, et Yvette, mon Dieu, quelqu'un a-t-il prévenu une ambulance ? Mercier en train de se vider de son sang sur le plancher de la cabane, Yvette allongée sur la route et Paul ensanglanté au volant, ça fait trop pour moi, j'ai l'impression qu'on m'a piquée à l'adrénaline, j'ai la tête qui tourne.

Et Benoît...

Coup de frein brutal. La portière s'ouvre, clic clac le fauteuil, elle me saisit à bras-le-corps, elle a une de ces forces, elle me jette dans le fauteuil, je suis toute tordue, je glisse, elle ne s'en rend pas compte, elle me pousse violemment, elle n'arrête pas de murmurer : « Espèce de salaud, tous des salauds, salauds, voleurs », je me cramponne avec ma main valide, on enfile un couloir, ascenseur, martèlement sec d'une paume impatiente contre la paroi de la cabine, je me fais toute petite, si jamais il est arrivé quelque chose à Virginie, ça va être terrible. Est-ce que ça peut être plus terrible que ce qui s'est passé ?

Chuintement d'ascenseur. Couloir. Je reconnais l'odeur du couloir de Benoît. Je n'aurais jamais cru ça. Reconnaître l'odeur d'un couloir. Le nombre de fois où j'ai emprunté ce couloir en riant. Une boule dans la gorge, j'ai du mal à respirer. Stop. Des clés qu'on agite. Elle a les clés de chez Benoît. Mais par quel miracle, nom de Dieu ? La porte s'ouvre en grinçant, sinistre. Il fait froid. Ça sent le renfermé.

– Virginie ? Tu es là, ma chérie ?

Pas de réponse. Elle m'a plantée au milieu du living et court dans toutes les pièces. Ce n'est pas grand : une chambre, un living, une cuisine, une salle de bains. Une chambre avec un grand lit. J'ai tellement mal au ventre que je voudrais vomir. Ça sent le renfermé et autre chose. Ça pue. Odeur de pourri. De viande pourrie.

– Elle n'est pas là, il a menti !

Qu'est-ce qui pue comme ça ? La vision terrifiante du corps de Benoît pourrissant sur le lit me traverse. Non, Benoît a été enterré, Yvette me l'a dit. Et... non, cette pensée est trop affreuse pour que je lui permette de s'imposer à moi, mais quand même... Les enfants... les organes prélevés sur les enfants... si l'assassin les avait cachés ici ? Dans cet appartement inhabité ?

– Il a menti ! hurle Hélène en jetant quelque chose contre le mur.

Fracas de verre brisé. Est-ce que c'est la photo prise à la piscine où Benoît sort de l'eau en riant ?

– Il faut que je retourne là-bas.

Non, il faut prévenir les flics ! Bang ! Je rêve ou la porte a claqué ? Elle m'a laissée là-dedans ? Bruits de talons dans le couloir. Je roule droit devant moi et me cogne dans un truc dur, je lève le bras, je tape sur une surface plate : le buffet ? Hélène ! ne me laisse pas ici, merde !

Plus de bruit. Elle est partie. Je suis seule dans l'appartement de Benoît. Seule avec son fantôme. Avec le fantôme de notre amour. Seule avec l'odeur de viande putréfiée. Elle va retourner à la cabane et y achever ce foutu cinglé, et moi je dois attendre ici, dans le noir, dans la poussière, avec ces trucs pourris qui puent ! Tu n'as pas le droit, Hélène, tu n'as pas le droit de faire ça.

Je connais cet appartement par cœur. Pourquoi n'arriverais-je pas à ouvrir la porte ? Si je me mets de côté et que j'arrive à tourner la poignée... D'abord, m'orienter. J'avance, je me cogne dans la table basse, je recule, le bahut, bon, il faut que je pivote vers la droite, voilà, je sens le bois de la porte au bout de ma main, je tends maladroitement le bras, balayage aveugle sur la surface lisse, ah, le bouton, je le tiens, je serre mes doigts autour, fort, bien fort, et je tourne. Rien. Je recommence. Rien. Cette conne a donné un tour de clé ! Et le verrou est bien trop haut pour moi ! Je ne veux pas rester ici. C'est comme si on m'avait jetée dans la tombe froide de Benoît.

Je dois sortir. Tourner le fauteuil face à la porte. Appuyer sur la commande électrique. Et cogner, cogner, cogner dans cette saloperie de porte pour ameuter tout l'immeuble. Boum. Sortez de chez vous ! Boum. Je vais la défoncer, cette porte !

Elle s'ouvre.

Mon estomac se ratatine.

Elle se referme sans bruit.

Hélène ? Un bruit sourd, comme si quelqu'un s'asseyait. Et quelqu'un qui bouge sur ma gauche ? Je respire trop fort, je n'arrive pas à entendre.

On veut me rendre folle. Je pivote, je tourne en rond dans la pièce, qui se cache dans le noir ? Je bute dans la table. Je recule. Et je les sens. Les jambes. Des jambes dans un pantalon. Quelqu'un est assis dans le canapé. Je hurle en silence. Je recule encore. Une autre jambe. Sans pantalon. Une jambe dans un bas. Mes doigts effleurent le nylon. Une deuxième jambe gainée de nylon. Ce n'est pas vrai. Ça ne peut pas être vrai. Je recule encore le long du canapé et je sens de nouveau des jambes. Plus maigres. Plus courtes.

Ils sont trois assis dans ce canapé. Et je sais instantanément de qui il s'agit, oh oui, je le sais : Paul, Yvette et Virginie. Je les imagine, assis, leurs yeux vides tournés vers moi, leurs yeux morts ouverts sur le néant, mais comment Hélène a-t-elle pu ne pas les voir ?

On respire. Quelqu'un respire. Je m'approche des gens assis. Je fais un effort surhumain pour lever le bras et toucher. Les toucher. Toucher ces choses immobiles. Le premier ne bouge pas. Il est froid. Sa chemise est gluante. J'effleure le crocodile cousu sur le côté gauche. Paul. C'est Paul et il est mort. La deuxième ne bouge pas non plus, mais elle est tiède. Je tâte son gilet en laine. Yvette. Evanouie. La troisième est chaude. Je tends le bras vers sa poitrine. Et elle éclate de rire et me lance :

– Bravo, Elise !

Noir.

# 14

– Elise, il faut que tu me détaches ! Vite !

Qui me parle ? Où suis-je ? Je ne veux pas me réveiller, je ne veux pas entendre cette petite voix pointue en face de moi. Je ne veux pas être là !

– Elise ! Détache-moi ou on va être mortes toutes les deux. Renaud dit que ça urge.

Et alors ? Je croyais que c'était génial d'être mort ? Tu as changé d'avis ? Mais qu'est-ce qui me prend ? Ce n'est pas le moment de régler mes comptes avec une enfant ! D'autant plus que cette pauvre gosse est assise à côté du cadavre de Paul, ligotée, et probablement ligotée par son propre père. Mais pourquoi chez Benoît ? La question revient, lancinante comme une rage de dents. Pas le temps d'y penser. Objectif numéro 1 : sortir de là. Si j'arrive à libérer Virginie, elle pourra ouvrir la porte et me libérer moi, mais il faut faire vite.

– J'ai tellement sommeil…

Eh bien pas moi.

– Comment tu vas faire pour me délivrer ?

Si je le savais… Je m'approche de ses jambes, je les tâte, je sens le fil de nylon serré autour de ses chevilles. Je n'ai pas l'habileté nécessaire pour défaire le nœud, il doit être tout petit et tout serré et mes doigts ne m'obéissent pas assez. Je recule. Eviter le gros fauteuil en cuir dans lequel Benoît aimait s'asseoir pour lire. Sauf erreur, la cuisine est sur ma gauche, la porte étant décalée par rapport au canapé d'environ cinquante centimètres. J'avance.

– Elise ! Où tu vas ? Je suis là !

Je lève le bras en signe d'apaisement. Là. Je dois être en face de la porte, j'avance doucement, c'est bon, encore un peu, je cogne dans ce qui doit être la cuisinière. Je fais pivoter le fauteuil et je longe le lave-vaisselle, stop. Je suis à côté du plan de travail. Je lève le bras, j'en balaye la surface. Est-ce que ma main peut toucher le mur ? Oui. Normalement, il doit y avoir un râtelier où Benoît accrochait les couteaux. Le voilà. Je sens un manche rond. Je serre. Je lève. Je l'ai ! Le couteau à viande. Le grand couteau à viande de Benoît. Je baisse le bras, je reviens dans le salon, je suis en nage.

– Je crois que je vais faire dodo.

Pas question ! Malgré mon envie de foncer, j'avance tout doucement, ce n'est pas le moment d'enfoncer une lame de trente centimètres dans les jambes de Virginie. La table basse, les pantalons de Paul, ça y est. Je tire sur sa jupe.

– Qu'est-ce que tu vas faire ? Tu vas me découper en rondelles ?

Le pire est qu'à mon avis elle se pose réellement la question. Je serre bien le manche dans ma main et je plaque mon bras le long du fauteuil, la lame levée, en espérant que Virginie comprenne. Je sais que la lame est du bon côté parce que c'est un couteau à manche cranté, on ne peut pas se tromper de sens. Manche ergonomique, c'était marqué sur le plastique. Virginie bâille copieusement :

– Tu veux scier la ficelle ?

Je lève la main et la replace contre la roue.

– Mais tu n'y vois rien, tu vas me couper les jambes !

C'est pour ça qu'il faut que ce soit toi qui te positionnes sur le couteau, Virginie, vas-y, penses-y.

On marche dans le couloir ? Non, fausse alerte. Virginie a dû réfléchir parce que je sens brusquement ses semelles contre mon bras.

– C'est moi qui vais le faire, ne bouge pas !

Pas de danger. Elle descend ses chevilles jusqu'à ce que

le couteau se trouve entre elles et elle commence à remuer les jambes d'avant en arrière. Je me concentre pour ne pas lâcher le couteau. C'est très agréable de tenir un couteau, je n'aurais jamais cru que ça pouvait être si rassurant, de tenir un bon couteau à viande dans la main. Le fil de nylon cède.

– Youpi ! Allez, les mains maintenant.

Elle se lève, s'accroupit en me tournant le dos et recommence à se balancer, sans cesser de bâiller. Le fil va craquer, ça y est, il craque, jusqu'ici tout va bien. Maintenant, il faut que tu nous ouvres la porte, Virginie. Ouvre la porte…

Je recule mon fauteuil jusqu'à la porte pour lui faire comprendre mon intention. Je l'entends qui marche.

– Papa… Yvette… Elise, il y a Papa et Yvette qui sont là, ils ne bougent pas, j'y vois rien parce qu'il fait tout noir, je vais ouvrir les volets…

Non, surtout pas !

– J'arrive pas à les ouvrir, ils sont bloqués. Papa… Papa, réponds-moi ! Arrête de me regarder, réponds-moi !

Je sens tous mes poils se hérisser, je prie pour qu'elle ne grimpe pas sur ses genoux, mais je sais qu'elle va le faire et hurler et… Quelqu'un vient d'appeler l'ascenseur, je l'entends se mettre en route. Virginie, je t'en supplie, ma chérie !

– Il faut aller chercher un docteur, Papa est tout blessé, et Yvette aussi !

Elle arrive près de moi, je sens ses petits doigts agiles qui tâtonnent à la recherche du verrou, elle le tire, allons bon, qu'est-ce qu'elle fait maintenant ? Virginie ! Je ne la sens plus. Virginie, où es-tu ? Ce n'est pas le moment de jouer à cache-cache ! Rien, sauf des bruits furtifs. Je respire calmement et je compte jusqu'à 20, lentement. Je l'entends remuer sur ma droite, vers le fauteuil. Un nouveau jeu ? Le pire quand on ne peut pas parler, c'est de ne pas pouvoir gueuler après les gens, leur aboyer dessus, leur donner des ordres, les insulter… ce que ça me manque

223

d'insulter quelqu'un. Appel d'air sur ma droite, ah ! tout de même, la porte s'ouvre et…

– Qu'est-ce que vous faites là ? demande Jean Guillaume en me repoussant à l'intérieur.

– Elle nous attendait, répond Hélène en refermant la porte.

Sa main se pose sur le dossier du fauteuil et voilà qu'elle me roule doucement en arrière. Je ne comprends pas. Pourquoi Hélène a-t-elle ramené Guillaume ? Et Virginie ? Pourquoi Hélène ne lui parle-t-elle pas ?

– Yvette ! s'exclame soudain Guillaume, affolé, Yvette !

– Elle ne vous entend pas, explique Hélène.

– Il faut la sortir d'ici. Et Paul, mon Dieu !

– Que personne ne bouge, ordonne Tony-Yssart de sa voix sépulcrale.

Je suis dans un état de stupeur proche de la catatonie. D'où sort-il ? D'où sortent-ils tous ? Qu'est-ce qu'ils viennent faire chez Benoît ? Et Yvette ? Ils vont la laisser crever sur le canapé ? Ma pauvre tête va exploser.

– Asseyez-vous.

J'entends remuer, quelqu'un se laisse tomber lourdement sur le canapé, ce doit être Guillaume, Hélène a dû s'asseoir sur un des fauteuils. Et Virginie ? Comment peuvent-ils ne pas la voir ? Elle n'est pas transparente tout de même !

J'ai toujours le couteau. Il est plaqué contre la roue. Est-ce que je suis à côté d'Yssart ? Il est en train de pérorer :

– Tu aurais dû vérifier que ton arme était chargée avec de vraies balles, Hélène. Tu ne savais pas que Benoît l'avait remplie de balles à blanc ?

Encore Benoît ! Oui, le Beretta de Benoît, je me souviens, dans le tiroir de sa table de nuit, on s'était disputés à cause de ça. Je n'aime pas les armes à feu, il avait voulu me tranquilliser en me disant qu'il était chargé avec des balles à blanc, je lui avais répondu que je voyais encore moins à quoi il pouvait servir... Mais pourquoi s'emparer du Beretta de Benoît ?

– Tu ne réponds pas ? poursuit Tony, très « maître de cérémonie ».

Je l'imagine debout face à nous, élégant, une arme pointée sur nous : Guillaume recroquevillé dans un coin, Hélène folle furieuse, le cadavre de Paul imperturbable, Yvette dans le coma et moi dans mon fauteuil. Vision délirante.

*Le Beretta dans la table de nuit sur le dessus de laquelle était posé un radio-réveil...*

– Laissez-nous partir. Yvette a besoin de soins, implore Guillaume.

*... et une coupelle en verre où Benoît déposait sa montre, à côté...*

– J'ai appelé une ambulance, rétorque Tony. Vous sentez l'odeur qu'il y a, ici ?

*... de son Laguiole au manche en écaille jaune !*

– Vous êtes ignoble, grommelle Guillaume. Vous ne voyez pas que Paul est...

– Je ne parle pas de Paul. Je parle des reliques, qui sont dans la boîte, là.

– La boîte ?

Guillaume a une petite voix étranglée.

– Oui, la boîte en ébène, sur le bahut.

Je m'en souviens, c'est une boîte oblongue doublée de satin qui contient un sabre japonais. Des reliques ? Qu'entend-il par « reliques » ? J'ai peur de comprendre.

– Hélène, tu ne veux pas l'ouvrir ?

– Pauvre con.

– Hélène a toujours eu le sens de la repartie. Dans cette boîte, mon cher monsieur Guillaume, se trouve la mémoire des meurtres : une paire de mains ayant appartenu à Michaël Massenet, le cœur de Mathieu Golbert, le pénis de Joris Cabrol...

– Joris !

– Oui, ce n'est pas le train qui l'a castré... Je continue : les cheveux et la peau du crâne de Renaud Fansten et les

225

yeux noirs de Charles-Eric Galliano, yeux sur la rétine desquels est peut-être encore imprimé le visage sardonique de l'assassin.

Guillaume a un renvoi, je l'entends qui murmure :

– Taisez-vous !

– Ça ne sert à rien de se taire, rétorque Tony, quand les choses existent, elles existent, même si Dieu ne fait pas de cadeaux. Vous n'avez jamais remarqué que la plupart des tueurs ont un comportement commun avec ceux qui s'adonnent à la sorcellerie ? Ils prélèvent souvent des morceaux de chair, de la peau, du sang, sur leurs victimes.

*Est-ce le Laguiole de Benoît qui a servi à arracher ces yeux ?*

– Ce n'est pas possible, vous mentez, proteste faiblement Guillaume, dont je sens le désarroi total.

– Oh, mais si, c'est possible. Ouvrez la boîte et regardez vous-même.

– Vous êtes fou !

– Certainement. Ouvrez-la !

Un silence. Un déclic. Puis une exclamation sourde :

– Mon Dieu ! C'est abominable ! Hélène, c'est vrai, ces choses sont là… Espèce de monstre ! Comment avez-vous pu faire ça ? Je voudrais vous abattre de mes propres mains !

– Nous avons tous tendance à croire aux comportements magiques, n'est-ce pas ? A croire qu'en détruisant quelqu'un nous pourrions nous reconstruire, à croire, comme la déesse Isis, qu'en rassemblant des morceaux d'êtres humains on pourra recréer une personne aimée…

Encore Isis !

– C'est stupide ! interrompt Hélène.

– Ah oui ? Mais ce n'est pas parce qu'une chose est stupide qu'elle ne se produit pas. Le rituel pour obtenir la résurrection de l'être aimé est expliqué en détail dans le *Manuel satanique* de Lewis F. Gordon, un ouvrage tout à fait respectable qui trône dans toutes les bonnes bibliothèques. A vrai dire, il est rarement pris au sérieux, sauf par quelques malades mentaux.

Où veut-il en venir ? Veut-il se justifier ?

*Le Laguiole dont Benoît était si fier creusant la chair d'un petit visage aux lèvres bleuies...*

– En fait, le processus de la sorcellerie a souvent l'avantage de dissimuler les vraies motivations de la personne qui s'y adonne. Ainsi la femme qui veut envoûter son bien-aimé dissimule-t-elle ses pulsions destructrices, fusionnelles et castratrices sous un désir d'amour. Le processus vise uniquement à l'efficacité. Et, comme il est absolument égoïste, il néglige totalement la souffrance de l'autre, de l'outil. Une attitude très proche de celle des *serial killers*, où l'autre est vécu comme un objet.

Epargne-nous ton cours. Comment peut-il disserter tranquillement ? Question idiote : comment un fou peut-il être fou ? Je n'entends plus Guillaume, ni Hélène, personne ne pipe mot, ils doivent être bouche bée.

– Qui peut dire où se situe la frontière, pour un tueur en série, entre la simple pulsion sanguinaire et le désir magique de reconstituer un univers perdu ?

Continue à parler, je te situe mieux, tu es tout près de moi, si je lève le bras, je pense que je peux te planter le couteau dans la cuisse, et alors... oui, il sera déséquilibré, même s'il tire, c'est notre seule chance...

– Ma théorie serait finalement que le tueur en série est toujours un sorcier qui s'ignore, mais là n'est pas la question.

Je compte jusqu'à trois et je le fais...

Un, deux, trois.

La lame s'enfonce dans la chair comme dans du beurre, quelque chose de chaud me jaillit au visage, il tombe avec un cri de douleur et de surprise, en même temps que retentit un coup de feu. Cavalcade.

– On ne bouge plus, on se calme ! lance Hélène.

J'en déduis qu'elle a récupéré l'arme, ouf !

– Elise, pourquoi est-ce que vous avez fait ça ? murmure Tony tout près de moi.

Je l'imagine en train de se tenir la cuisse en grimaçant de douleur.

Pourquoi j'ai fait ça ? Pour ne pas crever dans ce séjour qui pue la mort et la folie, voilà pourquoi !

– Jean, attachez-lui les mains derrière le dos avec sa cravate, demande Hélène d'une voix posée.

Guillaume s'exécute. Je reste là, le couteau à la main.

– Elise, lâchez ça, vous risquez de blesser quelqu'un, me dit Hélène en saisissant le manche.

Je n'ai aucune envie de le lâcher, je serre les doigts, j'aime sentir ce couteau dans ma main.

– Mais enfin, Elise, c'est ridicule.

– Ne le lâchez pas, lance Tony d'une voix altérée par la souffrance.

Décidément, ce type est plus fou que fou.

J'hésite. Il chuchote :

– Elise, vous vous souvenez de ce que je vous ai dit à propos des énigmes ?

Mais qu'est-ce qu'il me veut à la fin ?

– Virginie ne savait pas que j'étais son père.

Qu'est-ce que ça change ?

*Ça change tout.* Virginie n'avait aucune raison de protéger quelqu'un qu'elle ne connaissait pas... J'entends sa petite voix dans ma tête : « Papa est tout blessé. » Donc, Tony ne ment pas et donc... comment ai-je pu être aussi bête !

Je lève brusquement le bras pour me protéger, mais c'est trop tard : la crosse d'une arme s'abat violemment sur ma tête tandis qu'Hélène me dit d'une voix aimable :

– Vous avez vraiment mis du temps à comprendre !

Etourdie par le coup, j'ai lâché le couteau. J'entends Guillaume qui respire très fort avec de petits bruits de succion, comme s'il s'étouffait.

– Ne restez donc pas comme ça, Jean. Asseyez-vous à côté d'Yvette et tendez les mains... voilà. Attention, pas de faux mouvement, je ne voudrais pas que le beau front d'Yvette s'orne d'un troisième œil. Alors, tout le monde est réuni ? Il ne manque plus que la cerise sur le gâteau. Virginie, où es-tu, ma chérie ? Virginie ?

Je sens tous mes poils se hérisser en entendant cette voix de maîtresse de maison enjouée résonner dans la pièce et je comprends soudain à quel point la folie peut être terrifiante.

– Hélène, je ne comprends pas… Qu'est-ce que ça veut dire ? demande Guillaume, stupéfait.

– Ça veut dire que tu fermes ta gueule et que tu te tiens tranquille.

– Hélène ! Mais ce n'est pas vrai ! Dites-moi que ce n'est pas vrai !

– Elle les a tous tués ! jette Tony, dont la voix est au niveau de mes roues.

– C'est vrai ? dit Guillaume d'un ton incrédule.

– Quelle question stupide, mon cher Guillaume. Qui croyez-vous que c'était ? Votre Yvette bien-aimée ?

– Et Paul ? Qu'est-ce qui est arrivé à Paul ?

– Paul a été très discourtois avec moi. Il n'a pas apprécié le contenu de la boîte. Il n'a pas compris la valeur de ma collection. Il s'est mis à crier et à dire ces choses horribles sur moi… Je n'aime pas qu'on me crie après.

– Et Stéphane ? Pourquoi Stéphane ? lance Tony. Il ne t'a jamais fait de mal !

– Stéphane ? Il devenait gênant. Il me voulait pour lui toute seule. Pauvre Stéphane. Comme si je pouvais appartenir à quelqu'un… Vous vous rendez compte, Elise, de la stupide arrogance des hommes ? En plus, il commençait à avoir peur. Quand il a entendu que la police recherchait un break blanc, il a commencé à baliser, le pauvre bêta. Il savait que je le lui empruntais souvent. Il a commencé à essayer de se poser des questions, si je peux dire. Ce qu'il ne savait pas, c'est que c'est moi qui avais mis la police sur sa piste. Moi qui avais téléphoné aux gendarmes après avoir laissé des traces de sang sur de vieux vêtements à lui et les avoir déposés dans la cabane forestière, là où je m'étais occupée de Michaël. Il fallait trouver un coupable, jeter un coupable aux flics comme un os à un chien, alors… bye bye Stéphane.

– Et Sophie ? Est-ce que Sophie… ? balbutie Guillaume, atterré.

– Mais oui, c'est moi, mon cher Guillaume. Refermez la bouche, vous avez l'air assez stupide comme ça. Sophie en savait trop. Elle était au courant pour Benoît.

Au courant de quoi ? Je nage complètement. Hélène continue :

– Une grande gueule, Sophie. Une bavarde invétérée. Impossible de la laisser se balader partout en ternissant mon personnage.

*Personnage.* Elle se définit comme un personnage. Est-ce qu'il existe une véritable Hélène ?

– Le plus simple était encore qu'elle se suicide, n'est-ce pas ? continue Hélène, mutine.

– Je ne comprends pas, balbutie Guillaume. Je crois que je ne comprends pas… Hélène, voyons, ce n'est pas possible… Les enfants, Stéphane, Sophie, Paul, ça fait neuf personnes !

– Ta gueule, pauvre merde !

Il pousse un petit cri, j'imagine qu'elle l'a frappé avec le pistolet. Je la vois bien lui fracasser les dents d'un geste négligent.

Craquement d'allumette. Odeur de bougie. Qu'est-ce qu'elle fait ? Pourquoi ai-je lâché ce couteau ?! Du sang me coule dans les yeux, le coup de crosse a dû m'entailler le cuir chevelu. Je ne peux pas m'essuyer le visage, je sens le sang sur mes lèvres, son odeur métallique, ça me dégoûte, tout ça me dégoûte, je me sens déconnectée, trop loin dans la peur et l'horreur.

– Ils n'avaient pas le droit de me prendre Max.

Max. Mais qui est Max ?

– Je l'aimais tellement, continue Hélène d'une voix vindicative, il était tout pour moi. Je voulais tout réparer avec lui, oublier les coups, la peur, remplacer la souffrance par de l'amour.

– Et tu crois qu'en étranglant des enfants tu remplaces la souffrance par de l'amour ? persifle Tony.

– Ce que tu es vulgaire ! Je me demande comment j'ai

pu être attirée par un être tel que toi, un pauvre alcoolique schizophrène, un déchet. Qu'est-ce que tu connais à l'amour ? Ta mère ne s'est jamais occupée de toi, ton père est un semi-clochard… L'amour, c'est quoi pour toi, Tony ? Un lit d'hôpital ? Le sourire machinal d'une infirmière pressée ? Un peu de soupe quand il fait froid ? Tu te cramponnes à l'existence avec acharnement en croyant que les choses s'arrangeront un jour, mais vivre c'est souffrir. Vivre, c'est avoir mal, tout le temps, tout le temps mal. Tu dis que je les tuais, moi je dis que je leur ôtais la souffrance, je leur donnais le repos, le doux repos du froid. De toute façon, je ne vous demande pas de comprendre. Je me fous qu'on me comprenne ou pas. Je suis libre. Je n'obéis pas à vos stupides règles de morale. S'il y avait une morale, Max serait là… Avec lui, tout aurait été différent. J'aurais pu oublier la violence, le goût âcre de la violence, la salivation de la peur, mais ça ne s'est pas fait, la roue a tourné autrement…

– Mais qui est Max ? s'étonne Guillaume.

– Un ange. Max était un ange. Un ange rédempteur. Il est mort pour expier la souffrance du monde.

– Une sorte de Christ ? demande encore Guillaume, qui, je le suppose, essaye de la faire parler le plus possible.

– Si ça peut vous faire plaisir de voir les choses comme ça… lâche Hélène, ironique. Assez parlé de Max, le sujet est clos. Maintenant…

Elle laisse sa phrase en suspens comme si elle réfléchissait.

– Maintenant ? répète Guillaume d'une voix sourde.

– Maintenant, il faut que je parte. Je suis désolée, mes chers amis, mais je ne peux pas vous emmener avec moi.

Un espoir fou : elle part ? Elle part vraiment ?

– Et je ne peux pas non plus vous laisser derrière moi… Mais, rassurez-vous, le feu de l'amitié brûlera toujours entre nous.

Le feu de l'amitié ? L'allumette… la bougie… oh merde…

– Je vais prendre cette boîte dont notre cher Tony a

brillamment analysé le contenu et je vais partir. Voilà, contente de vous avoir connue. Elise, j'espère que vous souffrirez beaucoup, je vous ai toujours détestée. Et permettez-moi de vous dire que votre coiffure est atroce.

C'est grotesque. Tout ce qu'elle trouve à me dire, c'est que ma coiffure est moche alors qu'elle va nous brûler vifs ! J'en pleurerais !

– Je ne comprends vraiment pas ce qu'il vous trouvait.

Il ? Qui ça, « il » ? Elle ne veut tout de même pas dire…

– Ce cher et tendre Benoît… Il avait décidé de tout vous avouer après ce voyage, mais hélas il n'en a pas eu le temps et c'est vous qui avez profité de ses derniers instants !

M'avouer quoi ? Je ne veux pas entendre. Benoît n'a pas pu…

– J'ai commencé à coucher avec lui quelques mois après que j'ai libéré l'âme de Charles-Eric. Il voulait que je quitte Paul et qu'on parte ensemble. Mais je ne pouvais pas, Renaud allait avoir huit ans, il souriait comme Max, et ses cheveux, ses cheveux étaient si doux, si brillants… Vous comprenez, il fallait que je le fasse… alors je n'ai pas pu partir avec Benoît malgré ses supplications.

Tumulte. Double tumulte. Elle a tué Renaud, elle a tué le fils de son mari. Et Benoît et elle… Benoît me trompait, Benoît me mentait, Benoît, mon Benoît avec cette…

– Ne l'écoutez pas ! Benoît vous aimait, il n'arrivait plus à s'en débarrasser, elle lui collait après comme une ventouse, jette Tony.

– Tais-toi !

Bruit de coup.

– Je suis heureuse de savoir que vous allez mourir avec Tony. Je ne sais pas lequel de vous deux je hais le plus, Tony le donneur de leçons ou la si gentille Elise…

– Hélène ! Tu te rends compte que tu as tué ces enfants ? Pour rien ! Qu'ils sont morts, définitivement morts, qu'il ne reste d'eux que des morceaux de chair qui ne serviront jamais à rien, articule soigneusement Tony, des morceaux de corps humain qui vont pourrir !

– Tony chéri, tu me fais de la peine, beaucoup de peine, tu es toujours tellement raisonnable… Tu ne comprends rien à rien… (Sa voix dérape dans l'aigu.) Tu n'as jamais rien compris, ils ne sont pas morts, tu entends, ils sont en paix, ils sont avec moi, en moi, pour toujours, et pas dans ce sale monde pourri, ils sont à moi !

– Ils sont morts, Hélène, juste morts, et ils ne sont plus à personne.

Elle reprend son souffle et sa voix s'adoucit dangereusement.

– Mon pauvre Tony, je m'inquiète pour toi, vraiment…

Elle se rapproche, bruit de choc, quelque chose qui craque, et Tony pousse un petit couinement, puis un autre.

– Tony chéri, je crois bien que je t'ai cassé le nez… ça ne te gêne pas pour respirer au moins ? De toute façon, tu n'auras bientôt plus besoin de respirer.

Elle rit, d'un rire haut perché, le plus terrifiant que j'aie jamais entendu.

– Et vous, Elise, vous n'avez rien à dire ? Pas de contribution à apporter à cet instant historique ?

*Benoît m'a trahie.*

*Et je vais mourir brûlée vive.*

– Vous savez ce qu'on dit… qu'on meurt d'abord asphyxié. Pensez à Jeanne d'Arc. Héroïne nationale. Et dire que son ami, Gilles de Rais, a été condamné à mort pour la torture et le meurtre de plus d'une cinquantaine d'enfants. Le parallèle est amusant, vous ne trouvez pas ?

Tordant. Elise d'Arc et Hélène de Rais. Superproduction en cramorama. Mais ce n'est pas vrai ! je ne vais quand même pas crever comme ça !

– Virginie ? Sors de ta cachette, ma poupée, Maman doit partir.

Où est-elle ? Il ne faut pas qu'elle sorte. Elle va l'attacher et la laisser brûler avec nous, je sens à sa voix qu'elle est passée dans une autre dimension, une dimension où il n'y a plus de place pour des sentiments humains. Ne bouge pas, Virginie, je t'en supplie.

233

– Virginie ! Maman va se fâcher, et tu sais les dégâts que ça fait quand Maman se fâche.

Je sens des larmes rouler sur mes joues. Et j'entends quelqu'un d'autre pleurer en silence. Je pense que c'est Jean Guillaume. Yvette ne s'est pas réveillée. Elle aura la chance de mourir sans s'en apercevoir.

– Bon, tant pis pour toi, Virginie, Maman s'en va. Ah, j'oubliais mes cassettes. Ça vous a amusée, Elise, mes enregistrements ? C'était très amusant à faire, avec un de ces petits appareils de poche, vous savez... qui se déclenchent à la voix...

Elle doit tripoter le magnétophone, et puis une voix s'élève :

« Il est tard, nous devons partir. Bonsoir, Yvette, bonsoir, Elise, bonsoir, Jean. »

La voix de Paul. Ça fait drôle d'entendre parler un mort. Surtout pour nous délivrer un message de circonstance. La bande avance en accéléré, passe à Yvette :

« C'est gentil d'être venus. Téléphonez-nous, Hélène. »

– Comptez-y ! ricane Hélène. Voilà, le feu va tous vous libérer des difficultés de la vie : plus de fauteuil roulant pour Elise, plus d'asile pour Tony, plus de cholestérol pour Jean... Allez, au revoir... Non, Jean, ne pleurez pas, voyons ! Montrez-vous un peu courageux ! Je dois m'en aller, j'ai une tâche à accomplir...

Crépitement. Indéniable crépitement et odeur de flamme.

– Virginie ! Tu as dix secondes pour venir ici !

– Elle a mis le feu aux volants du canapé, m'informe Tony, d'une voix déformée par son nez brisé.

– Je t'ai dit de te taire, sale porc !

Je sens sa jambe me frôler tandis qu'elle lui envoie un coup de pied au visage. La tête de Tony cogne le mur. Il ne dit rien, mais ne peut retenir un gémissement. Les flammes crépitent de plus en plus fort, je les sens, elles sont vraies, je sens leur chaleur, on va tous mourir, JE NE VEUX PAS ! Mon bras jaillit, poing fermé, heurte quelque chose de mou, son ventre, elle se plie en deux, j'appuie sur le bouton AVANCE et le fauteuil fait un bond, cognant violemment ses jambes, elle bascule, je l'entends qui bascule avec un couinement de rage, fracas de table renversée, je continue à avancer, les roues patinent sur ses chevilles, et soudain elle pousse un hurlement.

– Mon Dieu, ses cheveux... murmure Guillaume.

Hélène crie. Appels d'air, odeur de cramé. Elle tournoie autour de moi.

*Ses cheveux ont pris feu.*

– Reculez ! hurle Tony.

Je recule, le fauteuil cogne contre le mur, brutalement.

Une sorte de détonation sourde. Hélène pousse un cri de bête enragée.

– Sa robe, annonce Tony, comme s'il commentait un match de Coupe du Monde. Sa robe s'est enflammée. Elle s'est transformée en torche.

Images de bonzes s'immolant par le feu... mais là, c'est tout près, c'est à côté de moi, c'est une femme en chair et en os en train de hurler, et la chaleur du feu tout autour de nous et l'odeur, l'odeur de la chair qui brûle... Il faut faire quelque chose. J'avance jusqu'à la porte et je cogne éperdument, il y a bien quelqu'un dans l'immeuble qui va entendre ! Je ne peux pas supporter ces cris !

– Ça suffit là-dedans ou j'appelle la police ! lance une voix exaspérée, quelque part en dessous.

Mais vas-y ! Appelle-la ! La chaleur envahit la pièce, les flammes me frôlent, me touchent, me brûlent, Hélène tourbillonne en hurlant, se cogne dans les meubles, je la sens, je la sens contre mon bras, ça me brûle atrocement, je sens sa chair bouillonner et cloquer, son désespoir, que quelqu'un intervienne !

On me touche la jambe.

– Elise, le couteau, je le tiens, prenez-le, vite ! halète Tony.

Il s'est à demi redressé et laisse tomber le couteau sur mes genoux. Ma main se referme sur le manche.

– On ne peut pas la laisser comme ça. Tenez-le droit, je vais couper la cravate.

Oui, il a raison, il pourra peut-être la traîner jusqu'à la salle de bains, ouvrir la douche… Pour la deuxième fois en moins d'une demi-heure je tiens le couteau comme une automate pendant qu'il se dépêche, mais la cravate résiste, et ces cris, oh, mon Dieu, *ces CRIS* !

La cravate cède, Tony se relève, il s'appuie au dossier de mon fauteuil, il lance « Hélène » d'une voix étranglée et je devine qu'il essaye de la saisir.

– Hélène ! Je ne peux pas, ça brûle trop ! Il faut que j'enlève ma veste.

Dépêche-toi ! Les cris d'Hélène n'arrêtent pas, ils changent d'intensité, montant vers des aigus difficilement soutenables, une sorte de modulation stridente qu'on associe mal à un humain, j'ai l'impression que mes tympans vont éclater, je serre les dents à les casser, je serre le manche du couteau comme une folle, combien de temps s'est-il passé ? Deux secondes ? Trois secondes ? Trois siècles ? Le cri me tétanise, les flammes me lèchent, je voudrais me lever et hurler, je vais brûler aussi, mes cheveux, mes cheveux s'enflamment, je lève spasmodiquement le bras pour appeler à l'aide, aidez-moi, aidez-moi, Hélène tournoie, elle me brûle, elle me brûle, elle est tombée sur moi, je suis en train de brûler ! Je brûle !

Quelque chose sur ma tête, on me recouvre la tête, on écarte le corps ardent d'Hélène, on me frappe avec du tissu, la veste de Tony, il étouffe les flammes sur ma peau, je suis sauvée, je suis sauvée…

Le cri a cessé. Hélène ne crie plus. Ne bouge plus.

– Elle est tombée dessus, annonce Tony d'une voix à peine audible. Dieu merci, elle est tombée dessus.

Dessus ? Sur moi ?

– Alors ? demande Guillaume d'une voix pressante.

– Elle est morte, répond Tony. La lame s'est enfoncée dans le cœur.

La lame ? Oh, non… Le couteau, bien serré dans ma main, la lame vers le haut. J'ai tué Hélène. Moi, Elise Andrioli, j'ai tué quelqu'un. Ce couteau que je tiens dans ma main s'est enfoncé dans la poitrine d'un être humain.

La lame pleine de sang, ma main pleine de sang... Je ne voulais pas...

Les flammes crépitent dans le silence qui s'est abattu sur le living.

– Il faut foutre le camp ! lance Guillaume.

Tony me pose quelque chose sur les genoux, puis ouvre la porte, je sens avec délices l'odeur de ciment du couloir, le courant d'air frais, Tony me roule dehors, Jean Guillaume nous rejoint, je sens les jambes d'Yvette effleurer ma joue, Guillaume court jusqu'à l'ascenseur. Les portes s'ouvrent dans un merveilleux chuintement. Derrière nous, c'est la fournaise. Brusquement une question me glace : Virginie ! Est-ce que Virginie est restée dans l'appartement ? Je lève frénétiquement la main.

– Elle est là, dans mes bras, elle dort, répond Tony en poussant le fauteuil.

Elle dort ? Avec ce qui vient de se passer, elle dort ?

– Je lui ai fait une injection d'hexobarbital. Elle ne se réveillera pas avant quelques heures. Je ne voulais pas qu'elle soit témoin de ce qui allait se passer. C'est très efficace, l'hexobarbital. On m'en a filé pendant six ans. J'étais d'un calme ! Elle n'était pas censée se réveiller tout à l'heure, mais j'avais mal calculé la dose. J'étais en train de fouiller l'appartement pour récupérer le fusil de chasse de Benoît...

Ah, c'est donc avec ça qu'Hélène m'a entaillé le cuir chevelu...

– ... et j'avais trouvé la boîte avec son contenu quand j'ai vu qu'elle s'était réveillée, mais je ne pouvais pas intervenir, je ne voulais pas que vous vous doutiez de ma présence. Pour qu'Hélène avoue, il fallait que la surprise soit complète. J'ai attendu que Virginie se soit libérée grâce à vous, puis je me suis approché en silence pendant qu'elle déverrouillait la porte et je lui ai fait une deuxième injection.

Je comprends mieux. Et dire que je croyais qu'elle jouait à cache-cache... Plus con que moi tu meurs.

Mais où était-elle ? Comment se fait-il que personne ne

l'ait vue ? Ce diable d'homme doit vraiment avoir un sixième sens car il me répond comme s'il m'avait parfaitement entendue :

– Quand elle a perdu conscience, je l'ai cachée derrière le gros fauteuil en cuir, contre le mur. Vous étiez devant avec votre fauteuil, vous faisiez écran.

Tout simple, pas de quoi en faire un plat. Et quitter un appartement en flammes où se consument deux corps, quoi de plus normal ?

Je ne me suis même pas aperçue qu'on était dans l'ascenseur. Guillaume n'arrête pas de chuchoter le nom d'Yvette sur un ton pressant. Les portes s'ouvrent. Voilà, on est dehors. Il pleut, une bruine froide. Délicieusement froide. Je ressens brusquement la douleur là où j'ai été brûlée. Je prends conscience qu'une sirène se rapproche. Je nous imagine, debout devant cet immeuble, Tony sa fille dans les bras, Guillaume chargé d'Yvette, et moi couverte de cloques. Avec ce truc, je ne sais pas quoi, que Tony a déposé sur mes genoux.

– Je vais téléphoner aux flics, dit Tony de sa drôle de voix étouffée, il y a une cabine au coin.

– On voit les flammes s'échapper par la fenêtre, annonce Jean Guillaume pendant que Tony s'éloigne.

Puis sans transition il me demande :

– Vous croyez qu'elle va s'en sortir ?

Je devine qu'il parle d'Yvette. Comment est-ce que je peux le savoir, je ne vois même pas ses blessures.

– Si elle s'en sort, je l'épouse.

C'est bien de pouvoir faire des projets d'avenir. Moi, j'ai l'impression d'être une vieille guenille abandonnée sur une chaise. Il ne me restait que le souvenir de Benoît et maintenant... même ça, c'est foutu : Benoît me trompait, toute cette partie de ma vie n'était qu'un mensonge. Benoît est mort, je suis seule, je viens d'échapper de peu à une mort affreuse, ma meilleure amie tuait des enfants, Yvette va peut-être crever... et on est là devant une entrée d'immeuble, à écouter flamber l'appartement de Benoît...

C'est dément. L'ambulance est tout près maintenant, Tony n'avait pas menti, il les avait bien appelés.

– Les flics arrivent, annonce Tony en revenant, quelqu'un les avait déjà prévenus.

Sûrement le voisin du dessous. On attend encore quelques secondes en silence pendant que l'ambulance se rapproche, dans un bruit assourdissant. Le corps d'Hélène est en train de brûler là-haut... Est-ce que j'aurais pu imaginer qu'un jour l'appartement de Benoît servirait de bûcher funéraire aux Fansten ? Il a rencontré Hélène en 93. Je comprends maintenant pourquoi on se disputait tout le temps à ce moment-là. Est-ce qu'elle avait prévu de se servir de Benoît ? De le faire accuser comme elle a fait accuser Stéphane ? Est-ce parce que Benoît est mort qu'elle a choisi Stéphane comme bouc émissaire ? Benoît. Mon Benoît aurait pu être accusé de meurtres ! Mon Benoît le traître, le menteur, l'adultère. Le salaud.

L'ambulance freine devant nous. Brouhaha. Tout le monde parle en même temps. Des gens jaillissent de l'immeuble, c'est la confusion la plus totale.

– On a cherché partout, on avait mal noté l'adresse.

– Qu'est-ce qui se passe ? Pourquoi est-ce qu'il y a une ambulance ?

– Mon Dieu, il y a le feu ! Jacques, le feu !

– Où sont les blessés ?

– Putain, ça brûle là-haut ! Préviens les pompiers.

– Reculez, s'il vous plaît, messieurs-dames...

– Il y a des gens dans l'appartement ?

De nouveau des sirènes au loin.

– Oui, deux corps.

– Nom de Dieu !

– Je suis sûr que c'est eux qui faisaient tout ce bordel.

Je reconnais la voix aigre de M. Chálier, le retraité des Postes qui habite au second. Mais je ne pense pas que lui me reconnaisse, oh non.

– La petite est blessée ?

– Non, elle a reçu une injection d'hexobarbital.

– OK, pas de problème, on l'emmène. Brancard ! Et votre nez ?

– Ça va…

Des véhicules freinent brutalement, portières qui claquent, vociférations.

– Mais qu'est-ce que c'est que ce foutoir ! Mercier, vous êtes en état d'arrestation ! Posez cette enfant par terre ou je vous balance une bastos dans le crâne !

Gassin ! Fou de rage.

– Vous vous trompez, inspecteur, c'était pas lui, dit Guillaume. Infirmier, attention, doucement, elle est inconsciente.

– On connaît notre boulot, monsieur !

– Pas lui ? Vous vous foutez de ma gueule ? hurle Gassin.

– Non, doucement, s'il vous plaît, c'est ma femme… Non, inspecteur, c'était Hélène Fansten, elle a avoué devant nous.

– Hélène Fansten ? Hélène Fansten était l'auteur des meurtres ? Et pourquoi pas Cendrillon ? T'entends ça, Mendoza ? Et vous allez peut-être avoir la gentillesse de m'expliquer tout ça en détail ?

– Où êtes-vous blessée ?

– Elle ne peut pas vous répondre, elle est muette.

– Elle est couverte de sang et de cloques. Dis-leur qu'on amène des brûlés. C'est quoi la boîte, là, sur ses genoux ?

La *boîte* ? Ce salaud m'a fourré la *boîte* sur les genoux ?

– C'est pour l'inspecteur Gassin. Tenez, inspecteur, propose Tony comme s'il lui offrait des bonbons, ouvrez-la.

– Si jamais c'est une connerie, Mercier, je vous jure que… Nom de Dieu ! Espèce de… Vous saviez ce qu'il y avait dedans !

Au moins, je ne verrai jamais le contenu de cette boîte. Mais est-ce pire que de l'imaginer ? Les petits doigts recroquevillés, les yeux gélatineux…

– Je pensais que ça vous intéresserait, lance Tony, très décontracté.

– Où avez-vous trouvé ça ? lui demande Gassin, dont la voix a changé de registre, plongeant dans les graves.

– Pardon, inspecteur, mais on doit les emmener aux urgences…

– Qu'est-ce qu'on fait pour l'appartement, chef ? Y a deux cadavres là-haut…

– Vous avez vu votre nez ? Cet homme a le nez brisé, inspecteur.

– Est-ce que quelqu'un veut bien me répondre ?! hurle Gassin.

– Dans cinq minutes, je vous expliquerai tout, mais là, franchement, vous n'auriez pas quelque chose à boire ? suggère Tony de sa voix calme.

# 15

De nouveau l'hôpital. Je ne sais pas l'heure qu'il est. On m'a soignée, pansée, et donné un sédatif léger. Gassin a récupéré le couteau. J'ai eu du mal à le lâcher. Maintenant, ça va mieux. Il paraît que j'ai toute une partie du crâne où les cheveux ont cramé. Ça doit être ravissant. Une momie couverte de pansements avec une touffe de cheveux sur le sommet de la tête.

Yvette est en salle de soins. Fracture du crâne. Ils vont lui faire un scanner. On ne peut que prier. Guillaume attend devant la salle d'opérations, en faisant les cent pas. Virginie dort toujours, ils l'ont installée dans une chambre particulière et on est là, dans la salle d'attente, Gassin, moi, un agent en faction et Tony. On lui a fait une dizaine de points de suture à la cuisse et on s'est occupé de son nez brisé. Il doit avoir un énorme pansement au milieu du visage. Ce visage que je n'ai jamais vu. Quand il bouge, j'entends le cliquetis des menottes. Il est accusé d'un tas de choses, des broutilles du style « usurpation d'identité », « faux et usage de faux », « outrage à agent de la force publique dans l'exercice de ses fonctions », « dissimulation de preuves », sans parler du fait qu'il est toujours sous le coup de la décision d'internement prononcée contre lui il y a sept ans…

– Comment avez-vous deviné ? lui demande Gassin en allumant une cigarette.

– Mais je n'ai rien deviné, lui répond Tony. Je n'ai commencé à comprendre qu'à la fin. Parce que, voyez-vous, je ne savais pas si j'étais coupable du meurtre pour

242

lequel j'ai été jugé, je ne savais pas si j'avais tué ou non cet enfant.

– Comment ça ?

– Je vais vous expliquer comment tout ça s'est passé. Au moment des faits, en 1988, je buvais tellement que, quand les flics sont venus me chercher, je me suis honnêtement posé la question : est-ce que j'avais fait ça ? Hélène disait que oui, les flics disaient que oui, les psychiatres disaient que oui, et moi ? Moi, je ne savais pas, je ne m'en souvenais pas. Mais j'avais peur d'avoir agi dans un état second. J'avais déjà fait des tas de trucs sans m'en souvenir. Des bagarres. Des épisodes délirants. J'ai passé la moitié de mon adolescence dans les services psychiatriques. Je suis un habitué, en quelque sorte. Et puis, une fois interné, désintoxiqué, j'ai commencé à réfléchir. Quelque chose d'incompréhensible s'était produit et, que j'aie étranglé cet enfant ou pas, il était trop tard pour revenir en arrière. Je ne voulais pas finir ma vie dans un asile. Je voulais revoir Hélène, je voulais revoir ma fille, j'avais peur pour ma fille. J'avais appris au cours des séances de thérapie que les personnes victimes de violences durant leur enfance sont souvent tentées de les reproduire sur d'autres. J'ai réfléchi à mon propre parcours par rapport à la violence. Hélène aussi avait eu une enfance traumatisante. Je savais qu'elle avait parfois des pulsions destructrices. Virginie pleurait souvent sans raison et ne se calmait que quand je la prenais au bras…

L'agent de police toussote. Tony s'interrompt, puis reprend :

– Plusieurs fois, je l'ai trouvée avec des bleus, Hélène disait qu'elle était tombée. Et puis un jour je suis arrivé, Hélène buvait un whisky et le bébé hurlait. Elle la regardait sans intervenir, l'air absent. Je me suis approché et j'ai vu qu'une épingle de la couche était légèrement enfoncée dans la peau de la petite. Hélène s'est retournée et m'a regardé sans manifester d'émotion. « Elle a mal », c'est tout ce qu'elle a dit. J'ai ôté l'épingle avec mes mains tremblantes, j'ai calmé le bébé et je me suis retourné vers

Hélène, furieux. Elle m'a reproché d'en faire tout un drame, elle m'a traité de poivrot hystérique. Je n'en revenais pas. Elle laissait souffrir la gamine et elle m'accusait, moi, d'être un irresponsable ! La colère m'est venue, je l'ai secouée, elle a commencé à m'insulter, un torrent d'injures, elle était hors d'elle. On s'est battus. C'est ce soir-là que je lui ai cassé le bras. Après, elle m'a dit qu'elle ne savait pas ce qui lui avait pris, un coup de folie, et que, depuis la mort de Max, elle avait parfois des absences. Mais elle n'a jamais recommencé, jamais.

– Max ?

Oui, qui est Max ?

– Son fils. Celui qu'elle a eu à dix-sept ans.

– Quel fils ? On ne m'a jamais parlé d'un fils !

– Evidemment, il est mort.

– Doucement, je ne vous suis plus, proteste Gassin.

– Bon, je vais tout reprendre depuis le début. Quand j'ai rencontré Hélène en 86, j'étais en cure de désintoxication, elle sortait de trois tentatives de suicide. On participait aux mêmes séances de thérapie de groupe et j'ai appris qu'elle avait eu un fils à dix-sept ans, de père inconnu, et qu'il était mort deux ans auparavant. Le gamin devait avoir dans les huit ans. Un accident, à ce que j'ai compris. Apparemment, elle était inconsolable. Pour elle, ce gosse aurait dû tout réparer, tout le mal qu'elle avait subi durant son enfance. Et il était mort.

– C'est invraisemblable ! Cette information ne figure dans aucun dossier ! s'indigne Gassin.

– Vous ne lui avez peut-être pas demandé son livret de famille ?

– Très drôle ! Imaginez-vous que nous avons épluché l'état civil de toutes les personnes impliquées dans les meurtres.

– Alors, je ne vois qu'une solution : l'enfant n'a pas été déclaré.

– Mais comment voulez-vous... ?

– Elle a très bien pu accoucher toute seule et le garder

244

avec elle, rien que pour elle. Ça cadrerait tout à fait avec son caractère.

– Et l'école, et le reste ?

J'ai une illumination : si Hélène, à dix-sept ans et pour $x$ raisons, ne voulait pas qu'on sache qu'elle avait eu un bébé, elle n'avait qu'à le faire déclarer par sa mère... Mais oui ! Evidemment, pas un de mes brillants compagnons mâles n'y songe. Gassin pianote sur son téléphone portable :

– Salut, c'est moi. Demande aux archives le dossier Siccardi... Ouais, c'est ça. Tu me l'épluches et tu me trouves quelque chose sur Max Siccardi. Si t'as rien, tu appelles Marseille, urgent... Oui, rappelle-moi dès que tu as quelque chose.

Il coupe la communication rageusement.

– Où en étions-nous ?

– A ma rencontre avec Hélène. Hélène et moi avons sympathisé. On était aussi paumés l'un que l'autre, on venait tous les deux d'un milieu difficile, on se sentait proches, et puis Virginie s'est annoncée, elle ne voulait pas la garder, j'ai insisté, je pensais qu'il fallait qu'une vie vienne en remplacer une autre... Si j'avais pu prévoir, mon Dieu, si j'avais pu deviner...

Gassin tousse nerveusement.

– Continuez.

– Donc, Virginie est née et tout s'est à peu près bien passé, jusqu'à ce qu'Hélène rencontre Paul. A l'époque, il était en poste à Marseille.

– Quoi, lui aussi ?

– Je vous jure que ce n'est pas ma faute. Paul avait perdu sa femme d'un cancer et il élevait seul son petit garçon de deux ans, Renaud. Hélène et lui se sont rencontrés à la banque, il travaillait au guichet.

Paul, tout jeune, tout fringant, tombant amoureux de cette jeune femme éplorée, suicidaire... Espérant qu'elle allait l'aider à élever son fils... S'il avait su...

– Et que s'est-il passé ?

– A votre avis ? Hélène a tout de suite été attirée par

lui. Un homme stable, sécurisant, normal. Elle s'est fait un plaisir de me dire qu'ils avaient une liaison. Mais elle n'arrivait pas à choisir entre nous. Alors, tout a continué, à part que je buvais comme un trou, que je ne supportais pas qu'Hélène couche avec Paul et qu'elle me donnait parfois la chair de poule. Mais j'étais fou d'elle. Elle était comme une drogue pour moi : elle me ramenait sans cesse au passé, à la douleur du passé.

Il parle vite, avec un débit haché, comme s'il y avait plus d'images dans sa tête que de mots à sa disposition pour les dire.

– Elle partageait avec moi le secret des coups, des bleus, du sentiment d'être un objet auquel tout peut arriver, n'importe quand : quand vous dormez, quand vous mangez, à n'importe quel moment le coup peut venir, la ceinture s'abattre sur vous, vous cingler, vous lacérer, le placard se refermer sur votre peur, sur vos jambes souillées d'urine, sur votre faim… Vous avez déjà passé des jours et des jours sans manger ?

– Désolé, mais non, dit Gassin. Et après, que s'est-il passé ?

– Quand les flics ont commencé à tourner autour de moi, elle a rompu, je l'ai suppliée de m'aider, je lui ai dit que je l'aimais, je n'avais jamais eu personne dans ma vie avant elle, mais elle m'a dit que c'était fini, qu'elle ne m'aimait plus…

Il prend une grande inspiration :

– Elle a accepté d'épouser Paul, qui a reconnu Virginie, et ils sont partis, Paul avait été nommé ailleurs. J'ai repensé à tout ça dans ma cellule capitonnée. C'est bête, hein, je pensais qu'Hélène pouvait faire du mal à Virginie, mais j'étais incapable de concevoir qu'elle avait pu tuer cet enfant, dans notre quartier. Bref, j'ai décidé de m'évader et de retrouver Virginie. J'ai profité de mes permissions pour les chercher et j'ai réussi à les localiser en cherchant tout bêtement dans l'annuaire. Je me suis tapé les annuaires de tous les départements. Mais je les ai trouvés. Après, ça a été un jeu d'enfant. Je suis venu ici, je me suis fait embaucher sur un des chantiers de Stéphane Migoin, je me suis rendu compte qu'il la connaissait bien. C'était étrange de vivre comme ça, si près d'elles... Parfois, je voyais Virginie dans le parc, avec Paul Fansten. Elle l'appelait Papa... Je ne voulais pas intervenir, juste surveiller. Ça me faisait une espèce de famille, par procuration. En fait, je crois que j'étais complètement paumé. Et terriblement jaloux.

J'imagine cette grande silhouette triste, regardant Virginie rire avec l'homme qu'elle croit être son père. Cet homme en fuite qui n'a nulle part où aller et qui se nourrit des miettes du bonheur des autres...

– Et puis j'ai appris que Renaud, le fils de Paul, venait d'être assassiné. Imaginez ma stupeur ! Et ce n'était pas tout : il y avait eu d'autres cas d'enfants étranglés dans les environs et *tous depuis que j'avais commencé à avoir des permissions* ! J'ai eu l'impression de replonger dans un vieux cauchemar. Mais ces meurtres-là, j'étais sûr de ne pas les avoir commis ! Ou alors j'étais complètement et réellement fou. Ces meurtres, je devais les élucider, je devais trouver la vérité, pour me sentir enfin délivré de toutes ces questions.

Un chariot passe en tintinnabulant, échos de voix stressées, chuintements de portes d'ascenseurs. Tony reprend :

– Je me suis vite aperçu qu'Hélène avait une liaison avec Benoît Delmare, l'ami en titre de la directrice du Trianon.

Les mots simples et froids me mordent sournoisement.

– Inspecteur Gassin, lance une voix féminine, on vous demande.

– Je reviens, s'excuse Gassin en se levant.

Brouhaha de voix au bout du couloir. Le planton, toujours debout, s'éclaircit la gorge.

– En fait, vous m'avez souvent vu au Trianon, Elise, me glisse Tony. J'adore le ciné, et puis j'avais du temps libre à tuer. Je vous avais repérée parce que je vous trouvais très séduisante.

Croyez-le ou non, je suis assez bête pour rougir. On vit

un truc dément et moi je rougis parce qu'un mec échappé d'un asile me dit que je suis à son goût. Que *j'étais* à son goût, nuance.

– Je ne sais pas pourquoi elle avait jeté son dévolu sur Benoît. Elle l'a rencontré à une soirée organisée par le Lions Club.

Cette soirée-là ? Benoît voulait m'y traîner, il était obligé d'y aller et j'avais refusé, je préférais regarder le film à la télé. Et dire qu'à cause de ça elle l'a rencontré !

– Revenons-en à votre enquête, cher confrère, persifle Gassin en se rasseyant. Vous me parliez de Paul et Hélène.

– Oui, j'ai décidé de me renseigner sur leur mode de vie, de les espionner en quelque sorte. J'en étais malade. Hélène était là, sous mes yeux, je savais qu'elle vivait avec Paul, qu'ils élevaient mon enfant, dans leur jolie petite villa... et moi, j'avais été condamné pour meurtre. Je me suis mis à haïr Paul... Après tout, je ne savais rien de lui. Toujours aimable, avenant, lisse comme un galet... Je le voyais bien en tueur d'enfants, Paul. Et pas seulement dans les Yvelines... j'avais peut-être bien été victime d'un coup monté à Marseille, un coup monté par le véritable assassin ! Qui pouvait mieux me faire accuser que quelqu'un qui pouvait entrer chez moi sans effraction ? Quelqu'un qui me haïssait. Et dire que pendant que je ruminais tout ça j'étais à cent lieues de soupçonner Hélène ! Je ne pouvais pas attribuer ces actes à une femme.

– Les femmes tuent rarement, mais, quand elles tuent, c'est le plus souvent des enfants, dit Gassin d'un ton professionnel. Et Virginie, que se passait-il avec Virginie ?

– Elle semblait bien nourrie, correctement traitée, mais elle avait l'air étrange, absente. Une petite poupée polie, bien coiffée, souriante... L'idée m'est venue que, si Paul y était mêlé, elle savait peut-être quelque chose sur ces assassinats. Et puis il y a eu le meurtre de Michaël. Je le connaissais de vue. Je savais que Virginie et lui étaient amis. Et surtout, je savais que Virginie avait fait la connaissance d'Elise à qui elle était susceptible de confier des informations intéressantes. Il fallait que je puisse l'inter-roger, que je puisse mener mon enquête à mon aise.

– Et c'est là que vous avez décidé de vous transformer en Yssart ?

– Oui. C'était le plus pratique, et puis je savais qu'Elise ne pourrait pas deviner la supercherie.

Eh oui, la pauvre poupée de son en fauteuil roulant...

– J'ai donc endossé mon déguisement en cherchant à rassembler des preuves contre Paul. J'étais quasiment sûr que c'était lui. Jusqu'à ce que s'introduise un élément nouveau : Jean Guillaume. Je me suis renseigné et j'ai découvert qu'il avait de la famille à La Ciotat et que, avec sa femme, ils y allaient chaque année en vacances. En 1988, il était à Marseille à l'époque du meurtre dont j'avais été accusé... Cette coïncidence m'a pétrifié. Je me trou-vais avec un nouveau suspect.

– Et alors ?

– Alors... j'ai suivi l'enquête, en tenant Elise au courant des récents développements...

Merci quand même.

– Je me suis dit que je faisais peut-être une fixation sur Paul, j'ai décidé de soupçonner systématiquement tout le monde, et Stéphane, je dois l'avouer, faisait un suspect très convaincant. Mais quelque chose me chiffonnait : pourquoi avait-on jeté Elise dans la mare ? Pourquoi dia-ble Paul, Stéphane, Guillaume ou n'importe quel assassin voudrait-il vous faire du mal à vous ? Qui pouvait vous en vouloir ? Ou bien était-ce à Stéphane qu'on en voulait, et vous n'auriez été que la victime par ricochet d'une agression dirigée contre lui ? Je pataugeais complètement. J'ai même pensé que Guillaume pouvait avoir organisé votre noyade pour se donner le rôle du sauveteur... Et puis, bien sûr, il y avait la possibilité plus que probable que ce soit Hélène. Hélène, qui était jalouse de vous et de Benoît, Hélène, qui vous avait certainement haïe... Mais qu'Hélène vous haïsse et veuille même attenter à vos jours ne signifiait pas qu'elle soit l'assassin des enfants. Disons que je ne voulais surtout pas envisager cette éventualité qui ne cessait de se présenter à mon esprit et que je chassais comme une pensée importune et stupide.

– Sans vouloir vous bousculer, est-ce qu'on peut aller un peu plus vite ? Juste les grandes lignes, pour commencer ? propose Gassin d'un ton un peu trop aimable.

– Excusez-moi, je me perds dans les détails. C'est bête comme on peut être intéressé par sa propre vie…

– Quand avez-vous pensé qu'Hélène était la coupable ?

– Quand Elise a été agressée à coups de couteau. Je suis arrivé à l'improviste et je l'ai trouvée en sang, complètement affolée. Le couteau était là, par terre. Un Laguiole jaune. Sur le moment, je n'ai pensé qu'à appeler une ambulance. Dès que l'ambulance est repartie, je me suis esquivé en douce. Il pleuviotait, un petit crachin froid, je marchais sous la pluie, je me suis retrouvé près de l'étang. Le couteau me tarabustait. La forme de la lame, sa taille, tout concordait avec le résultat des différentes autopsies. Donc la personne qui s'en était prise à Elise et l'auteur des meurtres ne faisaient qu'un. Et, logiquement, ce ne pouvait être qu'Hélène.

Soupir de Gassin. Il doit se dire qu'il aurait pu faire le même raisonnement.

– Ça a été comme si je recevais brusquement un seau d'eau glacée sur le visage, poursuit Tony, comme si je dessaoulais après vingt ans de cuite. J'ai repensé à Max, à la photo de Max qu'Hélène trimbalait toujours avec elle, Max, dont la mort l'avait rendue à moitié folle. J'ai repensé à ce regard si vide qu'elle posait parfois sur Virginie ou sur moi, son « regard de nuit » comme je l'appelais, parce que c'était comme si ses yeux ne voyaient que du noir. J'ai repensé à tout ça et pour la première fois je me suis dit que ça pouvait vraiment être elle. C'était un soupçon horrible, ça voulait dire qu'elle m'aurait fait sciemment accuser à Marseille, ça voulait dire qu'elle n'était peut-être pas seulement une meurtrière, mais aussi un être pervers et machiavélique. Je voulais en avoir le cœur net, il me fallait des preuves.

– Je ne comprends pas, s'étonne Gassin. Vous avez la

quasi-certitude que votre ex-femme est une meurtrière et vous n'alertez pas la police ? Vous restez caché, à attendre qu'elle tue d'autres enfants ?

– Et qu'est-ce que vous vouliez que je fasse ? Que je déboule au commissariat pour qu'on me réexpédie illico à l'hôpital psychiatrique en m'accusant de surcroît des meurtres commis dans le coin ? Comme par hasard, un dangereux criminel s'évade et on le retrouve à l'endroit où des gosses sont assassinés ! Vous pensez peut-être qu'on m'aurait accueilli avec des fleurs ? Qu'on m'aurait cru quand j'aurais accusé la respectable Mme Fansten ? Et puis, je ne voulais pas que ce soit elle. Au fond de moi, quelque chose voulait croire à son innocence... C'est la mère de ma fille, vous comprenez ?

– Continuez, soupire Gassin.

– L'idée que ça puisse être elle me rendait fou, mais en même temps je sentais bien que c'était vrai.

– Et vous n'avez pas eu peur qu'elle s'attaque à Virginie ?

– Non. Pas sur ce plan-là. Les victimes étaient toutes de sexe masculin. Quel que fût le meurtrier, il faisait visiblement une fixation sur des petits garçons d'une huitaine d'années. Je me suis dit que, si c'était bien Hélène, elle tuait peut-être des enfants ressemblant à Max. Mais Max était brun avec des yeux noirs, or Charles-Eric était brun, Michaël était blond, Mathieu châtain, Renaud brun, etc., et ils avaient des yeux de couleur différente. Je n'ai pas réussi à discerner la séquence, j'ai été stupide.

– La séquence ?

– Les cheveux bruns de Renaud, les yeux noirs de Charles-Eric, les mains de Michaël, le cœur de Mathieu, les organes génitaux de Joris...

– Un nouveau petit garçon... murmure Gassin.

– Exactement. Un fantasme de petit garçon.

Bien rangé dans une boîte... les petites mains recroquevillées, le petit cœur, les yeux posés sur du velours, c'est gros des yeux, une fois sortis de leurs orbites. Et des mèches de cheveux blonds, douces et soyeuses... Merci,

251

mon Dieu, d'avoir fait que je ne puisse pas voir ces choses !

– Et après ? s'impatiente Gassin.

– Après ? Tout le puzzle a commencé à se mettre en place. J'étais désespéré, j'aurais voulu m'enfuir loin de tout ça, mais je me sentais obligé de rester et d'aider à détruire cette femme que j'avais tant aimée, et qui était manifestement folle à lier...

– Et Migoin dans tout ça ? lui demande Gassin d'un ton légèrement exaspéré.

– Stéphane Migoin soupçonnait Hélène de tromper Paul. Il la regardait d'une drôle de manière. Il croyait que c'était pour ça qu'elle venait lui emprunter son break. A vrai dire, elle couchait aussi avec Stéphane. Coucher avec les hommes, c'était son moyen de les dominer. En y repensant, elle a dû s'envoyer tous les mecs de notre quartier. En fait, je crois qu'elle était frigide. Son père l'avait violée pendant des années, vous savez. D'ailleurs, je suis persuadé que c'est lui, le père de Max.

Et allons donc ! Gassin doit être aussi estomaqué que moi car il ne dit rien. Je l'entends déglutir, c'est tout. Mais oui ! bien sûr ! Son salaud de père l'a certainement violée, elle s'est retrouvée enceinte et, pour éviter le scandale, ils ont fait croire que Mme Siccardi était la mère... Je suis sûre de ma théorie.

– Où en étais-je ? reprend Tony. Ah oui, Stéphane. Elle nous a avoué avoir tout organisé pour lui faire porter le chapeau. C'est certainement elle qui a assommé Stéphane dans le parc et qui vous a poussée dans la mare, Elise. Elle vous haïssait, à cause de Benoît, parce que Benoît vous préférait à elle. Il avait rompu avec elle. Je le sais parce qu'il me l'a dit.

Il le lui a *dit* ?

– Oui, je connaissais Delmare. Un jour, on a été chargés de la réfection d'un immeuble. Couloirs, ascenseurs, etc. C'était chez votre Benoît, Elise. Il m'a demandé si je ne voulais pas refaire la peinture chez lui, tant que j'étais là, en me payant, bien sûr. J'ai accepté. J'ai vu votre photo sur la table de nuit, je lui ai parlé de vous, on a sympathisé, il m'a offert une bière et il m'a raconté sa vie, entre hommes. Il ne pouvait en parler à personne d'autre... pensez un peu si on avait su qu'il avait une liaison avec Hélène Fansten !

Cette semaine où Benoît est venu dormir chez moi parce que ça puait la peinture chez lui, oui, je me souviens, le peintre, il m'avait parlé du peintre, « un mec sympa, pas con ». Est-ce que je l'avais vu, ce peintre ? Non, je ne crois pas.

Ainsi, Benoît avait rompu avec Hélène. C'est bizarre d'apprendre simultanément que votre mec vous cocufie et qu'il a rompu avec votre rivale. Pour ce que ça nous a servi... Quelle amertume de songer qu'au moment où il m'a choisi il est mort.

– Imaginez ce qu'Hélène a dû ressentir quand elle est arrivée chez vous, après que Paul avait fait votre connaissance, et qu'elle vous a reconnue. Sa haine et son triomphe. Vous, sa rivale, sans défense à ses pieds ! Comme elle a dû s'amuser à vous mentir.

S'amuser ? Ce n'est pas le terme que j'emploierais. Est-ce qu'elle s'amusait à me vouloir du mal, à me faire peur, est-ce qu'elle s'est amusée à tuer ces enfants ? Je ne crois pas. Je crois qu'elle avait mal, tout le temps, que, même quand elle se réjouissait, elle avait mal. Je repense à ses plaintes, à ses brusques sautes d'humeur, à ses angoisses... Se rendait-elle compte de ce qu'elle faisait ? Je n'en suis même pas sûre. Je suis certaine qu'il y a des moments où elle était persuadée d'être une ménagère comme les autres, poursuivie par la malchance. Elle ne me semblait pas triomphante, non, plutôt affreusement malheureuse. Même au dernier moment, quand elle allait nous tuer, il y avait cette fêlure dans sa voix... Qu'est-ce que dit Tony ?

– Je crois qu'elle n'était pas maîtresse de ses actes, c'était plus fort qu'elle, si elle voyait un gamin qui lui rappelait Max, il fallait qu'elle le détruise, qu'elle le serre si fort contre elle...

– Vous avez assisté à des meurtres ? lui demande Gassin d'une voix sourde.

– Si j'avais assisté à des meurtres, je n'aurais pas eu de doute sur sa culpabilité, il me semble… lui renvoie Tony.

J'entends Gassin qui tourne des pages un peu trop rapidement.

– Elle vous a avoué avoir tué Sophie Migoin…

– Exact. Je ne sais pas si ça faisait partie de son plan, mais la fuite de Stéphane l'a bien servie…

Ce dernier coup de fil de Stéphane… Il croyait à une conspiration. Si seulement il avait parlé aux flics !

– A propos de Sophie Migoin… j'ai découvert son secret, annonce Gassin d'un ton satisfait. Elle fricotait avec Manuel Quinson.

Tu parles d'une découverte…

– Mais pas pour ce que vous croyez, non, poursuit-il. En fait, il lui fournissait de la coke.

Manu, dealer ? Sophie, les narines bourrées de poudre ? Pourquoi pas ? Je ne m'étonne plus de rien, j'ai épuisé mon stock d'étonnement, je crois que même l'annonce d'une explosion nucléaire ne me ferait pas lever un sourcil.

– C'est pour ça qu'elle avait toujours l'air tellement speedé, murmure Tony.

– Et Paul Fansten ? Quel était son rôle dans tout ça ?

– Le rôle du mari, lui rétorque Tony. Vous voyez ce que je veux dire : assurance, respectabilité, aisance…

– Est-ce qu'il a pu être complice ?

– Vous protégeriez une femme que vous soupçonneriez d'avoir assassiné votre fils, vous ?

Gassin marmonne quelque chose d'incompréhensible. Paul en savait plus que tu ne crois, commissaire Yssart, même s'il ne savait pas qu'il le savait ! Je repense à ces bribes de conversations que j'ai surprises. Je songe aux colères de Paul, à ses emportements contre Hélène. Il l'avait prise en grippe, parce qu'il devait savoir au fond de lui-même, il devait savoir l'innommable… mais il se mentait. Comme vous, mon cher Tony.

Craquement de chaise, raclements de semelles, la veste de l'agent en faction dégage une odeur de laine humide.

– Vous n'avez jamais eu peur qu'Hélène vous aperçoive et vous reconnaisse ?

– Vous savez, quand elle m'a vu pour la dernière fois, je pesais dix kilos de plus, j'étais bouffi, barbu, les cheveux longs et châtains. Je me suis acheté des lunettes polarisées, je me suis coupé les cheveux très court, je les ai teints en noir, et j'ai fait gaffe à ne pas me trouver sur son chemin, voilà.

– Un jeu dangereux.

– Pas plus que de se déguiser en Yssart et de déambuler en ville. Quand on est resté enfermé des mois et des mois sans espoir de s'en sortir, à avaler de force des tas de drogues qui vous détruisent, sans parler de camisoles de force, d'électrothérapie et de centaines d'heures de psychothérapie pour le crime d'un autre, la notion de danger devient très relative.

Toussotements. On se croirait dans un sana.

– Je ne saisis toujours pas quel était son plan en venant chercher Elise pour l'emmener à l'aéroport.

– Mon existence avait été découverte. J'étais le coupable présumé, et c'était bien, mais j'étais aussi sur ses traces, et ça, c'était mal. Il fallait qu'elle disparaisse. Je pense qu'elle a décidé de se débarrasser de tous les témoins encombrants, Paul en premier, et de refaire sa vie ailleurs, comme elle l'avait déjà fait. A mon avis, elle n'agissait plus selon une ligne de conduite sensée, elle était menée par un impérieux besoin de détruire.

Craquement d'allumette.

– Vous avez assisté à l'accident ?

– Malheureusement non. Cet après-midi-là, je suis passé chez Elise, tout était fermé. Je suis passé devant la maison des Fansten, même topo, pas de voiture. Alors, j'ai foncé un peu au hasard sur les routes, en espérant tomber sur eux. Et, juste à la sortie de la courbe de Véligny, j'ai vu la voiture couchée dans le talus, contre un arbre. Elle était vide.

– Vide ? s'exclame Gassin, incrédule.

– Vide. Du sang sur la banquette arrière. Et des traces de roues dans l'herbe : j'ai tout de suite pensé au fauteuil d'Elise. J'ai suivi les traces, je suis arrivé à la cabane. J'ai vu Elise par la fenêtre. Elle semblait affolée et faisait avancer son fauteuil dans tous les sens. Hélène était debout dans l'embrasure de la porte et la regardait avec un sourire... J'en ai eu froid dans le dos. Et puis elle s'est avancée et a tendu un verre d'eau à Elise, qui a bu et s'est endormie. Je voyais votre poitrine se soulever, je savais que vous n'étiez pas morte. Je ne savais pas quoi faire. Entrer ? Mais ça aurait servi à quoi ?

– Eventuellement à sauver la vie de Mlle Andrioli, lui suggère Gassin, acerbe.

– Oui, mais pas à faire arrêter Hélène. Il fallait qu'elle fasse des aveux, et devant témoins, sinon personne ne me croirait jamais. Brusquement, j'ai pensé à Virginie. Il était 16 h 45, je me suis dit que si Hélène avait pris la peine de vous droguer, Elise, c'est qu'elle ne comptait pas vous éliminer tout de suite.

Un pari un peu risqué peut-être, cher Tony ?

– J'ai foncé à l'école, j'ai récupéré Virginie en disant que je travaillais avec Paul, qu'ils m'avaient appelé parce que leur voiture était tombée en panne, que c'était urgent car elle devait aller chez sa grand-mère. L'institutrice était au courant pour la grand-mère, elle m'a donc cru en me voyant si bien renseigné. J'ai fait monter Virginie dans la voiture. Bien évidemment, il ne fallait pas qu'elle voie ce qui pouvait se passer. J'ai toujours sur moi une seringue et de l'hexobarbital, j'en ai emporté plusieurs boîtes en quittant l'hôpital, au cas où j'aurais des crises... Bref, j'ai fait une première injection à Virginie, par surprise, je l'ai attachée et je l'ai cachée dans le coffre. Je suis retourné à la cabane et je les ai trouvées toutes les deux, Hélène et Elise. Je ne sais pas ce qu'Hélène avait manigancé, peut-être voulait-elle s'amuser un peu avec Elise...

– Mais où étaient Paul et Yvette ?

– Déjà chez Benoît, je présume.

– C'est incompréhensible.

Je carbure sec : si Hélène m'a droguée dans la cabane, c'était pour pouvoir transporter les corps de Paul et d'Yvette jusque chez Benoît avec mon fauteuil. Non, on l'aurait vue… Encore que… en ligne droite, la courbe de Véligny est à trois cents mètres de chez Benoît… Oui ! Il suffit de prendre l'allée forestière qui longe le parcours de golf. Mais je la vois mal faire le trajet deux fois d'affilée au risque de se faire surprendre par un promeneur.

Il me vient une idée. Une idée un peu tirée par les cheveux, mais qui expliquerait que personne n'ait vu l'accident. Parce qu'il n'y a pas eu d'accident !

Quand elle est venue nous chercher, elle était seule. Elle était seule parce que Paul était déjà mort ! Son cadavre était déjà chez Benoît ! L'arrêt à la banque ? Un leurre. Tout ce que j'ai entendu, ce sont des portières qui claquaient et la voix de Paul. Sa voix qu'elle avait pu enregistrer n'importe quand sur un magnétophone de poche.

Oui, je suis sûre que c'est ça. Sous un prétexte ou un autre, elle attire Paul chez Benoît et le tue. Puis elle vient nous chercher, Yvette et moi. Ah, merde, Yvette ! Yvette aurait vu que Paul ne montait pas dans la voiture… Mais non, que je suis conne : elle assomme Yvette dès le départ, le plouf que j'ai entendu quand Yvette s'est assise, le soupir, c'était Hélène qui venait de lui fendre le crâne. D'où le sang sur la banquette arrière. Elle fait semblant de charger Paul, elle simule un accident, et m'assomme. Et voilà, le tour est joué. Une fois dans la cabane, elle me drogue, transporte Yvette chez Benoît en se servant de mon fauteuil, puis revient pour me torturer un peu, et heureusement Tony Mercier se pointe. Là, elle se dit : « Tiens, faisons d'une pierre deux coups, je vais me débarrasser de ce cher Tony » et elle l'abat. Puis elle m'emmène chez Benoît, où elle me laisse pour aller chercher Jean Guillaume. Pourquoi ?

– Elle est hors de danger, lance la grosse voix tremblante de Guillaume à ce moment-là.

Yvette est sauvée !

– Au moins une bonne nouvelle, dit Tony. Allez, asseyez-vous, mon vieux, vous êtes tout blanc.

– J'aurais voulu vous y voir. Le cerveau aurait pu être atteint...

Ah non, ça suffit d'un légume dans la famille ! Guillaume se laisse choir sur un des sièges en plastique, certainement orange, qui gémit sous son poids.

– Vous pouvez répondre à quelques questions ? lui demande Gassin, pressé d'en finir.

– Si vous y tenez...

– Pourquoi avez-vous suivi Hélène Fansten jusque chez Benoît Delmare ?

– Mais je ne l'ai pas suivie ! Je suis plombier, inspecteur, j'étais venu pour des toilettes qui fuyaient. En arrivant, je l'ai vue descendre de voiture, elle avait l'air tout agitée, je l'ai saluée en me demandant ce qu'elle foutait là, surtout que c'était pas sa voiture, mais une Honda Civic grise...

– La mienne, précise Tony.

– Elle a cillé, puis elle s'est précipitée vers moi et elle m'a dit de venir avec elle, que c'était très urgent, que Paul avait eu un malaise, elle pensait qu'il était mort... Sur le moment, je me suis dit qu'ils devaient être en visite chez des amis, je sais pas, elle courait, je l'ai suivie, on a pris l'ascenseur, elle a ouvert la porte et bang, je trébuche sur Elise dans son fauteuil roulant, je suis resté con, je ne comprenais pas, j'ai avancé, Hélène a refermé la porte derrière nous, il faisait très sombre, et là, dans le noir, j'ai vu Paul et Yvette, lui il était mort, c'était évident, les yeux grands ouverts, couvert de sang, et Yvette, les yeux fermés, respirant à peine, du sang lui coulant des oreilles et du nez... J'ai failli me trouver mal... La suite, vous la connaissez...

– Récapitulons, susurre Gassin en faisant tourner les pages de son bloc. Dites-moi, Mercier, comment vous avez fait pour vous rendre si vite chez Benoît Delmare sans véhicule ?

– A pied, par l'allée forestière qui longe le golf, en

coupant, c'est à trois cents mètres. J'ai fait le mort jusqu'à ce que la voiture se soit éloignée, je me suis relevé et j'ai foncé. Et j'ai remarqué qu'il y avait une double rangée d'ornières, les traces du fauteuil d'Elise. Or Elise venait d'être embarquée par Hélène dans ma voiture. J'en ai déduit qu'Hélène s'était déjà servie du fauteuil précédemment. Pour transporter qui ? La personne qui avait versé son sang dans la voiture, sans aucun doute.

Ma théorie est forcément juste ! Dommage que je ne puisse pas éclairer leurs lanternes !

– Vous aviez les clés de chez Delmare ?

– J'en avais fait faire des doubles quand j'étais venu pour la peinture, je me disais que ça pouvait toujours servir...

– Prévoyant comme type, lance Gassin en tournant des pages.

– J'ai décidé de l'être, je ne tiens plus à me faire piéger.

– Et pouvez-vous m'expliquer pourquoi vous avez prétendu que Virginie était chez Delmare si elle était dans le coffre de votre voiture ?

– Bluff. J'ai inventé n'importe quoi qui paraisse plausible. Et du coup, quand Hélène est partie avec Elise après m'avoir tiré dessus, je savais où elle allait. Ce qu'elle ne savait pas, elle, c'est que Virginie se trouvait dans le coffre de la Honda qu'elle conduisait !

Voilà pourquoi, en arrivant là-bas, Hélène n'a pas trouvé Virginie... Il n'y avait que Paul et Yvette installés sur le canapé... Bon Dieu, quel méli-mélo !

– Quelle heure est-il ? s'enquiert Guillaume, qui, audiblement, se contrefout de l'enquête.

– 22 heures, lance une voix rocailleuse qui doit appartenir à l'agent.

– Donc, si je vous suis bien, Mercier, vous avez foncé à votre tour chez Delmare, reprend Gassin d'un ton légèrement nerveux.

– Exact. J'ai vu la Honda dans le parking, il pleuvait à verse, il n'y avait personne, j'ai ouvert le coffre dont j'avais gardé la clé, et j'ai pris Virginie. J'ai juste eu le

temps de me cacher derrière les containers à poubelles :
Hélène est sortie en trombe de l'immeuble et a démarré
comme une folle, si je peux me permettre…

– Je vous en prie. Et alors ?

– Alors, je ne savais toujours pas quoi faire. J'ai décidé
de monter voir chez Benoît, j'ai ouvert tout doucement.
Et j'ai vu.

– Quoi ?

– Il faisait très sombre, mais j'ai distingué des formes
immobiles sur le canapé. Je me suis approché et, quand
mes yeux se sont habitués à la pénombre, j'ai reconnu
Paul, à l'évidence mort, et Yvette, vivante, mais inanimée.
Et puis il y avait Elise dans son fauteuil. J'ai déposé
Virginie sur le canapé, à côté d'Yvette, et j'ai décidé
d'attendre le retour d'Hélène. Ce coup-ci, je la tenais !

– Et la gamine ? Vous trouviez normal que Virginie,
votre fille, assiste à tout ça ?

– Non, d'où l'hexobarbital… Mais elle s'est réveillée…
je vous passe les détails. Bref, j'ai dû l'endormir à nouveau, je l'ai cachée tant bien que mal derrière le gros
fauteuil club en cuir et je me suis planqué derrière la porte.

– Un vrai roman-feuilleton, il ne manque que Fantô-
mas… Et c'est à ce moment-là que Mme Fansten et vous-
même êtes entrés, Guillaume ?

– Oui, c'est ça, acquiesce Guillaume. Je boirais bien un
café.

– Curieux, n'est-ce pas ? comme vous êtes toujours là
où on ne vous attend pas… Une fois à Marseille, une fois
au bord de l'étang, et maintenant précisément en train de
faire une réparation dans l'immeuble de Delmare ! Qui
vous avait appelé ?

– Il se trouve qu'on m'avait téléphoné en me demandant
de venir d'urgence chez M. Delmare, bâtiment B.

– Vous vous foutez de moi vous aussi ? C'est une
conspiration ?

– Pas du tout. Et d'ailleurs, j'ignorais totalement que le
fiancé d'Elise s'appelait Delmare.

– Je ne vois pas du tout pourquoi Mme Fansten vous aurait fait venir... s'interroge Gassin.

– Evidemment, puisque c'est moi qui ai téléphoné à Guillaume, réplique Tony de sa voix douce.

– Vous ? s'exclament en même temps Gassin et Guillaume.

– Avant de monter chez Benoît, j'ai passé deux coups de fil depuis la cabine publique, explique Tony. L'un pour appeler une ambulance, puisque j'avais de sérieuses raisons de penser que quelqu'un était blessé. L'autre pour appeler Jean Guillaume. Je voulais un témoin qu'on ne puisse récuser, car je craignais que le témoignage d'Elise ne soit... difficilement compréhensible, conclut-il avec tact.

– Vous auriez pu me faire tuer ! s'indigne Guillaume.

– Normalement, il ne devait pas y avoir de problèmes. J'étais armé et je savais qu'Hélène ne l'était pas. Evidemment, je n'avais pas prévu l'intervention d'Elise...

Quelle conne, non mais quelle conne, de lui avoir planté ce couteau dans la cuisse ! D'abord j'aurais pu toucher l'artère, ensuite j'ai failli nous faire tous mourir... Dorénavant, Elise Andrioli, abstenez-vous de vous prendre pour Rintintin.

– Infirmière, vous auriez une aspirine ? s'enquiert Gassin.

Quelqu'un s'avance vers nous d'un pas précipité avant qu'elle ait pu répondre.

– Du nouveau ? demande Gassin d'une voix éraillée d'avoir trop fumé.

– Les corps des Fansten viennent d'arriver à la morgue. C'était pas très joli... vous avez déjà vu des saucisses qu'on a oubliées sur un barbecue ? lance un homme de méchante humeur.

– Epargne-nous les détails, j'ai déjà mal à la tête. Le labo ?

– Demain matin. Qu'est-ce qu'on fait de ce salopard de Mercier ?

– Du calme, Mendoza, on n'insulte pas les témoins. Mercier va nous accompagner.

– Pourquoi est-ce que votre gars s'en prend à Mercier ? demande Guillaume.

– Il est susceptible, Mendoza… hein, Mendoza ? Il a horreur qu'on se paye sa tête. Vous savez comment Mercier était au courant de tous les détails de l'enquête ? Par son copain Mendoza.

– Oh, ça va, merde ! lance Mendoza en s'éloignant. Je vais boire un café.

– Ils se retrouvaient tous les matins au bar, pour commenter les résultats sportifs… Le football n'a plus de secrets pour vous, aujourd'hui, Mercier ! ricane Gassin.

– Quand j'ai compris que Mendoza était flic et chargé de l'enquête, j'ai tout fait pour lier connaissance avec lui. Ça n'a pas été difficile. Il suffit de le prendre dans le bon sens du poil.

– Ne dites jamais ça devant lui, conseille Gassin. Bon, on va y aller, il est tard.

Une porte s'ouvre.

– Votre fille est réveillée, monsieur.

– Qu'est-ce que vous allez lui dire ? demande Guillaume, ému.

– Je ne sais pas. Que je suis son vrai père. Et que Paul et Hélène sont morts dans un incendie.

– Mais elle savait que c'était Hélène, j'en suis sûr ! lance Gassin en se levant.

– Et alors ? Vous voulez l'inculper ?

Il se dirige vers la chambre où Virginie doit essayer de comprendre ce qui s'est passé. Je ne voudrais pas être à sa place. Elle aura sûrement besoin de soins prolongés. Elle n'a pas pu vivre ça et s'en tirer indemne.

Mendoza, qui est revenu, lance alors :

– Et elle ?

Du ton qu'il aurait pour parler d'un chien, et je réalise qu'il s'agit de moi.

– J'ai fait prévenir son oncle. Vous resterez ici jusqu'à

ce qu'il arrive ou qu'il nous dise les dispositions à prendre, mademoiselle.

Oui oui, c'est ça. Je m'en fous, ici ou ailleurs. J'ai de quoi méditer pour plusieurs années. La porte vient de se refermer sur Tony. Une infirmière roule mon fauteuil vers ma chambre.

Derrière moi, le bip de l'inspecteur Gassin résonne dans le couloir.

– J'écoute... Quoi ? Putain, j'imagine... OK. Ciao.

– Du nouveau ? demande Guillaume en revenant sur ses pas.

– Non, pas vraiment, juste un télex qu'on vient de recevoir de Marseille. A propos de Maxime Siccardi... né le 3 juillet 1976, de René Siccardi, quarante-huit ans, et de Josette Siccardi, trente-neuf ans !

Bravo, Elise, t'avais tout juste !

– Quoi ? marmonne Guillaume, qui n'y comprend rien.

– Hélène avait eu un fils qui a été déclaré à l'état civil sous le nom de ses parents. On suppose que c'est son père, René, qui le lui a fait.

– Mais c'est monstrueux ! s'exclame Guillaume.

– Comme vous dites... Mais ce n'est pas tout : vous savez de quoi il est décédé, son fils ? Il a été torturé à mort dans une cave par deux adolescents complètement camés... Non mais, dans quel monde on vit... Etonnez-vous après ça qu'elle ait pété les plombs !

Ses paroles s'estompent tandis que l'infirmière enfile un autre couloir. Je me sens fatiguée. Tellement fatiguée. Tellement...

# ÉPILOGUE

La pluie n'arrête pas de tomber, lourdes larmes le long des vitres de la chambre.

Je suis assise dans mon beau lit blanc. Demain à 8 heures, le professeur Combré va tenter l'opération de la dernière chance. Mon oncle a tout arrangé. Il ne me reste qu'à espérer. Mais, même si ça ne marche pas, je sais que les choses iront mieux pour moi dorénavant.

L'autopsie a déterminé que Paul Fansten avait succombé à une vingtaine de coups de couteau à lame mince.

Hélène et lui ont été enterrés la semaine dernière, dans la concession que Paul avait achetée au cimetière et où repose déjà son fils, Renaud.

Tout le monde a trouvé paradoxal que la femme qui l'a tué et qui a tué son enfant soit enterrée avec eux, mais légalement ils étaient mariés et, à ce jour, aucun jugement n'est intervenu déclarant Hélène coupable. De plus, ça arrangeait tout le monde, car ça diminuait considérablement les frais des obsèques. Le genre de détails sordides qu'on oublie toujours, mais qui vous obligent à reprendre une vie normale, avec ses petits tracas et ses grandes joies, ou vice versa.

Jean Guillaume a demandé Yvette en mariage dès qu'elle a ouvert un œil. Elle a accepté avant de se rendormir.

Virginie est dans le service pédiatrie, en observation. Apparemment, elle se comporte de façon tout à fait normale pour une enfant qui a vécu une situation de ce genre. Un peu trop normale, d'après le psychiatre.

« Pour une fois que quelqu'un est normal dans la famille », a dit Tony.

A propos de Tony… L'inspecteur Mendoza a attendu qu'il sorte libre comme l'air de son entrevue avec le juge d'instruction – grâce à la déposition de Jean Guillaume – pour lui casser la gueule. Ils se sont battus comme des chiffonniers sur les marches du palais de justice. Il paraît que Mendoza a les deux lèvres fendues et que Tony arbore un superbe coquard à l'œil droit.

Il en rigole encore en me serrant la main, assis à mon chevet.

Sa grande main sur la mienne, mes doigts entremêlés aux siens.

Mais dans quoi est-ce que je m'embarque avec ce cinglé ?

Je ne sais pas, mais je m'y embarque sans remords. La rive de mon ancienne vie s'éloigne de moi à toute allure, et Benoît reste là-bas, de l'autre côté, silhouette qui va s'amenuisant.

Je suis vivante.

Vivante.

Et, demain matin, je saurai si l'opération a réussi.

*Cet ouvrage a été imprimé par*
*CPI Bussière à Saint-Amand-Montrond*
*en novembre 2020*

Numéro d'éditeur : 2062313
Numéro d'imprimeur : 2054724
Dépôt légal : septembre 2020

*Imprimé en France*